講談社文庫

遠き落日(上)

渡辺淳一

JN286631

講談社

目次

《下巻》

遠き落日（上）

序章　メリダにて

一九七四年八月二日、私はメキシコの首都メキシコシティから、カリブ海にとび出したユカタン半島の突端にある街、メリダへ向けて飛び立った。飛行機は翼に黒い鷲印のついたメキシコ航空のボーイング727である。

この航路はメキシコシティとユカタン半島を結ぶローカル線で、いつもは比較的空いているらしいが、このときは夏のバカンスのせいもあって満席であった。黒い大きな瞳、整った鼻、濃い口髭（くちひげ）、メキシコ人特有の人懐（ひとなつ）っこい笑いと、騒々しさをのせて、飛行機は一路ユカタン半島へ向う。

飛行場を飛び立ち、急上昇して夏の雲をつき抜けるとすぐ、進行方向の右手に、一つだけ、雲の上に頭を出した山が見えた。標高五千四百五十二メートル、ポポカテペトル山だと同行の日系二世の山田氏が説明してくれる。

メキシコは全体に山地が多く、メキシコシティそのものも二千二百四十メートルの高地にある。私はその山を見ながら、五千四百五十二メートルから二千二百四十を引けば、三千二百余になるから、丁度日本人が富士山を見上げる感じになるのかと考えた。実際、その山は富士山に似ていた。裾野のほうはともかく、雲から出た部分は、見事な二等辺三角形で、その山頂に純白の雪を戴いている。富士山を思い出したせいか、私はこの山が、メキシコで最も高いのだと思っていたが、さらに西へすすみ、ポポカテペトルが視界のうしろに退るころ、それと入れ替りに同じくらいか、あるいはそれより高いと思われる山が、続々と雲の上に現れてきた。これらの山はポポカテペトルのように整った容姿ではないが、やはり山頂は雪を戴き、そのなかで最も高いのが、標高五千六百七十五メートルのオリサバ山である。

この山が右手後方に移動すると、やがてメキシコ湾の青い海岸線が見えてくる。もっともメキシコの西岸と、ユカタン半島の東岸で囲まれたこの一帯は、正しくはカンペチェ湾と呼ばれ、いわばメキシコ湾の支湾である。

さすがに南国の海は青い。このまま海に没すれば、すべてが紺碧に染められるかと思うほどの青さである。

メキシコシティからメリダまで一時間半、このローカル空路は、カンペチェ湾上を飛ぶとき、お茶のサーヴィスがある。私は午前のコーヒーを飲みながら、しばらくカリブ海を見下ろしていたが、やがて青すぎる原色に疲れて目をそらした。そのままシートに背を凭せ、慣れぬ英字新聞を拾い読みしていると、ようやく行く手にユカタン半島の白い海岸線が見えてきた。

飛行機はこの海岸線をこえるとすぐ左へ迂回する。メリダは海岸線より約二十キロ内陸に入ったところにある。旋回を終えると、それまでの青一色に変って緑と黄色の野面が急に迫ってきた。やがて着陸である。

タラップが取りつけられ、空港に降り立った瞬間、私は明るすぎる陽に、一瞬、たじろいだ。

まさしく、ここは南の国である。地が反りかえったような平原の果てに、積乱雲が立ちのぼり、見はるかす彼方まで陽が無数の粒子となって降り注いでいる。

いま真昼間の平原を支配するのは太陽だけで、地も空も陽の下で、息をつめたように静まりかえっている。

私達はタラップを降りると灼けつくコンクリートの上を、ゆっくりと空港ビルのほうに歩いた。おそらく、日本の、どの地方空港ビルより大きいと思われるその建物も、広い野のなかではさほど大きいとは感じない。私達はそのガラスの多い近代的なビルを出ると、すぐ前に並んでいたタクシーに乗った。

「メリダの街へ」

窓ごしにいうと、豊かな口髭を生やし百キロはあろうかという巨漢の運転手が、愛想よくうなずいてドアを開けてくれる。メリダで最もいい車は個人タクシーの車だときいていたが、私達の乗ったのも、リムジンの赤と白のツウトンカラーである。

「イッツ、ホット」運転手は私達に英語で話しかけてくる。

だが正直なところ、陽の明るさには戸惑いはしたが、暑さはさほど感じない。カークーラーはいらず、むしろ窓を開けると風が心地よい。温度は高いのだが空気が乾いている。むろん標高二千二百四十メートルのメキシコシティとはくらぶべくもないが、それでも東京の夏のような、湿気はない。

車は舗装された路をひたすらまっすぐすすむ。左右は平坦な野が続き、ところどころにサイザル麻を栽培している畑が見える。

空港からメリダの街まで、三十分の距離である。やがて道の両脇に、石でできた民家が現れ、それが次第に白い壁のように続き、いつか気がつくとメリダの街に入っている。

この街は、ユカタン半島の北岸近く、かつてはスペインに支配され、「シュウダッ・ブランカ」と呼ばれた。

シュウダッ・ブランカとはスペイン語で「白い街」の意味だが、この言葉ほど、この街の印象をいい当てているものはない。圧倒的な太陽の下、街は白い石の家と乾いた無人の道だけが続いている。

街の入口には、東西南北に向けて、四つの門があり、それらはいずれも、かつての主要道路への関門であった。この門のなかがいわゆる旧市内で、門に続く道の左右は、低い石の家が並び、その前に電柱が明るい空に向けて立っている。隣家と境いのない石の続きは、倉庫のきわか、石塀（いしべい）に囲まれた道を行くような錯覚にとらわれる。

私達がこの街に入ったのは、正午を少し廻っていたが、ところどころ、石壁のわきに古びた車が止り、自転車が寄せかけられ、開け放たれた窓には、レースのカーテンが揺れているだけで人影はほとんどなかった。たまに動くのは、大股に道を横切る白シャツの男と、石の壁に落書きをしている子供だけである。太陽が猖獗（しょうけつ）をきわめるいま、人々は家のなかか樹蔭で休み、白い街は息を潜めてひたすら陽が傾くのを待っていた。

この街に、野口英世が訪れたのは、いまから五十五年前の一九一九年の暮である。このとき、野口はニューヨーク、ロックフェラー研究所の主任研究員で、その春、黄熱病原体を発見した功績により、米国医学会から銀牌を贈られたばかりであった。

この年に、野口がこの街を訪れた理由は、もとより黄熱病の研究のためであった。

当時、この白い街はまだ黄熱病の恐怖に沈んでいた。

黄熱病（イエローフィーバー）といっても、いまのわれわれにはぴんとこないが、かつてペスト、天然痘、コレラなどとともに、世界を震撼させた悪性伝染病の一つである。

この病気は字のごとく全身が黄色くなり、高熱が出て死に至る。全身が黄色くなるのは、末期に肝臓が侵され、急性肝炎を起して黄疸をきたすからである。感染すると同時に、真夏でも、歯が合わぬほどの震えがきて、たちまち腎臓と肝臓が侵され、最後は呼吸困難で息絶える。発病から死までは、三、四日か、長くても五、六日といわれ、一応一週間、もちこたえた者だけ辛うじて生き残る。その致命率は、土地によって四〇パーセントとも、七〇パーセントともいわれていた。

白いメリダの街は、野口が来たときも、いまのように太陽の下で静まりかえり、ときに黄熱病患者の断末魔を告げる喚きと、家族の泣き声だけが、石壁の家から洩れていたのかもしれない。

私はここに来る前、ニューヨークにいて、そこからイースタン航空でメキシコシティに入り、メリダに着いた。その間、実際の飛行時間は七時間余りであった。その行程を野口は五十五年前、船と汽車に乗り継いで一週間かかってきた。だがこの間、野口は列車の寝台つきのコンパートメントに入ったまま外へ出なかった。

車掌は、野口がメキシコのメリダまで行く切符を持っていることは知っていたが、コンパートメントのドアが閉められたままなので、心配になりドアをノックしてみた。

「なんだ」

数度ドアをノックしたところで、ようやく返事が戻ってくる。

「あのう、なにかご用はないかと思いまして」

「ない」

それで野口が生きていることだけはたしかめられたが、なかでなにをしているかは、まったくわからない。ただこの小柄な乗客がたまに停車する駅で、売店から大量の食糧を買いこむのが見られたが、その姿は鼻の下にちょび髭を生やし、髪はぼさぼさにして、ズボンを吊りバンドで支え、いかにも風采（ふうさい）のあがらない東洋人だった。

ともかく、こうして野口がメリダに着いたのは十二月の六日であった。

年の暮とはいえ、南国の街は相変らず陽が輝き、温度は三十度をこしていた。ここで野口が泊ったホテルは、ホテル・レホルマといい、いまも東門へ通じる繁華街の一角に残っている。

このホテルは丁度、通りの四つ角に面し、表の一部は、絵葉書など売る小さな売店になっているが、ホテルのフロントは、南の通りに面した右手から入ったところにある。この街の建物のほとんどがそうであるように、このホテルもスペイン風の凝った装飾が入口や窓にあしらわれている。二階建てで、外から見ると、さほど大きくないが、なかに入るとスペイン風の中庭が二階まで吹き抜け、廻廊とまわりの部屋が、それをとり囲む形で並んでいる。庭を囲む廻廊の床は、グリーンに、オレンジの菱形を並べた派手な縞模様で、中庭には檳榔樹や浜木綿など熱帯植物が茂り、中央の鳥籠に黄色と赤の尾をもった鳥が一羽、退屈そうにとまっている。さらに一階の中庭のまわりには、アームチェアやスツールが置かれ、天井のガラスを通して降りそそぐ陽の下で休息できるようになっている。

客室は入口に近くベッドが置かれ、それと反対側に木の机と備えつけの木製の洋服箪笥があるだけで、日本の一般のホテルのシングルの大きさと変らない。

ホテルの経営者の妻だという太った女性の話では、この街の最も古いホテルの一つで、野口が訪れた一九二〇年ごろも、ホテルはこの場所にあり、床や階段の一部を除いて、全体の形や部屋のつくりは当時と少しも変っていないらしい。

「われわれは日本から来たのだけど、ドクター・ノグチを知っていますか」

「ノグチ?……さあ」

「イエローフィーバーの病原菌を発見した有名な医者だけど」

「おお、イエローフィーバーは怖い。母からきいたことがあります」

彼女はそういって、首をすくめた。

野口の名はともかく、黄熱の怖さはこの四十代の女性にも浸透しているらしい。

五十五年前、野口はこのホテルに着くと、その夜、町の公会堂にメリダの医師、医療関係者の全員を集めて次のような演説をした。

「私は昨年、黄熱が猛威を揮(ふる)うエクアドルに出張し、黄熱病患者をつぶさに見、調べて、その血清のなかから、黄熱の病原体であるレプトスピラ・イクテロイデスを発見しました。一九〇〇年、アメリカ医学界がこの黄熱に挑戦して以来、二十年間、多くの年月と莫大な研究費を投じて、なお不明であった病原菌を、私は幸運にも二ヵ月の短時日で発見することができたのです。これで黄熱撲滅への第一歩は開かれ、あとはこの菌をたたく治療法を、考えればいいだけです。いままでの、やみくもの戦闘と違い、これからは目標がきまった、正攻法の攻撃がはじめられるのです。

私はいま、これの治療法だけでなく、予防ワクチンまで完成させたいと願っています。これさえ出来れば、一本の注射で、黄熱にかかる人は一人もいなくなるはずです。黄熱という病気の名前は、この地球上から永遠に消え、あと十数年も経てば、黄熱という病気があったことさえ昔語りになってしまうのです。私がニューヨークから、夜を日についで駆けつけてきたのは、その平和で栄光ある未来を築きたいためです。そしてこのメリダの土地で、黄熱への人類の最初の勝利を高らかに誇りたいからです。

だがこの仕事は、私一人の努力では成し難いのです。この黄熱が跳梁(ちょうりょう)を恣(ほしいまま)にしている、メリダの土地の、みなさん達の協力なしでは不可能です。

黄熱の撲滅と、人類の栄光ある未来のために、私はみなさんに心からお願いします。どうか、現在いる黄熱患者の一人一人から、血清を採って、私に送って下さい。その血清のなかには、間違いなく黄熱の病原体が入っているはずですが、私は怖れません。それらをとくに傷口などに触れないかぎり、感染することはないと確信しているからです。

あなた方が必死なら、私も必死です。私がここにいる時間はかぎられていますが、その間、私は昼夜を分かたず、黄熱の研究に没頭するつもりです。

このメリダの街で、黄熱の研究を完成させ、このメリダが黄熱撲滅の歴史のなかで、輝かしい一ページを築くことを、私は信じて疑いません。

この研究が完成したら、私は私の名とともに、みなさんの惜しみない協力があったことを、論文の一ページにつけくわえることを忘れないでしょう」

野口は演説の上手い人であった。少し甲高い年齢よりは若い声で、抑揚をつけ、壇上で卓を叩き、のってくると全身を躍動させる。小柄だがエネルギッシュで、喋りはじめるとその小柄な体がひとまわり大きく見えた。

この五十五年前の演説をきいた人が、いまなおメリダの街に住んでいる。メリダのカレー街四十五番地に住む、ドクター・オトリイオ・ヴィラヌエヴァ氏である。

氏は大変な親日家で、かつて昭和四十年に玉川学園の故小原国芳氏の招きで日本に来たことがある。そのとき氏はもちろん野口英世の生家の、猪苗代・三城潟まで行っているが、同時に日本・メキシコ親善の功労者として、皇太子御夫妻、佐藤首相にも会っている。現在八十五歳の高齢だが、なお矍鑠として杖一本で市内のどこにでも出向いていく。メリダまで行く日本人旅行者は少ないが、そのほとんどはこのヴィラヌエヴァ氏の世話を受けている。

今回の取材旅行で、私がニューヨークからメリダまで飛んだのも、この野口の演説をきき、黄熱の街で実際に野口に接した生き証人に会うためであった。

ところでメリダにはヴィラヌエヴァ姓が意外に多い。私はあらかじめ、氏宛に、訪れる旨の手紙を出し、あとは住所と電話番号だけ書きとめてアメリカかメキシコシティに行ってから電話をすればいいと簡単に考えていた。だがいざ行ってみると、そんなに簡単なわけにはいかない。氏は高齢のためすでに医師を引退され、現在はこの大学で生物学を研究されている長女に家督を譲られている。日本式にいうと、悠々自適の生活というわけである。そのせいか、記していった電話番号が他のヴィラヌエヴァ氏の番号であったり、医師のヴィラヌエヴァ氏が他にいたりして、はっきりオトリイオ・ヴィラヌエヴァ氏その人に連絡がついたのは、メリダの街に着いてからだった。

ここでの私達のホテルは、モンテホ・パレスホテルといって、メリダでは最も大きい近代的なホテルであった。もっとも大きいといっても、人口十八万の小さな街であるから、四階建てだが、前は檳榔樹の並ぶ三十メートル幅の広い道路で、すぐ右手にはマヤ文明の遺産を内蔵する美術館がある。通りに面した家は、すべて広い庭と樹木に囲まれたスペイン風の高級住宅街であった。

ここに着いて目的のヴィラヌエヴァ氏に連絡がつくと、早速、カルロスという若い青年が駆けつけてきてくれた。カルロス君はユカタン大学の法科の学生だが、ヴィラヌエヴァ家とは親しく、ヴィラヌエヴァ氏の私設秘書のような役目をしているらしい。私達は、ホテル正面右手の、檳榔樹の蔭になるレストランで、コーラを飲みながら彼とこれからの予定について話し合った。

カルロス君の話では、いまは真昼間で暑いからホテルで少し休んで、三時ごろヴィラヌエヴァ氏の家に来ないか、そこでいろいろ話をしよう、ということだった。暑いことは暑いものの、私は東京の夏ほどの不快感を覚えなかったが、メリダの人達はいまの時間、家か樹蔭で休息するのが習慣なのかもしれなかった。そんなことを私達がカルロス君と話していると、五、六歳の少年が小さな木の台を持って私に話しかけてきた。彼がなんといったのか、私にはわからなかったが、その台と手に持った布きれから、少年が、「靴を磨かせろ」といっているのだと察しがついた。

以前私が少年のころ、日本にも街頭で靴磨きをやっている少年が沢山いた。彼等は日本人の靴も磨いたが、子供の大胆さでむしろ金払いのいい外人に執拗にまとわりついていた。まだ昭和二十年代で私が中学から高校にすすんでもその光景は続いていた。

どういうわけか、少年に声をかけられた瞬間、私の脳裏に三十年前の日本の情景が甦ってきた。すげなく断わっては悪い、といって足を出して磨かせてはカルロス君の心が痛むのではないか、戸惑っていると、少年はかまわず私の足元に坐り込み、強引に木の台を靴の下に押し込んできた。まったく有無をいわせぬ、といったやり方で、おかげで私は少年に靴を磨かせたまま、カルロス君と話すことになった。

私はフランスにも留学したことがあるという、インテリのカルロス君の心を察したが、彼は終始、少年の存在を無視して、私達と話し続けていた。そして、次に少年がカルロス君に声をかけると、彼は即座に「ノン」と汚ない虫でも見るように顔を背けた。

それから小一時間、私達は部屋で休んだ。三階の私の部屋からはベランダを通してメリダの街が見下ろせた。緑のなかに教会があり、スペイン風のゴチック飾りのついた塔が見え、白と灰色のなかに褐色がまじった石の家が続いている。

惜しげもない午後の光のなかで、街はいま真昼間の静寂をむさぼっていた。

三時丁度にカルロス君がきて、私達はヴィラヌエヴァ氏の家に向った。

氏の家はホテルから歩いて十分ほどの距離だった。白昼、眠っていた街はようやく動き出し、檳榔樹の蔭には涼しい微風が訪れはじめていた。

ヴィラヌエヴァ氏の家は表は白い石の壁に囲まれ、入口はなんの変哲もない造りだったが、入ってみると床が縞模様の三十畳はある広い応接間があり、奥に二つの居間が続き、その先に明るい午後の中庭が広がっている。素っ気ない石の入口からは想像もつかない広さと豪勢さである。

氏は早速、肩を抱き寄せるスペイン風の挨拶で、私達を歓迎し、テーブルを囲んだ椅子に坐るようにいった。

「ブエナス・タルデス（こんにちは）」

私がいえるスペイン語は、それと、グラッシャス（ありがとう）くらいなもので、これがニューヨークからメキシコシティまで、六時間の飛行時間の間でマスターしたスペイン語のすべてである。

ヴィラヌエヴァ氏は、頬がこけ、やや猫背だが、色黒で頬骨が張り、八十半ばとは思えぬ、精悍（せいかん）な眼差しをしていた。

「あなた達が、日本からわざわざきてくれて、とても嬉しい」

彼はメキシコ人特有の派手なゼスチャーで表したあと、「見せたいものがある」といって、中庭に面した茶の間に案内してくれた。

そこには中央に大きなテーブルがあり、うしろの壁に、皇太子殿下と美智子妃の写真が貼ってあった。さらに向いの壁には、浮世絵の版画と舞妓の絵が飾られ、横のサイドボードにはこけし、日本人形、ミニチュアの灯籠（とうろう）などが並べられている。

「ミンナ、ニッポン」

それだけは日本語で、私にもききとれた。

「マダ、マダ」

私達が感心していると、ヴィラヌエヴァ氏はさらに自分のベッドルームに案内した。

そこは十畳ほどで片側にベッドがあり、それと並んで本がこぼれ落ちるほど重ねられた大机がある。やや乱雑だが、いかにも気儘な自分の部屋、といった感じである。そこのベッドの頭側に、いまどきの日本ではまったく見られなくなった、大礼服を着た天皇陛下の写真が飾られていた。

さらに、ヴィラヌエヴァ氏は、机の抽斗の奥から小箱をとり出すと、大切そうに開いた。

「勲三等瑞宝章」ケースの中身は、日本からヴィラヌエヴァ氏に贈られた勲章であった。

「立派なものだ」私が褒めると、氏はしっかりと手を握り、「アリガトウ、ニッポン、スバラシイ」といい、さらに数々の日本からの品物や、思い出の写真を見せてくれる。

一つ一つ感心しながら、私は時間が心配になってきた。出来たら、メリダは今夜一泊にして、明日の午後メキシコシティからロスアンゼルスに向いたかった。その間に野口のあとを訪ね、話をきき、うまくいけばマヤ文明最大といわれる、チチェンイツァ、ウスマルなどの遺跡も見たい。私がそのことを通訳の山田氏を介していってもらうと、氏はうなずき、机の上から大きな本をとり出してきた。

「これを、知っているか」

ヴィラヌエヴァ氏が見せてくれたのは、野口の一生を写真で追った、野口英世記念館で出している本であった。

「私は、このドクター野口の教え子である」

ヴィラヌエヴァ氏は、曲りかけている背を伸ばし自慢げにいった。私はうなずき、早速、質問に入った。

「ドクター野口が、メリダにきたのは、一九一九年だと思いますが、あなたはそのときなにをなさっていたのですか」

「ユカタンの医科大学の学生でした。ドクター野口はいまの国立病院の黄色い建物の一角にいて、朝から夜中まで顕微鏡を覗(のぞ)いていました」

「で、あなた達は、野口から直接なにか教わったのですか」

「ドクター野口は一日中、研究室にいて、滅多に部屋を出ませんでした。ただ午後三時ころ、研究に疲れてくると二、三十分、研究室の前の中庭に出てくるのが日課になっていました。私達はそのときを待ちかまえて、昼頃からその中庭のあたりにたむろしていたのです。それで野口が出てくると、一斉に駆け寄ってさまざまな質問をしました。でも彼はそんなわれわれに嫌な顔一つせず、丁寧に答え、気分のいいときは研究室にまで入れてくれて、一人一人に顕微鏡を覗かせてくれました」

ヴィラヌエヴァ氏が、野口の教え子だというのは、このときのことからいっているらしい。

「そのころ、野口はロックフェラー研究所の主任研究員だったはずですが、ヴィラヌエヴァさんは、すでに彼の名前をご存じだったのですか」

「そりゃ、ドクター野口といったら、細菌学の大家として有名でしたからね。医者達はもちろん、学生の私達だって、みんな知っていましたよ」

片田舎といっては失礼だが、いまのように情報のすすんでいない時代に、メキシコのユカタン半島の果てにまで、野口の名はとどろいていたらしい。

「その証拠に私達は、彼がくるというので、一目見ようと駅まで迎えに行ったものです」

「彼はこの街に到着したその夜に、メリダの医師や衛生関係者を集めて演説をしたというのですが、それを覚えていらっしゃいますか」

「もちろん覚えています。立派な演説で私達はみんな感動したものです」

「待ってください、ヴィラヌエヴァさんは英語は?」

「ほんの少し、単語を覚えている程度で、喋ることはほとんど出来ません」

「でも、野口の演説をおききになったのでしょう」

「そうです。彼はスペイン語で話してくれましたから、それ以外じゃ、私がわかるはずがありませんからね」

「でも、野口はいつ、どこでスペイン語を覚えたのでしょう」

「午後の休みに、そのことをきいた男がいたのです。そうしたらドクター野口は、冗談か本気か、俺は新しい土地に行く時間が、語学の勉強に丁度いい。今度もニューヨークからメリダにくるまでで、スペイン語を全部マスターできた、といって笑っていました」

「じゃあ、あの七日間で……」

私はコンパートメントに入ったまま一歩もでなかったという車掌の話を思い出して、ようやくその謎が解けたような気がした。


ヴィラヌエヴァ氏のお嬢さんは二人いて、上の人が四十半ばで下の人が四十丁度くらいか、二人とも小肥りで愛想がいい。これだけの年齢になって、ヴィラヌエヴァ氏の許にいるところをみると独身なのか、あるいは私達が行ったときだけ、実家に戻っていたのか、少しばかり不思議な気がしたが、それはきくべきことでもなかった。ただあとでわかったことだが、ヴィラヌエヴァ氏の奥さんは、長年リウマチを病んで足腰が立たず、車椅子の生活を余儀なくされ、その世話を主に娘さん達がやっているとのことであった。私が訪れたときも、夫人は奥の部屋に引っ込んだままで、中庭のほうに案内されたとき、たまたま通りがかった部屋で休んでいた夫人に挨拶しただけだった。この人も、もちろん日本贔屓(びいき)で、口数は少ないが肩や手首の不自由をおして私達と握手してくれた。

家族全員が快く私を迎え、みなが日本へ好意を持ってくれていることはよくわかったが、またまた私は時間が経つのが気になっていた。それというのも、ヴィラヌエヴァ氏は高齢のせいか、話し出すと長く、しかもその話の大半が、日本に行ったときの印象であった。それをきくのは日本人として嬉しいが、さし当って私が知りたいのは、野口が現実にこの街でどんなふうに生活し、どのようなやり方で仕事をしていたかということであった。

ヴィラヌエヴァ氏の話は、ともすれば野口のことからはずれて、彼が、いかに日本を良く知っているかという自慢話に傾いてしまう。やむなく私は氏の話が途切れた隙（すき）を見て、通訳の山田氏にいってもらった。

「大変面白い話の途中で残念ですが、あまり時間もないので、ドクター野口のいた研究所あとなど、見せていただきながら、お話を伺えないでしょうか」

山田氏が伝えると、ヴィラヌエヴァ氏はメキシコ人らしい大きな表情でうなずいてから、

「そうしたほうがいいでしょう。いますぐ車が来ますから、それまで少し待ってください」

性急な私は、ヴィラヌエヴァ氏の家を出て、タクシーでも拾うことを考えていたが、氏

はすでに、知人のところに電話をかけ、大型の乗用車を借り入れるように、手配してくれていたのだった。これほど気を配ってくれているのに、車が来るのが遅いからといって先に立ち上るのも悪い。ここは日本でなくメキシコである。

私は心をきめて、いましばらくヴィラヌエヴァ氏のお喋りをきくことにした。

彼の話し方はスペイン語独特の騒々しさにくわえ、手を振り、顔を突き出し、八十半ばの老人が話しているとは、とても思えない賑やかさである。そのうち、なにやら娘さん達とやりとりしたあと、応接間の端にある電話口に行き、またまた長々と話しはじめた。

「車は本当にくるのでしょうね」私は不安になって、また山田氏に尋ねてみたが、彼は、ただうなずくだけで悠々としている。日本語が話せるとはいえ、日系二世で、ずっとメキシコにいる山田氏には、私の焦りはわからないのかもしれない。

仕方なく私は時計を見たが、すでに四時に近い。日中、人々を樹蔭に追いやった暑さはようやく弱まり、かわって、部屋から見える高い明かり窓に雨雲が拡がりはじめていた。この分では今日中に遺跡どころか、メリダ市内を見るだけで精一杯かもしれない。私はなかば諦め顔で窓に動く雲を見ていると、ヴィラヌエヴァ氏が電話から戻ってきた。

「いま話がついたのですが、明日の朝、十時に、一緒に地元の新聞社まで行ってくれないだろうか。是非あなたを編集局長に紹介したい」

私はこの言葉をきいていささか憂鬱になった。明日、私は午後一時の飛行機で、メリダを発つことになっている。その便はメキシコシティに一旦寄って、そのあとロスアンゼルスまで直行する。それで行くと、夕方六時にはロスに着くことができる。いろいろな仕事の関係で、東京には八月六日までに帰らなければならないが、そのためには明日の昼メリダを発っても、ロスではわずか二泊の余裕しかない。

ロスアンゼルスでは、来るときに二泊して野口英世の研究家として有名なプレセット女史に会ってきているが、帰りにもう一度、彼女に会って、今回の旅行の成果について話し合う予定になっていた。ちなみにプレセット女史は、かつて彼女の父親がロックフェラー研究所病院の精神科教授をしていて、野口と親交があった関係から、野口に興味をもち、研究を始めた人である。

野口の研究業績の一つに、梅毒患者の脳から、梅毒の病原菌であるスピロヘータ・パリドウムを発見し、その菌の純粋培養に成功したというのがあるが、その研究にプレセット女史のお父さんが積極的に協力した。当時、野口は、梅毒で頭がおかしくなって死んだ患者の脳の切片をつくり、その標本を調べていたのだが、彼女の父親は、その梅毒患者の脳を提供する便宜をはかったのである。

この時、プレセット女史のお父さんは「日本のドクター・ノグチは偉い男だ」と、当時まだ子供だったプレセット女史に話したという。彼女が野口に興味をもちだしたきっかけは、以上のようなわけだが、それとは別に、彼女は幼いころ野口に抱かれたことがあるらしい。ここで、あるらしい、というのは、プレセット女史は、そのことをはっきりと記憶してはいないからである。彼女の父がニューヨークにいたころだから、彼女がまだ三、四歳のころらしいが、女史は、母親から「ドクター・ノグチが家にきて、あなたを抱いたのよ」と、きかされていた。

白人の名家の娘が、小柄な風采のあがらぬ東洋人に抱かれる図は、なにやら奇妙な感じもするが、野口はそれほど彼女の一家から信用をえていたということにもなる。

いまプレセット女史は六十歳をこえ、カリフォルニア工科大学につとめる夫君と、ロスアンゼルス郊外の高級住宅地であるアルパデナに住んでいる。暇があるせいもあるが、大変な勉強家で、アメリカで発行されたエクスタインの野口の伝記をはじめ、フィラデルフィア、ニューヨークまで足を延ばし、野口に関するさまざまな資料を集められている。

おそらくアメリカにおける、野口研究の第一人者であろうが、私の野口についてのいくつかの質問に、女史はある面では熱心に答え、ある面ではきわめて素っ気なかった。

「お国は違うが、あなたも私も野口の研究家です。その意味であなたは私の友人でありライバルでもあるからです」プレセット女史は、沈黙の理由を、そんなふうにいって悪戯っぽい笑いを洩らした。

「たしかにそのとおりですが、私は作家であなたは伝記学者です。お互い野口のことを調べても、出来上ってくるものはまるで違うものだと思いますが」

　私がそういっても、女史は肝腎のところにくると答えようとはしない。そこには意地悪さというより、自分がアメリカからアフリカまで廻って得た資料を、そう簡単に渡すわけにはいかないといった研究家の意欲のようなものが現れてむしろ気持よい。

「あなたは、たしかにアメリカでの野口の資料は沢山お持ちかもしれないが、日本での資料は多分私のほうが豊富だと思います。その点で資料の交換をしあったら、お互いによいものができるのではないでしょうか」

　私がそういうと、

「もちろん、あなたが日本で得た野口の資料を私にいろいろ教えてくださるのは大歓迎です。でも私の資料はまだ未整理なものが多く、お教えするわけにはいかないのです」と、容易に手のうちを見せようとしない。そのくせ、私に野口のことはどんどんたずねてくる。こうなると、私も少しばかり勿体ぶって話すことになる。互いに腹の奥を探りながらの会話が続く。

　このプレセット女史との話で、最も感心したことは、彼女はいわゆる日本の伝記作家のように、野口を一方的に偉くて立派な学者とばかりは見ていないことである。野口の偉かった部分は偉いとしながらも、しかしまずかったところはまずいと、冷静な眼で見ている。

「彼は非常に熱心な、いい学者でしたが、最後のころは、やや焦りすぎ、学者として大きなミステイクを犯してしまいました」

こういう野口観については、私も同感であった。

間違いなく、野口は偉大な学者でありながら、最後に大きな過ちを犯している。彼の学者としての業績は、かつて最高の評価を受けたにもかかわらず、いまはあとかたもなく消えている。正直いって、野口の学者としての評価は、死後、急速に失われてしまった。おそらく日本の学者でこれほど毀誉褒貶の激しい人はいないだろう。これまで日本の伝記作家はそれを知りながら、あえて野口を偉大な学者として書き続けた。

伝記というのは、往々にして作中人物を過大評価し、その人物の都合のいいように書かれるものだが、野口の伝記ほど、その傾向のいちじるしいものはない。かつて日本の歴史が、歴史家によってゆがめられたように、野口の一生も、伝記作家によって大きくゆがめられ、実際の野口とはまったく別の野口がつくられたのである。

この点で、プレセット女史の見方はかなり厳しく、日本では比較的よいとされている、エクスタイン著の『ノグチ』でさえ、「教訓的すぎて一方的な伝記である」といって、おおいに不満を洩らす。そして、日本の野口に関する伝記は、昭和八年に岩波書店から出た、奥村鶴吉著の『野口英世』が、比較的正直で正しい本だという。

このあたり、プレセット女史のいうことは的を射ていて、数ある野口英世の伝記のなかで、この本だけは、いささか趣きを異にする。だが、それでいいかというと、やはり疑問は残る。野口の出生から克明に追ったその伝記は、たしかに野口が日本にいた部分はよく書かれているが、渡米してから死に至るまでの部分はいささか駆け足で不満足の部分が多い。この点ではこれまでの野口英世伝の域を出ないし、それに日本にいた部分も、当時すでに世界の偉人としてつくりあげられた野口の像を壊すまいという配慮が、いたるところに見られる。

これは必ずしも著者の責任というわけでなく、いかに奥村氏が正確に書きたいと思っても、時代の流れが、すでにそのようなものを書かさないところまでおし迫っていた、というべきかもしれない。

それはともかく、日本の野口英世伝の共通の弱点は、第一に、最初から野口を、偉大な医学上の発見をした学者として見ようとすることであり、第二は、渡米してからの野口の実像が、よく書かれていないことである。アメリカに行ってからの野口は、表立った年譜から、有名になっていく過程を単純に書きつらねるばかりで、その裏の苦悩や、不安は少しも書かれていない。

この第一の点はともかく、第二の点は、かつての日本の伝記作家にとっては地理的に不利で、伝記を書いた人にも同情すべき点は多い。

だが、といって、この部分をいい加減に済ましていい、というわけではない。野口の、あの異様にかたくなでエキセントリックな性格は、維新で遅れをとった会津という独特の土壌で育(はぐく)まれたとはいえ、二十五歳から死に至る五十三歳までの、人生の最盛期を野口は外国で暮しているのである。野口を書く以上、この時代を駆け足でとおりすぎるわけにはいかない。この時代を克明に追うことが、野口の一生を浮き彫りにする上で重要な作業だが、この点でプレセット女史は、日本の伝記作家よりはるかに有利な条件にあるといわなければならない。

彼女はアメリカに住んでいるうえ、恵まれた経済力と、あり余る暇を駆使して、世界各国に野口の足跡を追っている。日本にも、過去二度きて、野口の生家のある猪苗代湖畔にも足を運び、日本における野口英世研究の大凡(おおよそ)も、その欠点も、すべて承知している。

私が日本における資料を提供するから、かわりにアメリカ関係の資料を見せてもらえないかといって、彼女が難色を示したのは、ことアメリカ関係の資料に関しては、自分の右に出るものはないという自負があった上でのことに違いない。

ともかく、私はこのプレセット女史に会って、新しく得るものはほとんどなかった。彼女の話す程度のことは、すでに私も知っていたし、本にも書かれていることでしかなかった。ただ一緒に話し合いながら、私は彼女の野口英世研究の大凡の方向と、どのあたりに当りをつければ、さらに新しい事実を知りうるかという見当だけはつけることができた。

メキシコからの帰り、私がもう一度ロスアンゼルスに立ち寄り、プレセット女史に会おうと思ったのは、半月にわたる、私のアメリカ・メキシコの取材でえた結果を、プレセット女史にぶつけ、相手からも、それなりの見返りをえようという魂胆からでもあった。

そんなわけで、私のメリダでの時間はかぎられていた。

ヴィラヌエヴァ氏が話好きで、周りの人達も、メキシコ一流のスローテンポであるにしても、メリダ市内の野口の旧跡を訪ね、彼の思い出をきくことは、いまから明日の昼までかければなんとか出来そうである。しかし、折角ユカタン半島の先まできたからには、マヤ文明最大の遺跡というチチェンイツァの神殿と、ウスマルのピラミッドなども見ていきたい。地図によると両者はメリダをはさんで南北に各々九十キロから百キロ余の距離にある。

私が、ヴィラヌエヴァ氏の、「新聞社に行ってくれ」という申し出に渋い顔をしたのは、まだこの遺跡群を見る望みを捨てていなかったからである。もし今日の夕方までにメリダでの野口のあとを訪ね、夜、ヴィラヌエヴァ氏から野口の印象をきけるとすると、明日の午前中には、遺跡のいずれか一つだけでも見られるはずである。

「どうでしょう、よかったら明日十時にホテルに車を廻しますが」

再度ヴィラヌエヴァ氏が新聞社行きをすすめる。私は戸惑い、それから横の山田氏に囁(ささや)いた。

「新聞社に行くのは、いやではないんですが、出来たらこの際、遺跡も見たいんでね」

それを聞くと、ヴィラヌエヴァ氏は例の大きな仕草でうなずき、「そう遺跡は是非見たほうがいい」といってから、二人の娘さんと、なにやら激しいやりとりをはじめた。なにごとが起きたのか、心配になって山田氏に尋ねると、「これから、チチェンイツァとウスマルと、どちらの遺跡に行ったらいいか、それについて話しているのです」という。

私には喧嘩ごしにみえた言葉のやりとりは、スペイン語特有の激しさと、彼等の討論の真剣さのせいなのであった。やがて話がついたのか、ヴィラヌエヴァ氏が私のほうに向きなおっていった。

「それではこれからチチェンイツァの遺跡に行きましょう。そこにはマヤ遺跡で最も大きい戦士の神殿や、ククルカンのピラミッドなどがあります」

「でも、そんなところまで、これから行けるのですか」

「大丈夫、帰りは夜になってしまいますが、着いたころはまだ明るいでしょう」

どうやら、ヴィラヌエヴァ氏自身が遺跡まで案内してくれるつもりらしい。私は先程の新聞社に行かないか、という誘いを断わろうとしたことが、なにか悪いことをしたような気持になってきた。今日、これからチチェンイッツァを見られるなら、明日無理をしてウスマルに行くまでもない。初めから一つでも見られればいいと思っていたのだから、チチェンイッツァのほうを見るだけで充分である。

「新聞社へ行くというのは、誰かに挨拶にでも行くのでしょうか」

「日本から、わざわざドクター・ノグチを訪ねてきたといえば、彼等は早速記事にしますからね。新聞に出たら、メキシコの者達がドクター・ノグチのことを知るでしょう」

ヴィラヌエヴァ氏は、たんに私達を新聞社の人に紹介するだけのつもりではなさそうである。

「実は国立病院の前の庭に、ドクター・ノグチの銅像があるのです。これはいまから十年前に、日本のミスター・オバラ等の協力で出来たものですが、最近、国立病院の移転の話があり、そのついでに、銅像も他のところへ移すように迫られているのです。でも私はドクター・ノグチの銅像は絶対に、あそこでなければいけないと思っています。だってあそこは、ドクター・ノグチがこのメリダに来て、朝から夜まで顕微鏡を覗きこんでいた研究室があったところですからね。あそこでドクター・ノグチは、われわれのために夜も寝ないで頑張ったのです。その場所を追い出したりしては、ドクター・ノグチに悪い。だから私は銅像の移動には絶対反対しているのですが、このごろはメリダの者達もドクター・ノグチのことをさっぱり知らないのです。あんな偉い医者がこの土地にいたことを忘れては困る。あなたが、はるばる日本から来たことが新聞にのれば、彼等はドクター・ノグチのことを知って、あの銅像をもう少し大切にするでしょう」

ようやく、私はヴィラヌエヴァ氏の真意がのみこめた。メキシコ人で、ただ数回、野口に会った、というだけの人が、これだけ野口のことを大切に思っているのである。

五十数年前、東洋の異国からきた一医学者のことを、メキシコ人が忘れたからといって、とくに非難するほどのこともないと思うが、ヴィラヌエヴァ氏は痛憤やる方ない、といった調子で嘆くのである。

かつて若かりしころ、世界的医学者に接したという誇りと老いが、ヴィラヌエヴァ氏を、一層、かたくなにさせているとはいえ、この熱意は並大抵のものではない。この野口への傾斜は日本人のそれをはるかにこえている。私は改めてヴィラヌエヴァ氏に向っていった。

「われわれが新聞社に行くことが、野口博士の銅像を残すのに多少ともお役に立つのでしたら、喜んで新聞社に行かせてもらいます」

「行ってくれますか」

「もちろん。あなたのドクター・ノグチを思う気持には感動しました。日本人として、感謝の気持で一杯です」

「それでは、頼みついでにもう一つ頼みたいのですが、ドクター・ノグチの銅像に、花輪を一つかけてやってくれないでしょうか。私は彼の命日の、五月二十一日には必ず花輪をおくのですが、このところもうずっと誰も花をやっていません。きっとドクター・ノグチは淋しがっています」

「もちろん。明日、新聞社へ行く前に、必ず花輪を置いておきます」

私が答えたとき、表に車が来たと下の娘さんが伝えに来た。

「さあ行こう」

ヴィラヌエヴァ氏が杖を持って真っ先に立ち上る。出てみると、クリーム色のリンカーンがドアの前に停っている。まだ買って間もないらしく、フロントからボディまで眩しいほど磨かれている。あとできいたのだが、ヴィラヌエヴァ氏が、私達のために、とくにこの乗り心地のよい車を借りてくれたらしい。

「さあ、どうぞ」すすめられるままに、私はうしろに坐り、横にカルロス君、そしてヴィラヌエヴァ氏が前の助手席に坐った。ハンドルはどういうわけか山田氏が握った。

まず繁華街に近い、ホテル・レホルマへ行く。ここは野口がこの街にきたとき、泊っていたホテルである。そこを見てから総督通りを抜け、動物園の横を通って、国立病院の前に出た。

病院は二階建てで、すべて黄色く塗られ、それが広い通りの、赤いプルメリヤの街路樹に映えて美しい。建物の敷地はかなり広いらしく、棟と棟との間の芝生を横切るように、渡り廊下が続いている。

「この建物も、今年の末には取り壊す予定です」

近く改装するというだけに、近づいてみると、建物はさすがに古びて、色も、ところどころ剝げている。

野口がいた研究所は、そのなかほどの、通りに面した一角にあった。

かつてはそこが正面玄関であったという、鉄の柵のある入口を左右から囲むように六角形の建物がある。野口はその右手の、窓の高い部屋で終日顕微鏡を覗いていたらしい。

野口の肖像はその二つの建物に囲まれた中庭の中央にあった。白い御影石の上に白衣を着て腕をくみ、空を仰ぐような姿で立っている。いまから十年前、玉川学園園長小原国芳氏と地元のヴィラヌエヴァ氏等の好意で建てられたものである。肖像は南国の夕暮近い空の下で、誇らしげで少し淋しげである。

「ヴィラヌエヴァさん達がドクター・ノグチを待っていたのは、このあたりなのですか」

私が肖像のまわりの庭を目で示すと、氏は大きくうなずき、

「あのころは、この奥の建物はありませんでしたが、われわれはよくこの庭でドクター・ノグチが出てくるのを待っていました。大抵、左手の、あのドアを押して、髪をぼさぼさにし両手を白衣につっこんだまま、ややうつむき加減に出てきたのです。われわれは機嫌がよさそうかどうか様子を見て、なんとなくよさそうだと思うと、そっと近づいて話しかけたものです」

「このあたりで？」

「ええ、立ったままの時もあったけど、大抵は草の上に坐って、その周りを私達は取りかこんで、話をきいたものです」

話しながらヴィラヌエヴァ氏の眼は輝き、頬は紅潮してくる。

私は像の前に立ち、改めて野口の肖像を見上げた。

一体、異国の学徒達をこれほどまで惹きつけ、熱狂させた野口とはどういう男であったのか。そのとき野口はこの南の果てに一人きてなにを考え、なにを願っていたのであろう

か。

私がとりとめもなく考え、思い巡らしているうちに雲が動き、やがてこの街特有の白い滝のようなスコールが訪れた。

第一章　猪苗代

一

私が野口英世の生家を訪れたのは、一九七二年の八月の末であった。すでに夏休みも終りに近く、観光客は少ないかと思ったが、生家や、それに続く記念館には、かなりの人が詰めかけていた。

八月の末の会津盆地は、すでに初秋の気配である。そそり立つ磐梯(ばんだい)のうしろを行く雲も、猪苗代まで拡がる稲田も明るく陽に輝いているが、夏のような逞(たくま)しさはない。ゆるやかな微風だけが、ときに思い出したように頬をかすめていく。

東京からこの猪苗代湖畔の小さな町へ行くには、上野から東北本線を北上し、郡山(こおりやま)で降りて磐越西線に乗り換える。このローカル線の九つ目、猪苗代駅が一番近いようだが、大抵の人は一日会津若松まで行き、そこで飯盛山や若松市を見たあと、バスやタクシーでこの生家へやってくるらしい。会津若松から猪苗代町まで車で三十分、私もそれと同じコースをたどってこの生家のある町へたどりついた。

そこは、いまは町村合併により、長田、堅田などとともに、猪苗代町に包括されているが、かつて野口が生れたころは、翁島村と呼ばれていた。正しくは福島県耶麻郡翁島村大字三ツ和字三城潟と呼ばれていた。

この三城潟という地名の由来は『翁島郷土史』によれば、鎌倉時代、三浦経連という武士が、その子経泰、義泰らをひきいて、この土地に居つき、三つの館を築いたところからきているらしい。城の規模はともかく、湖を望む一角に、三つの館が並んでいたことはたしからしい。江戸期の絵図を見ると湖に帆船が浮び、うしろの磐梯山の麓に亀ヶ城という城砦が見えるが、かつての城壁もそのような景観を呈していたのかもしれない。

その後、この一帯に人が住み、寛政九年の『三城潟村御検地名寄帖』には二十七戸の家が記載されている。この戸数は、多少の増減はあったが、大体二十七戸から三十戸あたりを保ちながら、明治に至り、現在はなお五十戸余というのだから、村落のあり方は昔とあまり変っていないことが知れる。

ところで、この三城潟には二瓶と野口という姓がかなり多い。この理由について、『野口英世』の著者の奥村鶴吉氏は、かつてこの界隈を領していた里美太郎重利に従っていた名家に、二瓶、野口の両家があったから、という説を紹介しているが、その真偽ははっきりしない。

いずれにせよ、この二つの家が、三城潟の生えぬきの家であったことはたしかで、一時野口、二瓶両家が、交互に村長を出していたこともあったらしい。しかし江戸時代に入ってからは、ほとんど二瓶氏が庄屋を継ぎ、寛永年間以後は川越氏の名がでてくるが、野口家が庄屋になった形跡はない。

このように、野口という姓そのものは、三城潟では名門に違いないが、英世の生れた野口家そのものは分家で、しかも英世が生れたころには零落し、母親のシカ一人が働いてえた日銭で辛うじて飢えを凌ぐという状態であった。

大体、この一帯は雪が深く裏作や麦作などは出来ないうえに、荒地が多く、四、五年に一度はきまって凶作が訪れるところから、会津藩では珍しく足引という、年貢お目こぼしの制度があったところである。

それでも、一時は郡山から越後に至る、いわゆる越後街道に面し、宿場町として、多少の賑わいを示していた。

そのせいか、この村の家はほとんど屋号を持っていて、英世の母のシカが奉公に行った二瓶家は染屋と称し、英世の幼少時代の友達がいた野口家は、松島屋と呼ばれていた。こうしたなかで、家が街道に面していたのに、英世の家だけが屋号をもたなかったのはどういうわけか。察するところ、野口家は常に貧しくて人手が足りず、商業まで手を出す余裕がなかったせいかもしれない。

前記奥村氏の調べた、文政九年の『川西組三城潟村百姓分限改帖』によれば、英世の四代前の野口清太郎のとき、その耕作高は十一石九升八合となっている。当時三城潟農家一戸当りの平均耕作高は、八石九斗六升となっているから、それからすると、初代清太郎のときの生活は、中よりやや上であったと想像される。

それが文久三年の、英世の曾祖母みつとその娘婿（むすめむこ）善之助の代には、耕作高一石五斗三升に借用米一俵三斗となり、「内証下々」と記されている。また明治元年には、善之助は若松の代官屋敷に中間（ちゅうげん）奉公に出て、働き手は妻みさと娘シカの二人だけで、耕作高は二石七斗九升となってはいるが、借用米は四俵二斗で、生活はどん底におちこんでいる。

英世には祖母に当る、このみさという人は婿をとっているが、英世の母に当るシカも、同様に佐代助という婿養子をとっている。この二人の男は、いずれもどういうわけか酒飲みで農業を嫌い、若松や、ときには京都まで働きに出て家を留守にしている。すでに傾いた女手一つの貧しい家に婿養子にくるのに、ろくな男はいなかったのか。

英世の父の佐代助など、家にいないほうがましで、帰ってくると朝から酒に浸り、シカが夜も寝ずに働いてえた金をくすねては博打に使うといったありさまで、家族を苦しめるためにだけ存在したといったほうが当っている。後年、英世が外国へ渡り、郷里の母や知人へ送った手紙の、どの一片にも、父について書かれていないことでも、そのあたりのことは想像がつく。

これにくらべて、母のシカという人はよく出来た人であった。この人については、野口に関する伝記のすべてが絶讃して止まないが、たしかにその努力と忍耐は並みのものではない。

二

英世の母のシカは嘉永六年、野口岩吉の娘みさと隣村からの婿善之助のあいだに長女として生れた。二人のあいだの初めての子として祝福されるべきが、シカが生れて間もなく、その野口家はにわかに零落の速度を早める。

まずシカが生れた翌年、曾祖父の清太郎が死に、ついで祖父の岩吉がどこともなく奉公に出たまま帰らず、そのさなかに、今度は母のみさがシカを置いて家出する。しかもこれを追うように父の善之助まで四歳のシカを見捨てて家を去ってしまった。生れてから三年のあいだに、シカは曾祖父、祖父、父、母と四人の肉親を失うという悲劇にあい、うらぶれた家に祖母と二人だけ置き去りにされたのである。

一体、シカの両親が何故次々と家を出たのか、その理由ははっきりしないが、一説には母のみさに男がいたとも、夫婦仲がこじれたともいうが、それはあくまでも憶測の域を出ない。

ともかく、残されたシカと祖母はすぐ次の日から食べるのにも困った。幸い、みつは祖母とはいえ、まだ四十七歳であったので翌日から田にでて働き、さらに猪苗代湖で蝦(えび)などすくって生計の足しにしたという。この間、四歳のシカは一人で留守を守り、夜遅く祖母が帰ってくると、足を洗うのも待てずにしがみつき、「おっ母はいづ帰(けえ)る」と執拗に尋ねた。みつはひたすら「もうじき帰(けえ)っから」と当てのないことをいいながら、母の移り香のある着物をかぶせて、寝つかせる日が続いた。

この淋しい家に、安政六年の春、突然、父の善之助が帰ってきた。丁度、三城潟を出奔してから三年目で、シカは七歳になっていた。

あまり馴染みのない父とはいえ、シカの喜びようは大変で、ようやく淋しさが救われたかと思ったが、今度は誰よりも一番可愛がってくれた祖母が、瘡毒(そうどく)にかかって動けなくなった。

このとき、安政六年の『分限改帖』には、「母みつ、年五十、瘡毒相煩ひ片輪者也」と書かれているが、この病気はおそらく、いまでいうリウマチであったと思われる。各関節が侵され、膝や足が曲ったまま動かなくなり、いわゆるいざりになったのであろう。

祖母の病気にシカは驚き、慣れぬ手つきで炊事など手伝ったが、その陰惨な家に耐えきれなくなったのか、父の善之助は再び三城潟から去っていった。父親らしくもない、身勝手といえば身勝手だが、気弱な善之助には、それ以上、暗い貧しさに耐えていく気力がなかったのかもしれない。

一人置き去りにされたシカは、まだ八歳になったばかりで、しかも家には足腰の立たない祖母がいる。

大抵の子供なら、泣きじゃくるだけなのに、このころから、シカは人並みはずれた聡明さと勝気さを備えていた。

父に逃げられたと知るや、シカは自ら同じ村の二瓶新七方へ出向き、子守り働きをさせて欲しいと頼みこんだ。この新七の内儀というのは、人一倍厳しい人で、八歳のシカを、大人の使用人と同じように酷使し、家事から男でもきつい野良仕事までさせた。とくに冬など、昼の仕事に続いて、夜も草鞋(わらじ)や草履(ぞうり)つくりを命じ、シカは火の気のない納屋で羽目板に凍える手をぶつけて暖をとった。それでも泣きごと一ついわず、使いにいってもらったお菓子は、自分で食べず、必ず祖母に持ちかえった。

このころ、シカは人伝てに、父の善之助が、猪苗代町の城代屋敷に奉公していることをきいて、一人で一里半の道を歩き、その屋敷に訪ねていった。だが、行ってはみたものの、広大な屋敷で、怖くて入れないでいると、そこの中間に誰何(すいか)され、父を訪ねてきたことを告げた。その家の奥方はシカの親を恋う心に感心し、年季奉公中の善之助を、数日間だけ三城潟へ帰してくれたともいわれている。

とにかく、シカの聡明さと勝気さは、普通の子のように、ただ泣き叫んだり、傍観していることを許さない。どんな苦境に追いこまれても、全力を尽し突破していこうとする。この頑張りは、まさしく、のちの英世が受け継いだ素質そのものである。

八歳で二瓶家の子守りをしながら、シカはそれだけには甘んじていない。同じ年頃の娘達が字を習っているのをみると、無性に習いたくなり、隣の千手院法師鵜浦寿康という人に頼み込み、いろはの仮名文字を、書いてもらって、子守りの合間に読むようにした。さらに字を憶えるため、主家の人達が寝静まるのを待って、盆の上に灰を置き、月の光を頼りにその上に指で字型を書いたともいう。

後年、シカが野口英世に送った手紙が、現在野口記念館に保存されているが、平仮名、片仮名、ときに漢字まじりの、乱れた字体ではあるが、ちびた鉛筆をなめながらも必死に書いた親の心情がよく現れている。

この鵜浦寿康という人は、のちに悪疫（あくえき）の赤痢（せきり）にかかって家中閉門されたが、シカは手本を書いて貰った恩義を忘れず、感染する危険をおかして傍について看病をし、恩を返したという。

やがて文久二年、シカ十歳のときに父善之助がまた思い出したように若松から帰ってきたが、その翌年の冬、シカを一番可愛がってくれた祖母のみつが危篤におちいった。シカは家に戻って看病したかったが、厳しい主家は暇をくれず、わずかな余暇を盗んでは家に駆けつけ、とぼしい給金の前借りで買い薬をして、祖母にのませた。

だがその必死の看病もむなしく、祖母は五十四歳で、この世を去った。

このとき、シカは十一歳になっていたが、祖母の四十九日の法要のあと、一人で村の菩提寺の大宮山長照寺を訪れ、住職の玄瑞和尚に、祖母の信仰していた観世音様へ供えて欲しいといって十銭を差し出したという。

和尚は十一歳の子守りの女が、それほどの金を持っていたことに驚き、感心し、いわれたとおりそれを御堂に供え、観音経一巻を読経したという。

この翌年、今度は出奔していた母のみさが、九年ぶりに家に帰ってきた。さらにこの数ヵ月あと、岩吉も帰ってきて、野口家はようやく賑やかさをとり戻す。

シカも年季を終えて、二瓶家から暇をもらい、再び野口家に幸せが舞い戻ったかにみえたが、長年離れて暮していた祖父や両親夫婦のあいだはうまくいかず、善之助はその冬、またも一人、京都へ奉公に出かけていった。残った祖父の岩吉はすでに老衰で足腰の自由はきかず、止むなく十二歳のシカは、母と一緒に田畑に出て働かねばならなくなった。

この年の冬、壊れた壁に蓆（むしろ）を下げて、辛うじて寒さをしのいでいた家が、突然、異様な音とともに傾きはじめた。曾祖父の清太郎が建てて以来、百年近く経ち、そのあいだ手入れらしい手入れはなにもせず、女手だけで屋根の雪下ろしもままならぬうちに、柱や梁（はり）が、雪の重みに耐えきれなくなったのである。

このとき、母のみさは外出していたが、シカは体の不自由な祖父を抱えながら外へとび出して危機を逃れた。

異様な音をききつけて、駆けつけてくれた近所の人達により、ようやく母屋だけは支えることができたが、東の厩（うまや）はそのまま、雪につぶされてしまった。このころ野口家には、すでに馬はなく、厩は物置同然になっていたが、このままでは、またいつ倒れるとも知れない。

この倒壊騒ぎのあと、村人達は見かねて有志が寄り合い、野口家の手直しをした。それによると、いままでの間口十二間から二間半ほどせばめられ、八間半と四間半の家構えに直したと記録されている。

現在、三城潟に残っている家は、この改修されたあとの家だが、平屋で建坪総面積は三十坪を少しこす。

「赤貧洗うがごとし」というにしてはこんな大きな家にと、都会のせせこましいところに住んでいる現代の人々にとっては少し意外な感じを受けるが、二百年前の野口家の家構えが、いまに残っているからで、構えだけで豊かといいきるわけにはいかない。

それに、大きくは見えても、なかには馬も同居し、冬は土間で、草鞋やふみたわらを編む藁(わら)仕事もする。さらに冬期間、大量の雪に耐えるには、どの土地よりも堅牢な柱や梁が必要であった。現在の生家は、家構えこそ正確に伝えているが、壁や襖(ふすま)は補修され、当時の荒れた面影はない。家の倒壊だけは防いだが、部屋のなかは相変らず隙間(すきま)風が吹き、その寒さから肺炎をおこし、翌年の冬、祖父の岩吉が死亡した。

シカは祖父母を失い、父の善之助はときたま帰ってきても、自堕落が身について働かず、母のみさも、所詮(しょせん)は農耕に向く女ではなかった。シカは戸主になったような責任を覚え、前にも増して働き出した。朝早くから夜遅くまで田畑に出る一方、余暇をみては駄賃貰いに、猪苗代町から若松まで駆け廻った。

労働に明け暮れながらも、シカは美しく着飾ることに関心がなかったわけではない。村の鎮守の八幡神社の祭礼の夜、みな一張羅の着物をきて、白足袋をつけてお詣りに現れる。シカは木綿の着物こそあったが白足袋はなかった。誰もが、シカは素足でくるものと思っていたのが、まっ白の足袋をはいて現れ、みなを驚かせた。人々は改めて、シカの用意のよさに感心したが、それは前の夜、負けずぎらいのシカが徹夜で、白い和紙を貼りつけてつくった紙の足袋であったという。

やがて慶応四年から明治元年に年は改まる。シカはようやく十六歳になったが、維新の騒動は、この東北の片田舎をも戦火の渦に巻き込む。江戸を占拠した西軍は、一気に会津めざして急迫してきた。三城潟から翁島、戸の口という越後街道は、西軍主力の通路にあたる。彼等は会津全滅を狙って各地に火を放ち、狼藉をほしいままにしていた。

三城潟もその兵火に焼かれようとしたとき、シカは単身、西軍の陣営に駆け込み、罪のない農民の家を焼かないよう陳情したという。この話は、はたして真実なのか、信憑性は疑わしいが、いかにもシカならやりそうに思えるところが面白い。ともかく、この嘆願がきいてか、三城潟は兵火で七戸を焼いただけで、あとは野口家も含めて、無事におさまった。

こうして戦は終り、会津にも平穏が訪れてくる。会津藩士の多くは討死にし、残った者は、越後か青森の先の斗南に逃れていった。日頃、搾取されてきた農民は、こういうときだけは、武士のような追及は受けず、すぐ土へ戻ることができる。

だが官軍に抗らったということで、以来、会津はさまざまな圧迫を受ける。たとえばこの後東北本線の敷設に当り、若松はかつて二十三万石の城下町を誇った東北有数の都市であるのに鉄道から見放され、町の発展は大きく阻害された。さらに会津出身者というだけで中央政府にいれられず、明治の末まで、ここから中央官界にめぼしい人物はほとんど出なかった。白虎隊、磐梯山と歴史的・観光的には有名になったが、人々自体は恵まれない。その口惜しさが同県人の団結を強め、後年、いろいろ問題はありながら、野口英世を守り立てていった原動力ともなった。

徳川から新政府へ時代は変ったところで、下層農民に安楽が訪れるわけではない。父は相変らず、家を出たまま帰らないが、家には母のみさがいた。女二人だが、一応、落ちついた生活であった。

そろそろシカも年頃である。婚期の早いこのあたりでは、すでに遅すぎるほどだった。

明治五年、二十歳になったとき、シカは三城潟から一里余へだてた小平潟に住む小檜山惣平の長男佐代助を婿に迎えた。

三

だが、佐代助は、代々野口家の男達が、ふしだらで怠けものであったと同じような欠点をもっていた。初代の清太郎はともかく、岩吉、善之助、佐代助と、どういうわけか、野口家は男運が悪い。いずれも気が弱く、農耕を嫌い、屋敷奉公に流れ歩く。一ヵ所に腰を落ちつけているところがなかった。

これを生来の怠け者といい、酒飲みというのはやさしいが、それだけで彼等のすべてを断ずるのは酷かもしれない。

佐代助の実家の小檜山家は、学者組とも呼ばれた家柄で、一族からは多くの優秀な人材が輩出している。学問に熱心であるとともに、頭もよかった家系である。佐代助ももちろん、その一族の一人として、頭はよかったに違いない。事実、そうでなければ、英世のような優秀な人材が生れるわけはない。英世の性格からみて、母の血のほうを強く受けてはいるが、母と父、両方の聡明さが相まって、英世が生れたと考えたほうが適切であろう。

いずれにせよ、佐代助は学問の程度はともかく、資質的には、かなり優秀な男だったと思われるが、その頭のよさが、逆に彼の一生を狂わせたともいえる。

はっきりいって、佐代助は百姓に向いている男ではなかった。少しでも頭が切れ、小才が利く者であれば、当時の百姓が、労多いわりに恵まれること少ない、割の悪い職業であることは見抜けたはずである。当時、百姓をやるには、百姓の家に生れたからそれを受け継ぐということになんの疑問も感じない、従順な男でなければできなかった。少しでも疑問を持ったら馬鹿らしくてできない。

佐代助の悲劇は、百姓をするには頭が切れすぎるが、といって他の職業をするほどの勇気もない、中途半端なところであった。いまのインテリの大半がそうであるように、批判はするが実行が伴わない、口では強いことをいうが、気は弱い。

自分はこんな仕事で一生終る者ではない、もっと才能を生かす道があるはずだ。そう思いながら、所詮は百姓という枠から逃れられない。いまならインテリはインテリなりに、生きる道があるが、当時は百姓という身分に生れたら、なかなかそこから這い出せない。自分は向いていないと思うだけで逃げられず、苛立ちだけが彼を酒に走らせたともいえる。

もちろん、こういう観方は、佐代助に対して少し好意的すぎるかもしれない。それなら何故、もう少し自分の才覚を働かせることを考えなかったのか、百歩譲って、百姓に向いていないからといって、それが酒を飲むという理由にはならないという批判も出てくる。

だが、ここでも佐代助の気の弱さは致命的であった。友達に誘われると厭といえず、ついふらふらとのってしまう。酒飲みや博打うちが本質的に悪人ではないように、彼も悪党ではなかった。シカの父の善之助も同じで、人だけはいいが、農耕に向かないと思って屋敷奉公に出た以上は、辛くても五、六年は我慢すべきなのに、他に目移りして長続きしない。

一般に男は女にくらべて根気がなく、気弱なところがあるが、その意味で野口家の男達は、もっとも男らしい弱点を備えていたともいえる。そして、この弱い男を駄目にするには、当時の三城潟には恰好の条件が揃っていた。

この少し前、会津戦争で大量に流れこんできた西軍の人足達は、戦が終ると三城潟に引き揚げてきて、一時、軍部役所とされた長照寺に屯していた。この人足達は戦争の拡大とともに、行く先々で駆り集められてきただけに、ならず者や浪人がまじり、素行がきわめて悪い。この男達が村に屯して、まわりの農民達をしきりに酒と博打に誘い込んだ。三城潟でも、彼等の悪行にのせられ、先祖伝来の田畑を売り払った者がかなりでた。この悪頭は秀れていながら、百姓であることに漠然とした不満を抱いていた佐代助が、この悪習に染まるのは簡単であった。なまじっか頭が利くから、博打くらい簡単に出来ると錯覚しそれが陥し穴になった。

こうして、シカの苦労が再び始まる。それは夫という、もはや逃げも隠れも出来ない相手だけに、いままでより一層悪質ともいえた。

当時、三城潟では、佐代助が百姓仕事をしているのを見たことがないといわれたほど、佐代助は働かず、朝起きるとすぐ居酒屋へ駆け込み、コップ酒を二杯飲むのが習慣であった。

三城潟には、港屋と吉川屋という二軒の居酒屋があり、佐代助は毎日このどちらかに出入りし、のちに港屋に、野口家の田、一反ほどが酒代のかたとして取られている。さらに、この数年あとには、佐代助の縁続きである猪苗代の小檜山家にも田を売り、英世が生れたころには、西久保と三城潟の境いの田だけが残っていたが、ここはよく湖の水をかぶり、実際にはほとんど収穫の望めないところだった。

シカは結婚してすぐ、佐代助が頼りにならない男であることを知った。一日中、酒浸りで、仕事といえば、三城潟の郵便配達夫として一日十銭前後の駄賃をもらうだけで、それも思い出したようにやるだけで、もらった金はすぐ酒に費ってしまう。

シカは再び、夏は農家の日雇いを、冬は雪の峠をこえて若松まで橇で荷を運ぶという、男でさえきついといわれた重労働に追われた。

それでも、耕す田も、耕し手もない野口家では、日銭が入らなければ飢えてしまう。文久年間に一度修築した家は再び傾き、夏のあいだは、破けた壁穴から家のなかが丸見えであった。戸は壊れ、冬になると、そこに古蓆を下げて辛うじて寒さをふせぐありさまだった。畳もほとんどが腐り、はがして替りに筵を敷いて寝た。

こんな貧窮のなかで、明治七年四月、まず長女イヌが生れる。次いで二年後の明治九年十一月九日、野口英世が産声をあげる。このとき、母のシカは二十四歳、父佐代助は三十六歳であった。

四

野口英世の姉は明治七年の戌年に生れたところから、その干支にちなんでイヌと名付けられた。当時はまだこうした名前のつけ方が多かったが、その二年後に生れた英世は、初めの戸籍では清作となっている。これはシカの曾祖父清太郎からとったものだが、この清作が、のちに英世となったのには、次のようないきさつがある。

明治三十一年八月、清作は自分を高等小学校まですすめてくれた恩師の小林栄夫人が重態だときいて会津へ戻った。このとき、清作は二十三歳、その前年、医師開業試験に合格し、北里研究所に勤めたばかりであった。

夫人の病気は腎臓病で、ほどなくもちなおしたが、たまたま清作が付き添っていると
き、隣のベッドにいる人から坪内逍遥作の『当世書生気質』を借りて読んだ。この本は当
時の流行小説としてなかなか人気のあったものだが、これを読んでいるうち、偶然、小説
のなかに、「野々口精作」という人物が出てくるのにぶつかった。野々口精作は医学書生
で秀才の誉れ高く、故郷の期待を一身に受けて上京するが、ふとしたことから酒と女に身
をもち崩し、遊蕩三昧の生活に溺れる。
野口と野々口と、一字違いだが、名前も、医学生であるところもよく似ている。しかも
酒と女に溺れるところまでそっくりである。当時清作は研究所の差別待遇にいや気がさ
し、人々から借金を重ねては、吉原から横浜の遊廓まで遊び歩いていた。
一読、清作は自分のことかと驚いた。誰かが自分のことを密告し、それをもとに坪内先
生が書いているのではないか。気になった清作は、悩んだ末、小林栄に改名したい旨を申
し出る。
「有名な小説に、同じ名前のあんな破廉恥な男がでてくんのではやりきれません」
もちろん清作は、東京での自分の行状が主人公にそっくりだから、とはいわなかった。
真面目な少年時代しか知らず、期待をかけてくれている恩師に、そんなことをいえた義理
ではない。なにも知らない小林栄は清作の申し出を単純に、名前が似ているから嫌なのだ

とうけとった。

「ほんなに気にくわねぇんだったら、変えたほうがいいべ」

「しかしすぐにいい名前は浮びません。どうせ変えんだったら立派な名前にしてぇんです。ほんで新しい名前の名付け親になってもらえねぇでしょうが」

「私でよがったら、考えっぺ」

自分が見出した片田舎の少年が、いまや東京で医師になり、妻の病気に駆けつけて、名付け親にまでなってくれ、というのである。小林栄としては悪い気はしない。数日後、小林は「英世」という名を書いてみせた。

「英どいう字は、小林家で代々用いられてきた名で、人にすぐれるどいう意味だ。世はこの広い世のながをさす。英世どはすなわち、世にすぐれた人物、第一級の人間どいう意味だ」

この名をきいた途端、清作は大きくうなずいた。いかにも賢そうでしかも品がある。清作という百姓然とした名とは大変な違いである。

「ありがとうございます。この名前ならもう誰にも負けません。いだだいた名前をはずかしめねぇよう頑張ります」

このときから、清作はさっそく英世と名のり、役場へ改名した旨を届け出た。

だが役場では、たまたま小説に出てきた主人公と同じというだけの理由では受けつけられない、と拒否された。そんなことでは、みんな勝手に改名して大変だというわけである。しかし英世という名前をきいたいまとなっては、清作に戻る気にはとてもなれない。考えた末、清作は一計を思いつく。

改名の条件として、村に同じ名前の者が二名いる場合は変えられるという条項がある。郵便物の配達などでわずらわしいからである。清作はこれに目をつけ、翌年、同じ村の他の野口家に男子が生れたときくや、その子の両親に、清作と名付けるようにすすめた。清作というのは、当時として、とくにおかしな名前ではない。それに同じ野口清作が現実に勉学に励み、村でただ一人の医師になったのだから両親はその名を付けるのに特に不満もなかった。かくして新たな「野口清作」が生れ、古い清作は晴れて役場に申し出る。

明治三十二年十月二十一日、ようやく役場の戸籍簿の清作は抹消され、新たに英世と記載された。

たかが名前ぐらいという考えもあるが、そのねばりに、のちの英世の異様な執念の芽を見ることができる。

これ以来、英世は小林夫妻が名付け親であるというところから、手紙では常に「御父上様」「御母上様」と呼ぶようになった。英世は若いときから、こういう大袈裟なことが好きだった。

だが小林栄はのちに『当世書生気質』に野々口精作という人物が登場することを知り、後年、英世が西アフリカで死んでから、坪内逍遥に直接手紙を出し、小説中の野々口精作が、野口清作をモデルにしたのか否かを尋ねている。

それに対し、坪内逍遥は手紙で以下のように答えている。

復、故野口博士に関する御追憶談は洵に耳新しく、深き感興を以て拝読致し候。彼の拙作は明治十七年起稿、十八年出版のいたづらかき甚しき架空談、人物の姓名なども大方出たらめに候。あの頃故博士は多分九歳か十歳にておはし候ひけむ。姓名の類似は申す迄もなく偶然に候。何故医学生にあの如き放蕩者を作りいだし候ひしかと申すに、当時東京大学医学部と称し候ひし本郷の医学校は、其専門の然らしめし所か、学生中に洒落者多く銭づかひもあらきよし風耳盛んなりし故、さてこそあの如き諷刺を試み候ひしに過ぎず、もつとも借金書附の如きは多少のよりどころありしものに候。

いづれにせよ四十五、六年前の悪作、おもひ出すさへ冷汗淋漓に候。然るにあの如きものが思ひがけずも真個世界的大国手、故博士御発憤の一機縁と相成しとは、一に是れ貴下の高論と故博士の英邁なる天資の然らしめし所たるや、申す迄もなき儀と存じ候。

さりとて世に珍しき御物がたり、若しおさしつかへなくば御仰せ越しのままに、故博士の小伝をも加へて拙文につづり、例へばキングの如き誌上にて公にせんは、今一世に瀰漫する惰気蕩気を多少廻らすに足るべきかと考へ候。御快諾下さるべしや、いかに然らんには故博士が少年時の御事頌、順天堂へ御入学当時の概略等も承りたく候。洵に一箇の林檎の落ちたるも心あると心なきとにて之を見たる結果、雲泥の差を生ず。返すがへすも世の心なきともからを警醒するに、力ある御話と存じ候。不取敢御返事まで如此候。

不一

五月十六日

伊豆熱海にて、坪内雄蔵

小林栄様

二伸、故博士の実家の姓名、並に貴台との御関係をややくはしく御洩し願入候。

（奥村鶴吉著『野口英世』より、文中句読点、筆者挿入）

坪内雄蔵というのは、もちろん逍遥の本名である。

この文面を見れば、小林栄がこのころ、かつて清作が遊蕩三昧にふけっていたことを承知していたことがわかる。

また坪内逍遥が、野口英世の話をきき、早速雑誌『キング』などに書きたい、と申し出ているところは、いかにも作家らしい好奇心のあり方として面白い。このあと逍遥は英世のことを、随筆くらいでは書いたのかもしれないが、はっきりした記録はない。小林栄としては、さすがに英世の放蕩時代のことは語る気にはなれなかったのかもしれない。

五

清作が生れたとき、野口家は相変らず貧乏のどん底にあった。父の佐代助はときに翁島郵便局の下働きとして、郵便物を配達していたが、それは正式の逓送人が休んだときだけの臨時雇いで、それ以外は朝から酒と博打にあけくれていた。

一旦、奉公先から帰ってきた祖父の善之助は、つれあいのみさと折合いが悪く、また家を出て行き、残ったみさは五十前だというのに、体のあちこちが痛むといって一日中、家にぶらぶらしているだけだった。

イヌと清作、二人の乳呑児をかかえ、怠け者の母と、金を持ち出すだけの夫を持ち、シカの苦労は深まるばかりであった。

一時、村人の援助で修理した家はすでに朽ち、壁穴には蓆を下げ、畳は一枚もなく、板の上に筵を敷いて寝(やす)んだ。雨の日には、漏らないところに一家が集まり、赤児の上には雨傘を置く。家構えだけは大きいが、なかは幽鬼が群れているように暗く陰惨であった。

それでもシカは一人で頑張った。春から夏は他の田に働きに出て、終ると湖畔に行って小蝦をとり、それを朝早くから売り歩く。冬は近くの家の柿や芋を仕入れては、戸の口、蟹沢あたりまで売りに出て、わずかな暇があれば近くの家の小間使いをし、夜は更けるまで草履や縄を編む。

近所の人達はその強靱さに驚嘆し、人わざでないと噂し合った。

このころ、シカの心のよりどころは新鶴村にある中田観音であった。この観世音は夢島、立木と並ぶ、奥羽三観音の一つで、文永十一年（一二七四）会津新鶴村に建立されたものである。本殿には光背銘のある国宝の金銅像が祭られていて、古くからこの一帯の人々の信仰を集めていた。境内は深く広く、本殿の左右に高さ三尺一寸の脇地蔵を揃え、地方には珍しい豪壮なつくりであった。

シカはここへ祖母のみつに連れられてきたのが初めてだったが、それ以来、信心を深め、終生、祈ることを忘れなかった。

「おれにはいづも観音様がついでいでくれっから、一生懸命働いてせぇいれば、間違えねぇ」シカはいつも村人達にそういっていた。

やがて明治十二年の年があけ、清作は数え四歳の春を迎える。

このころ、父の佐代助は月輪村に働きにでたきりで家には二人の子供と祖母のみさしかいなかった。

シカは相変らず日中は田を耕し、夜は湖畔に出て蝦をすくい、明方早く売りに出るという生活を続けていた。当時の野口家は、田の仕事だけでは日銭が入らず、生活していけなかったのである。

その日は四月の末で、春の遅い猪苗代のあたりも眠くなるような陽気に包まれていた。終日、田を打ち、疲れはてたシカは日暮とともに一旦家へ戻ると、大鍋に水を入れて囲炉裏の鉤にかけてから、汁に入れる菜を採るため外へ出た。

シカが家の方角から、異様な泣き声をきいたのは、それから十数分ほど経ってからだった。その声は生温かく暮れかけた春の宵を引き裂いた。

手に持った籠を捨て、駆け戻ったシカが見たのは、囲炉裏のなかに手を差し込んだまま泣いている清作であった。その上には直径三十センチもある土鍋が傾き、そこから洩れた熱湯で、あたり一面、灰と煙でおおわれていた。

シカは草鞋のまま駆け上り、清作の体を囲炉裏から引き戻し、抱きしめた。清作の小さな左手は、灰と湯をかぶったまま、しっかりと握られている。

どうすればいいのか、シカは動顚してわからなかった。火傷には酢味噌や、ジャガイモのすり身をつければいいという程度の知識はあったが、狂ったように泣く清作には、手のほどこしようがない。さすが強気なシカも皮膚の焼けた臭いのする拳《こぶし》を開く勇気はない。そのまま、シカは清作を抱き、頰を寄せながら、ひたすら観音経を唱えながら祈り続けた。ようやく痛みもおさまり、疲れとともに清作が泣き止んだのは、それから一時間も経ってからだった。

シカは怖る怖る、清作の左掌を覗いてみた。

瞬間、また火がついたように泣き出す。垣間見た左掌は赤く爛《ただ》れ、水泡になりかけたまわりから、膿《のう》のような液が滲《にじ》んでいる。シカは改めてボロ布にジャガイモのすり身をつけ、痛がる清作の手に巻きつけた。

なんということをしてしまったのか。シカは泣き続ける清作を抱きながら、赤児を一人家におきざりにした不注意を悔いた。裏の畑に菜をとりに行った一瞬のこととはいえ、油断がなかったといえば嘘になる。出かけるとき、運悪く母のみさは不在で、長女のイヌは外で遊んでいた。いつもそうするように、シカは藁で編んだ籠に清作をいれて出かけたが、すべてに好奇心を抱きはじめた清作は、自分で籠からとび出し、火の燃えている囲炉裏に近づいたのである。

シカはひたすら自分を責め、このあと二十一日間、仕事以外のときはすべて清作を抱き続けたまま不眠不休の願をかけた。一睡もせずひたすら祈り続けたため十日後からは瞼(まぶた)が腫(は)れあがり、一時はものさえ見えなくなった。

しかしシカがどう祈ったところで、火傷の創(きず)あとが治るわけではない。間もなく痛みはとれ、一ヵ月もすると創はなおったが、清作の左手は、親指と中指が掌面に癒着し、他の指もそれぞれ内側に曲った形で、縮んでしまった。

丁度、軽く拳を握った形で、先が擂粉木(すりこぎ)棒に似ている。子供達のつける綽名(あだな)は、いつもいいえて妙だが、「手ん棒」という綽名は哀しいが見事に、その感じを現している。

シカは清作の手を見る度に、自分の不注意を悔いた。あのとき傍(そば)にいたら、もしすぐ病院へ連れて行けたら、そしていまからでも猪苗代町の医師に診てもらえば、と思い巡らす。だが現実に病院へ行く金などがあろうわけはない。その腑甲斐なさが一層シカを虐(さいな)む。だが当時の医療技術からみて、火傷のあとすぐ病院へ行ったとしても、清作の手が治ったか否かは、疑わしい。

一時だが、清作の左手は直接燃えている薪木に触れ、そのまま短い時間だが、はりついた状態でいただけに、火傷は皮膚の表層だけでなく、真皮から皮下組織まで達していた。とくに親指と人差指は指を動かす筋まで焼け爛れていた。

これを治すには軟膏(なんこう)をつけたあと、指を開いた位置に固定して包帯を巻くのが最良の治療法だろうが、それでも皮膚が焼けてなくなった以上、ひきつるのは避けられない。根本的に治すには、一旦、創がおさまってから、植皮でもすることだが、当時の外科の技術では無理な相談であった。病院に行くお金がなかったから片輪になった、というのはシカのくりごとで、病院に行ったとしても、結果はさして変りはなかったかもしれない。

しかし赤いひきつりを残して、内側に曲ったままの手はいかにも無恰好だった。とくにものを抑えたり持つとき、擂粉木棒の先は目立つ。しかもまだ満二歳半で、本人がその無恰好さに気付かないところが一層哀れをそそる。やむなく、シカは手首から先を包む袋状のものをつくり、それで清作の左手をおおったが、無心の清作が自由の利く右手でそれを解こうとする。

「出さねぇでぇ、そのままにしておげ」

シカはあやしながら、それ以来どこへ行くときも清作を背負っていった。田で働くときは畦(あぜ)の籠や樹から吊した袋に置き、雨の日は八つ足という竹を地面に立て、その上を筵でおおって雨風から守った。子を不具にした償いは、自らその苦しみをともにすることしかないとシカは信じていた。

六

野口家の貧しさも、清作の手の不具の状態も変らぬまま、清作は数えで八歳になった。明治十六年四月、清作は翁島の三つ和小学校に入学した。この校名はいまも残っているが、場所は現在のところよりやや東にあった。清作が入ったころは、まだ座敷に坐り机を並べる寺子屋式のものであったが、初等科、中等科、高等科の三科に分れ、初等、中等が各々三ヵ年、高等科が四ヵ年になっていた。

入学した年、清作は郡役場から二等乃至(ないし)三等の成績優秀賞を受けているが、初等科三年、いまでいう小学校三年のときには一等賞になり、以後はずっと首席を続けている。入学したとき、本や墨を買う金もなく、シカが以前奉公したことのある二瓶家に、代吉という同級生がいるところから、その好意で買い整えてもらったが、成績は誰にも負けなかった。

だが腕白盛りの子供達は、清作に「手ん棒」という綽名をつけ、ことあるごとにからかった。始めのうちこそ逆らったが勝目はなく、そのうちそれをいわれるのが嫌さに、清作は学校に行かず、野や山で一人で時間を過して帰ってくることもあった。こんなとき、シカは生来の強気で清作を励ました。

「おめは手が不自由だから百姓はできねげんとも、頭はいいんだがら、勉強で見返してやれなぁ」

何度かいわれているうちに、清作も母の気持がわかってくる。不具のハンディキャップを補うには学問しかない。清作はさらに勉強する。かくして小学校四年のときには級長になり、さらに全学年つうじて最優秀の子に与えられる「生長」になり、代用教員に指名された。これは成績優秀の子を一時的に教員代りにする制度で、教師の少ない地方ではよくおこなわれていた。

シカは喜び、借金までして当時まだ数名の生徒しか着ていなかった洋服を買ってやり、清作はそれを着て颯爽と教室に登場した。

だがまだ小学校四年生で、人一倍小柄だった清作が大きめの洋服を着て、教壇に上る姿はいかにも滑稽であった。教わる生徒達にしても、いままで一緒に机を並べ、手ん棒と馬鹿にしていた貧農の子が先生では気乗りがしない。彼等は背の低い清作を困らせるために教壇をはずしたり、故意に袋でおおっていた左手に当ったりして、その悪戯を防ぐために、シカが教室まで出てきて見張りしたこともあった。

ともかく、身分は生徒で、実際は先生という奇妙な状態のまま、清作は六年になり、卒業試験を受けることになった。

当時、小学校を卒業するには、その上の高等小学校の教師や視学官がきてテストをし、それに合格しなければ卒業できなかった。このとき、郡視学とともに、三つ和小学校に来たのが、猪苗代高等小学校の首席訓導であった小林栄であった。

このテストは、生徒を一人ずつ呼出し、試験官が口頭試問をするという形式だったが、そこで小林は、成績は優秀ながら左手を袋におさめ、常にうしろに隠している少年に会った。

これが小林と清作との初めての出会いである。

小林はこの少年に興味をもち、いろいろ家庭の事情まで尋ね、今後のことについて困ったことがあれば相談にくるようにさとした。シカは清作からこのことをきくとすぐ息子をともなって小林家を訪ねることにした。こういうところ、少年期の引っ込み思案の清作にくらべ、シカは積極的でものおじしない。この性格は後年、清作の行動にも大きな影響を与えた。

小林のところへ行ったシカは、家庭の貧しさから、火傷のこと、高等小学校へ行かせたいがお金がないことまでありのままに話した。まさに当って砕けろといった感じである。親子の情熱に感動した小林栄は、猪苗代の高等小学校に進学することをすすめた。

「手が悪んだったら、働がしてもてぇした収入になんねぇべ。高等小学校に通うぐれぇのぜにはてぇしたごどねぇ。是非進級させたほうがいいべぇ」

小林に励まされてシカはやる気になった。いままで優秀だとはいえ三城潟の小さな学校でのことである。それが猪苗代の高等小学校の教師にまで認められたのである。

「この子の勉強のためなら、おれはどんなごどだってします、どうがよろしくお願えします」

シカは畳に額をすりつけ、何度もくり返した。

考えようによっては、このとき清作の手が不自由であったことが、ある意味で幸いであったともいえる。もし五体健全であったら、シカは清作を上級学校にやることは考えなかったかもしれない。

「この子は不具で、一生おれが面倒みてやんねばなんねぇ」

そんな使命感がさらにシカをかりたて、清作を上級学校にすすませたともいえる。

だが清作の進級に対して、周囲の眼は冷たかった。当時、高等小学校に行くのは、村長とか、富裕な商人の子女にかぎられ、百姓の子なら、そんなところへ行くより、さっさと農業でも覚えたほうがいい、という考えが圧倒的だった。

「不具の息子を高等小学校にやって、おシカは気が狂ったんでねぇが」

土地の人達はそういって呆れはてた。

しかし勝気なことではシカも清作も人後におちない。さらに陰口には二人とも慣れている。

明治二十二年の四月から、清作は三城潟から往復三里の道を猪苗代の高等小学校へ通いはじめた。

ここでも清作はたちまち頭角を現し、級の首席におどり出る。

自分の勉学のため、母と姉が血みどろになって働いてくれている。自分から学問をとれば手ん棒という綽名しか残らない、そんな切羽詰った気持が、清作をさらに勉強にかりたてたともいえる。

だが家の生活の苦しさは一向改善される兆しはなかった。佐代助の酒びたりは一層激しく、ほうぼうで飲み歩き借金ばかりを重ねる。その前からの借金の圧迫もあって、母と姉の女手だけでは追いつく暇もない。

こんなとき手が不自由とはいえ、十四、五歳にもなる若者を高等小学校に通わせていることは、世間からみるとずいぶん贅沢に見えた。その歳になれば、みな野良で働いているのに、借金に追われている家の息子が高等小学校に行っているとは、なんと身の程わきまえぬ傲慢なことか。シカはそんな世間の眼が痛いほどわかった。だが、といって、ここまできた清作を百姓に戻してはいままでの努力が無意味になる。

迷ったシカは、長女のイヌに婿養子を迎え、その男に野口家を相続してもらうことを考えた。そうすれば働き手も増えるし、清作も安心して学校へ行ける。清作の学業を続け世間の冷たい眼を避けるにはこれが最良の方法である。

だがイヌはこの話を受けつけず、さらにすすめられると家を出て、近くの庄屋に女中奉公に入ってしまった。

イヌは、「男子の清作をさしおいで、家を継ぐのは出過ぎだごどだ」といったが、本心は貧しく借金だらけの家を継がされて母の二の舞をさせられるのではたまらないという気持であった。さらに娘に家まで継がせて清作の学業を続けさせようという、母の弟への偏愛に納得できなかったところもあった。たしかにこのあたり、シカの清作への尽し方は異常で、不具の不憫さはあったにせよ、イヌや清作と齢の離れた弟の清三に対するのとは少し違っていた。イヌが家まで出て拒否したのは、そうした反撥の現れでもあった。

イヌに断わられたシカは、そのうち清作に嫁をもらうことを考えた。相手は縁続きの二瓶佐太郎の娘おとめという十九歳の娘で、清作より二つ年上であったが、その嫁に働いてもらおうというわけである。

嫁を働き手としかみなかった当時としては、よくあることだが、それがすべて清作の勉学のためというのだから徹底している。形こそ違え、シカは現代の教育ママとあまり変らない。

だが清作もこの話は受けることができなかった。十七歳ではまだ結婚するに早すぎるし、いま妻をもらっては、足手まといになるだけである。それに清作は漠然とながら、いつかこの狭い三城潟の地を出ていくことを考えていた。

「だめがなぁ……」

シカは万策尽きてつぶやいた。こうなっては世間の眼をやわらげるため、学校を止めさせなければならないかもしれない。シカがいろいろ画策した結果は、イヌを追い出し、二瓶家に不義理を重ねるだけになってしまった。

「おっ母、おれ、できるだけ働(はだら)ぐから、このまま学校さ行がしてくれ」

清作が坊主頭をそっと下げた。

「いいがら、おっ母はまだ頑張れっから」

シカはさらに自分をふるい起す。この子のため、という心の支えさえあれば、どこまでも強くなれる。シカはある意味でかつての自己犠牲に殉じた典型的な日本の母であった。

七

母親シカの強引な説得にもかかわらず、結局、清作はおとめとの結婚を承諾しなかった。それが自分の学業を続けるため、母が考え出した苦肉の策だとは知りながら、どうしても受ける気にはなれない。だが実際には、その一ヵ月あとから、おとめは清作の家にきて同居をはじめた。

清作の甥にあたる野口栄の『叔父野口英世』の回想記では、清作が十七歳、おとめが十九歳のとき、二人は結婚したと、はっきり書かれている。清作の結婚は、渡米したのち、メリー・ダアジス嬢との結婚がはじめてであり、日本の戸籍にも、他に結婚したという記録は残っていない。

大体、この会津のあたりは以前から早婚の風があり、男達は二十歳の徴兵検査前に結婚するのが一般的な慣わしであった。貧しい土地柄のせいもあって、早く嫁をもらい、男が入営中の働き手としたのである。この風習からみて、十七歳の清作に結婚話が持ちあがること自体不自然ではないが、それにしても、清作がはっきり断わったのに、おとめが嫁として野口家にいたのは、どういうわけなのか。

シカはこのころどんな女手でもいいから働き手が欲しかった。夫は酒飲みで博打にこり、長女のイヌが奉公に出たいまとなっては、清作に嫁をもらうより働き手をうる方法はないが、肝腎の清作は結婚に納得しない。考えあぐねたシカは、清作の前ではあきらめたふりを装って、裏でおとめに働きかけた。

「おめはいずれ、清作の嫁になってもらう人だがんなぁ。いまは清作は勉強(べんきょ)ばっかりで、女子(おなご)にも結婚にも興味ねぇみてぇだげんとも学校さえ卒(お)えれば考(かんげ)えも変ってくっぺ。夏までには祝言もしっから、どうせ家にきてもらう人だから、いまがら来てもらうわげにはいがねぇがなぁ」

かなり強引な口説きだが、この説得に二瓶家もおとめも納得した。

清作の意志を無視しているとはいえ、当時は本人より親の約束のほうがたしかだったし、おとめ自身も十九歳になっていて、結婚を急いでいた。五体満足でこれ以上家にいては笑い者になる。こうして籍には入らないが同居する、いわゆる足入れ婚に近い嫁とりがおこなわれた。

このやり方に清作はもちろん不満であった。「やんだってゆったんでねぇが」と母に詰問した。

だがすべて、自分の学業を続けるための非常手段だときかされては、それ以上非難するわけにもいかなかった。

おとめは甲斐甲斐しい女だった。朝早くから起きて清作の弁当をつくり、日中は田に出てシカと遅くまで働いたが、清作はほとんど言葉もかけなかったし、同衾することもなかった。一年ほどいたが、おとめは清作が自分に気のないのを知って、再び実家に戻った。正式に入籍こそしていなかったが、婚家を追われたに等しい。

シカの強引なやり方で、憂き目をみたのはおとめ一人である。このあと、おとめは裏磐梯の檜原家に嫁いだが、清作の姉のイヌとは親しく、死ぬまでよく往き来した。

彼女は、当時で五尺五寸近い大女で、気性のさっぱりした女性だった。冷たくされた清作を怨むこともなく、むしろ彼の出世を自分のことのように喜んだ。おとめにしてみれば、怨むとしたらむしろシカのほうで、清作は自分と同じ被害者であることを知っていた。野口家を出てからも、姉のイヌと親しかったのも、勝気でなんでもできすぎるシカへの共通の不満を、二人とも抱いていたからかもしれない。

だがこの姉のイヌも、一時は家を継ぐのを嫌って、猪苗代町に奉公に出たが、そのあと、清作が東京に出てから、河沼郡日橋村から善吾という婿をもらって結局野口家を継いだ。反撥しながらも、イヌも最後にはシカに従わざるをえなかった。

この善吾という人も、日頃は真面目で温厚な青年であったが、酒を飲み出すと見境いがなくなり、忙しい田植の時季でさえ、飲みつぶれて休む始末だった。

総じてこのころの農家は、農繁期には道普請とか川浚いといった、会合が多く、その都度、男達は酒を飲んで騒ぐのが習慣で、そのせいか大酒飲みが多かった。そして善吾もその一人であった。この人はイヌがスローだが丁寧な仕事をするのに反し、器用で手早く、馬が好きで、農業のかたわら、のちには獣医の代理などもして後半生を過した。

いずれにせよ、おとめのことは清作にとっては、青春の苦い思い出の一齣にすぎなかったが、おとめにとっては後世、偉人となった男と接した忘れられない思い出となった。

八

結婚騒動まで起しながら、清作は一日も休まず猪苗代の高等小学校に通った。家から学校まで一里半の距離は雪がくると難儀で、冬の間、近郷から通う生徒の大半は猪苗代町に下宿したが、清作は黙々と雪道を歩き続けた。

野口家の生活は相変らず苦しく、一日、シカが働いて得てくる金で、その日の飢えを辛うじて凌ぐ、文字どおりその日暮しの生活であった。

このころ、清作が近くの田で泥鰌をすくい、それを売って家計の足しにした、という話が伝えられているが、それは後年、英世自身が次のような言葉で否定している。

「いくら俺の家が貧しくたって、母は俺に泥鰌売りをさせるようなことはしなかった」ここには野口自身の自尊心もあろうが、同時に愛してくれた母への、信頼をうかがうことができる。

だが泥鰌売りこそしなかったが、学校の教科書や衣類まで、買い整える余裕はとてもなかった。

小学校から高等小学校にかけて、清作は多くの級友やその親達から、さまざまな施しを受けている。なかでも、八子弥寿平(やこやすへい)、秋山義次、六角譲、小林才治らには大変な世話になっている。とくに八子弥寿平は、父が猪苗代町の富豪であり、人の好いぼんぼんであったところから、幾度となく清作に無心をされた。

弥寿平としては、清作の頭のよさに敬服していたし、勉強を教えてもらったり、写生画などを代筆してもらっている弱味もあって、頼まれると無下に断われない。ずるずるということをきいているうちに、ノート、教科書から外套まで、みなとられてしまう。

なかでも高等小学校卒業間近のころに無心された漢文の教科書は大物であった。

「みんなが持ってんのに俺一人持ってねぇのは辛(つれ)えんだ。本せえあれば首席になれんだげんとも、なんとか工面してもらえねぇがなぁ」

この台詞を清作はいまにも涙を出さんばかりの哀れっぽい口調でいう。清作の欲しかった教科書は標註漢文教科書全四巻で、合せて三円という高価なものであった。当時白米一升が十二、三銭であったから、大変な額である。

弥寿平は良家育ちだけあっておっとりしたところがあり、頼まれると嫌とはいえない。その気弱な性格を見込んで頼みこむ。恵み、与えられる者の差はあっても、実際は蛇に見込まれた蛙同然であった。

このころから、清作はすでに人間はどういう点に弱く、どういう頼み方をするときいてくれるかといった、処世術を身につけていた。

小さいときから他人の恩恵を受け、それで生きてこなければならなかった男の身につけた習性といえばそれまでだが、清作の面白いところは、そうした哀願をすることに恥じないところだった。恥じるどころか、むしろ、「俺は優秀なのだからもらうのが当然だ」と開きなおっている。表面こそ哀れっぽい仕草や声を出すが、内心はむしろ相手を軽蔑している。実際それだけの自信があったからこそ、臆面もなく無心をくり返せたともいえる。

「わがった、なんとか工面してみっから、待ってでくれ」

気の弱い弥寿平はそう答えてはみたものの、三円という金はいかにも大きすぎる。自分で働いていない身分としては、到底揃えられる額ではない。

迷った末、弥寿平は金箱から盗もうとして父に見付かり、問い詰められて清作に頼まれたことを白状した。

この弥寿平の父の留四郎という人は、商人ではあったが、なかなか学問にも熱心な人だった。日頃から弥寿平や人々の噂から、清作の優秀さをきいていただけに、清作に三円与えることを承諾した。

翌日の午後、学校の帰りに、清作は弥寿平に連れられて留四郎に挨拶に行った。丁重に今回の好意への礼をいい、頭を下げる。そのあと次のような借用証を父親の前ですらすらと書いた。

証

一金参円也　漢文教科書四冊代

右前記之金額無拠(よんどころなき)要(よう)用に付借用仕候処実正也依而(よりて)返済の期は明治廿六年旧六月廿五日とし必ず御返済可仕候万一相滞候節は父母よりの頼み決して不都合致間敷候為後日之(ごじつのための)

一札如件(いっさつくだんのごとし)

耶麻郡翁島村大字三つ和千〇拾七番地住居

野口清作

明治廿六年旧正月十八日
耶麻郡猪苗代町
八子留四郎殿

無心だけならともかく、こういう大袈裟なことをするところが清作の清作らしいところだが、この裏には借用証とはいえ漢字ですらすらと書いて留四郎の歓心をかっておこうという魂胆もあった。これがまだ十七歳の少年がするのだから、誰でも驚く。

留四郎は、改めて清作の優秀さに感心し、「おめほどの優れだ少年は会津一帯(いってぇ)を探してもいねぇ」と賞(ほ)めちぎった。そのとばっちりを受けて、弥寿平はかえって小言をくうという有様だった。

「これで救われました、このご恩は一生忘れません」

清作は両手を畳につき、深々と頭を下げる。留四郎には左手の汚れた布につつまれた手先が一層いたいたしくうつる。

だが清作はこの金を返さなかった。借用証にははっきり、六月廿五日まで、と期限を書いたが、期日がきても平然としていた。清作ははじめから、留四郎も弥寿平も借金の返済を迫るような人でないことを見抜いていた。彼等は自分に施しを与えただけで満足するタイプの人である。清作はそれを知っていたからこそ、借用証まで書いたともいえる。

それにしてもこの父子から、清作が無心した金品は厖大な額にのぼる。

このあと金から日用品、衣類まで、さらには清作が東京に出たあと、五円、十円と無心を重ね、総額はいくらになるか、千円は軽くこすともいわれている。いまの金でいえば二、三千万にでも相当しようか。

清作のまわりの者は、大なり小なり、金の面で彼の被害を受けているが、八子父子ほど大きな被害を受けた人はいない。まさに、むしり奪られた、という表現が当っている。

「この人からとれる」と思うと清作は徹底的に引き出した。そこには済まなさより、頭の優秀な者に金が与えられるのは当然だ、という自信に満ちた論理があった。富める者からは奪うべきだ、という階級論理でなく、より優れた者が金をもらうのは当然、という論理であるところが変ったところである。

それでもさすがに、八子父子からとりすぎたことに気がひけていたのか、野口は後年、帝国学士院恩賜賞を受けてアメリカから帰国したとき、お土産に金鎖付の時計を三個持ち帰った。一個は東京の血脇守之助に、一個は恩師の小林栄に、一個は八子弥寿平にであった。初めの二個は当然として、もう一つに弥寿平が選ばれたのは、子供のときからのスポンサー代表という意味からであった。

温厚な弥寿平はそれを見て喜んだが、そのとき奥から出てきた弥寿平の母は、「こんなもんで、いまさら家から持ぢ出したものを帳消しにできっとでも思ってんのが」といって、英世に投げ返したという。

男達はともかく、巧言令色で夫や子をだまし金品を持ち出す清作は、家を守る女にとってはまさに許すべからざる盗人同然の男としか映らなかった。

九

こうした土地の人々の援助は、清作が十七歳で手術を受けたとき、さらに大がかりとなった。

清作は以前から、棒のようになった手を、なんとかものを摑んだり、持てるようにだけでもなりたいと願っていた。いまのままでは、字を書くとき、紙をおさえる文鎮のような役をなすだけで、形も無恰好すぎる。

はたして手術をして治るものか、四歳のときに火傷をして、すでに十三年の歳月が経っている。指が曲って掌面についたまま、放置されていたので、人差指も薬指も、幼児のままほとんど成長していない。わずかに癒着の軽かった拇指だけが、いくらか大きくなっているだけだった。

清作の考えとしては、癒着した部分を切り離したら、大分楽になるような気がする。それで指が自由に動くようになるとは思えないが、小さな棒ぐらいなら握れそうである。これ以上、清作は左手を布に包んでおくのに嫌気がさしていた。布は母のシカが木綿で、袋状に縫ってくれたものだが、二、三日もすると垢で黒光りして、ところどころほぐれてくる。替りが二つほど余分にあって、汚れる度に洗っていたが、一生こんなもので手をおおっていなければならないかと思うと、洗濯する気力も失せてしまう。

袋を見るうちに、わけもなく黒い布に憎悪がこみあげてきて、火に捨てたこともあった。一人で勉強しているときは袋をはずしているが、ふと無恰好な手に目がゆき読書が中断される。そのままグロテスクな尖端(せんたん)を見るうちに、腹が立ってきて、テーブルに摺りつけたり、齧(かじ)りついたこともあった。

先を叩きつけ痛みに泣き、血が出るとかえって落着く。

さすがに高等小学校にきてからは、「手ん棒」と、罵(ののし)る者はいなかったが、みなが同情の眼で見ていることはあきらかだった。これまで、清作はその同情の眼を逆用して、金や品物を無心してきた。

「頭は優秀だけど貧しく不具」といういいわけが、施す者達に一種の快感と満足感を与えるらしい。清作が人々に媚び、施しを堂々と受けたのには、自分は優れているという自負とともに、施すことで彼等も楽しんでいるはずだという醒めた目もあった。「不具もつかいようだ」と、清作は秘かに思っていた。だがどういういいわけをつけえたところで、不具は不具でしかない。それでどのように人々の同情をかい、金品を得たところで、不具という事実は変らない。

誰かいい医師にみてもらえば、治るのではないか。そう思うがもちろん知っている医師などいないし、たとえ知っていたところで、手術を受ける金もない。

悩んだ末、清作は一つの案を思いついた。作文に堂々と自分の不具の悲しさを訴えたらどうだろう。これまで受けてきた屈辱と苦悩のすべてを吐き出し、みなの同情を引きつける。それで援助してくれる人を待つ。

すでに清作の不具は誰もが知っていた。みなが知って憐れんでいるのだからこれ以上、隠すのは無意味である。むしろそれを堂々と公表して、さらに圧倒的な同情をかちとる。いままでの対個人でなく、公の場で、清作は開きなおることにした。心を決めて書いただけに、この作文は見事な出来ばえであった。大体、清作はいわゆる名文家で、手紙に書かれた文章などは、いまからみるとやや大袈裟で、美文調にすぎるが、緩急ところをえて、リズム感に溢れている。文字も達筆で澱(よど)むところがない。

担当の小林栄は、一読してこの文章に感動した。引きしまった文章で、しかも正直に心の奥底までさらけ出している。少年の単なる悲しみだけでなく、人間が心に抱いている卑劣さや、弱さまで臆面なく暴かれている。小林栄はこれを、自分だけの胸に秘めるのは惜しいと思い、職員達に廻し、さらに教室で生徒全員に読んできかせた。

いままで、不具ではあるが、優秀で自分達とは少し違う人間だと思いこんでいた生徒達はこの作文をきかされて感動した。日頃は少し生意気な清作が、そんな悲しみをもっていたかと思うと、なにか急に親しみを覚える。

小林栄はこの生徒達の反応をみて、清作の手を治すために、みなでお金を集めることを提案した。

これにまっ先に応じたのが、例の八子弥寿平以下、秋山義次、松江源次等である。彼等が率先して金を出し、これにつられて級友全員が各自十銭宛(ずつ)募金することになった。さらに足りないところは教職員が出し、ようやく十円の金が集まった。一人の生徒のために、これだけの金が集まったのは、猪苗代の学校はじまって以来のことだった。清作は教壇に上り、みなに礼をいいながら、悪びれるところはなかった。清作としては、まさに思いどおりの結果になっただけだった。

一応、十円という金が集まったところで、小林は医者探しをはじめた。

何人かの人の意見をきいた結果、最近アメリカから帰国し、若松町に開業したばかりの渡部鼎(かなえ)氏に白羽の矢を立てた。この人は大将髭を生やし、いつも背広に蝶ネクタイをつけ、いわゆる当時のハイカラの先端をゆく派手な人だったが、同時に女関係もなかなか多彩であった。それについては、後年、清作自身がいろいろ苦労させられることになるが、ともかく手術してもらう医師もきまって、清作はシカに付き添われて若松に行った。

渡部医師は清作の手を診察して、「完全にもとのままとはいかないが、簡単なものを摑める程度までには治るだろう」と答えた。

もちろん清作は喜んだが、それ以上に、シカの喜びようは大変だった。早速日頃信仰する中田観音の方角を向いて掌を合せた。

十月の半ば、念願かなって清作は渡部医師の手術を受けた。まず手全体に麻酔剤を注射し、痛みを消したところで、折れ曲った指を一本一本剝(は)がしていく。癒着の比較的軽い拇指は容易に剝げるが、人差指と中指、薬指はなかなか離れない。十三年間放置されていたあいだに、指と掌のあいだに新しい血管ができ、少しメスをすすめただけで、血が溢れ出た。

出血を止めながら丹念に剝がしていくが、成長が止った指はちびて、普通の長さの半分にも満たない。握られた拳の内側まで麻酔剤が滲透せず、メスがすすむ度に、清作は痛みに唇を強く嚙んで耐えたが、つい呻き声がでる。それに気付いて医師が麻酔剤を追加し、さらにメスをすすめてゆく。

約一時間ほどで、指のほとんどは剝がれたが、掌面は皮下組織が露出し、皮膚はなかった。医師はその部分に軟膏を塗ったガーゼを当て、さらに指を伸ばした位置で副木で固定した。

この渡部医師は外科のうちでも、腹部内臓が専門で、手足の外科は必ずしも得意ではなかった。火傷のあとの整形は、本来は整形外科の分野だが、当時はまだこの専門医がいなかったため外科医が適当にやっていただけに、その処置は必ずしも適切とはいいがたい。掌に癒着した指を剝がして伸ばせばいい、というのは、清作でもわかる素人考えだが、事実、渡部医師がやったのもその程度のことだった。素人と違うところといえば、せいぜい剝がしたあと、また指が内側に曲ってこないように、副木で固定したくらいである。だがこれでは指は早晩曲ってきて、また掌に癒着してしまう。人体には、手足でも内臓でも、肉と肉が露出しているところは、互いに引き合い、やがて癒着し合うという性質がある。清作の場合は当然剝がしただけでは不充分で、露出した創面にどこかから皮膚をもってきておおう、いわゆる植皮術が必要であった。

だが、渡部医師はそれをしなかった。当時の医学レベルとしてはある程度止むをえないことでもあるが、このとき植皮をしておけば、清作の手はかなりよくなっていたに違いない。少なくとも、指の関節や腱は健在だったのだから、牛乳ビン程度のものまで持ったり、握れるようにはなったはずである。

しかし植皮をしなかったため、折角の手術もあまり意味のないものにしてしまった。副木で固定したとはいえ、やがて肉と肉が引き合い、再び清作の手は内側に円く、拳を握ったように縮んできた。剝がした結果、部分的に出来た皮膚と瘢痕のおかげで、以前より拇指が伸び、人差指や中指が開き、辛うじてペンぐらいは摑めるようになったが、大騒ぎしたわりには、あまり変りばえがしなかった。

のちに清作は東京に出てから、もう一度、この手術のやり直しを受けているが、その結果もあまりかんばしいものではなかった。

ともかく、手術は終り、清作はそのまま入院することになった。

当時は健康保険はなく、すべて実費である。渡部医院の一日の入院料は一円二十銭だった。当時、若松における一流旅館の宿泊代が二十五銭だったというのだからかなり高額である。

十円のうちから手術料や薬品代を払い、一円二十銭の入院料を払うと、何日もいられない。結局、弥寿平や秋山等、裕福な者達からさらに募金をつのって入院を続けた。こうして十日間入院して、清作は三城潟へ戻ってきた。手にはまだ厚く包帯が巻かれていたが、清作の表情には手術を終えた安堵がみなぎっていた。この時点で清作は、かなりの程度まで治ると期待を抱いていたのである。それはともかく、この手術のため清作は十月十四日から十二月二十八日まで、ほぼ二ヵ月にわたって学校を欠席してしまった。このあと冬季休暇があるので、実際には三ヵ月近い欠席であった。おかげで毎週おこなわれる口頭試験が受けられず、試問の項は零点になったが、他の期間の成績が抜群であったためこの年も清作は首席を保つことができた。

この手術を受けた翌年、清作が高等小学校最後の年に、猪苗代高等小学校の石川栄司校長が退職し、それにともなって、首席訓導だった小林栄が近くの千里小学校に転任することになった。これをきいた清作は、学校の弁論会の連中に働きかけ、激しい留任運動をはじめた。

清作は小さいときから無口であったが、それは不具によるコンプレックスのためで、喋るのが嫌いではなかった。後年、彼の話をきいたことのあるロックフェラー研究所のストール博士らも、話しだすとかなりエキセントリックで、一方的なところもあったが、なかなかの熱弁であった、といっている。

手がいくらかよくなり、身体的にも自信をとり戻した清作は、新任の校長や町会議員を訪れて、小林訓導がいかに優秀で、われわれにとって慈父のような人であるかを説いてまわり、留任を願った。

清作にしてみれば、日頃の恩顧に酬いるつもりだったのだが、小林栄にとって転任は必ずしも左遷ではなかった。小学校とはいえ、訓導兼校長になるのだから、清作の運動は痛し痒しというところであった。ともかくこの懇願が実ったのか、小林の転任は、清作が卒業する翌年の三月まで延期され、翌九月に千里小学校に転出していった。

このとき明治二十六年四月、数え年十四歳のときから十八歳の春まで、四年間続いた小林栄と清作との直接のつながりはここで絶たれ、以後清作は主に手紙の上で、小林と交信を続けることになる。

第二章　会津若松

一

猪苗代の高等小学校を卒業はしたものの、そのあとの身のふり方について、清作にははっきりした目途はなかった。その点については母のシカも同様であった。

いままでは、まわりの人達に馬鹿にされたくないという一心で勉強に励んできたが、いかに成績優秀とはいえ、高等小学校を卒えただけでは、せいぜい村の小学校の代用教員になるか、手紙など代筆して小銭を稼ぐ程度である。それも学校に欠員がなければ、実家の農業に戻るより仕方がない。いまさら農業に戻るなら、なんのために四年間、世間の冷笑をかいながら高等小学校に通ったのかわからない。

親友の秋山義次は東京の学校にすすむ準備のため、すでに若松の、いまでいう予備校へ通って勉学をはじめていた。迷った清作とシカは、再び千里小学校の校長になった小林栄を訪れて相談した。

「たしかにこのまんまで勉学を止めるんは惜しいし、中途半端だ」

小林栄も同感であったが、といってどうしたものか、即座に妙案は浮ばない。野口家に金さえあれば、若松や東京へ遊学させることは簡単だが、一文なしで上級にすすもうというのだから難しい。

「おめの優れだ頭をいかすとすっと、教師か役人か、まあ他に医師っちゅうもんがあっけんとも」

小林がいうと、突然、清作は体をのり出した。

「俺、医者になります」

「なに……」

小林とシカは呆気にとられて清作を見た。当時の貧乏百姓の息子としては、教師か役人にでもなれたら大変な出世で、それだけで、いずれは村の有力者になることが保証されていた。それがさらに難しい医者になろうというのである。

「おめ、本気が？」

「俺は絶対医者になりてぇ、医者になって、俺のように体の悪い人を治してやりてぇんです」

　それはもっともな理屈だが、一介の百姓の伜（せがれ）がはたして医師などになれるものか。ご維新までは、医師になりたい者は、まずしかるべき医者の門下生になり、そこで修練を積んで認められればよかった。あとは独立して、名声さえ博せば、いくらでも患者がきた。だが明治政府によって新しい学制が敷かれてからは、すべて官立の医学校を卒えた者か、医術開業試験の難関を突破した者にしか医師免許証は与えられなくなっていた。それ以外で医療行為をおこなっては医師法違反に問われ罰せられる。もっともこの当時はまだ、江戸以来の伝統的な漢方医が既得権をたてに、医療行為をおこなってはいたが、それらは次第に減少しつつあった。

　野口家の貧しさでは、もちろん医科大学には行けない。それでもあえて医者になろうとすると、私学塾ででも勉強して医術開業試験を受けるより途（みち）はない。

　だがこの医術開業試験が大変な難関であった。いかに猪苗代で成績がよかったとはいえ、天下の俊才が集まるこの試験に合格できるものか、そこは小林栄とて見通しは立たない。

「なかなが普通のごどでは、医術開業試験には合格しねぇど、若松がらだって、まだ合格した者はいねぇ」

「ほんでも、俺やってみます」

どうせここまできた以上、清作はなまじっかなものになる気はなかった。みんなが「あっ」と驚く、凄いことをしたい。その裏には清作の強い虚栄心もあったし、不具でおさえつけられてきた日頃の鬱憤（うっぷん）もあった。

「きっと頑張ってみっから、やらせでください」

そうはいわれても、いざ具体的な方策となると小林もわからなかった。これまで何人もの生徒が進学について相談にはきたが、医者になりたいというのは清作が初めてだった。

「どうか、清作の望みをかなえさせでやってくだせぇ」

驚きから醒めてシカも真剣に頼み込む。考えた末、小林はひとまず、清作の手術をしてくれた若松の渡部医師のところへ行くことをすすめた。

「試験を受けるっつっても、まず医学の基礎知識を身につけねばなんねぇ。その第一歩として、渡部先生のとこに行くのがいいべぇ。あの先生なら洋行帰りで新知識は豊富だし、幸いおめのごども手術をしてご存じだべぇ。一度若松まで行ったうえで直接お会いして、門弟にくわえでいだだくように頼んでみだらどうだ。もし門弟が駄目なら、掃除夫でも給仕でもいい、とにがくお願いすんのだ」

たしかに小林のいうとおり、いまの清作が医師になる道といえば、渡部医師にすがるよりなさそうであった。

「俺、やってみます」

翌日、清作はシカがつくってくれた握り飯を背に、若松へ向った。三城潟から若松まで五里半（二十三キロ）、朝の早いうちに発って、若松へ着いたのは正午を少し過ぎていた。清作はそのまま魚町の渡部医師が経営している会陽医院を訪れた。かつては患者として訪れたところに、今度は門弟として住み込もうというのである。

応対に出た玄関子は、清作を見ると途端に胡散臭そうな顔をした。みすぼらしい少年とも青年ともつかぬ男が、手ぶらで立っていたからである。

「私は一年前、渡部先生にこの左手を手術していただいで十日間入院していた野口清作どいうものです。院長先生にお願えしてぇごどがあって、三城潟から参ったのですが、なんとかお取次を願えないでしょうが」

風采はあがらぬがいうことはしっかりしている。それに玄関子を見つめる目に、異様な光がある。

「お願えしてぇ用件というのは？」

「先生にお会いしたうえで、直接申し上げてぇのです」

少し生意気だが、以前の患者とあっては断わるわけにもいかない。

「少し待ってろ」

そういって玄関子は去ったが、そのまま一時間経っても現れない。

どうなったのか、清作は玄関の先の待合室で苛立ちながら待っていると、ようやく先程の男が現れて診察室に案内した。部屋に入ると、渡部院長は正面の肱掛椅子(ひじかけいす)に坐って、カルテらしいものを読んでいた。

「この者を連れてまいりました」

まるで罪人でも連行してきたようないい方だが、渡部院長はすぐ振り向いた。例によって口髭を生やし、ハイカラな蝶ネクタイに白衣を着ている。

「なんの用件かね」

渡部院長の声はいかめしい外見に似ずやさしかった。

清作は一年前に手術を受けて非常に感謝していること、それ以来、自分も医者になり、不幸な人々を助けることを夢見てきたこと、それには掃除夫でも給仕でもかまわない、先生のお側について教わりたい、といったことを一気に喋った。渡部院長は、この熱心に喋り続ける男を、黙って見ていた。そして清作がいい終ると待っていたようにうなずくと、

「おめのいうごどはわがった。いま家では書生はあまってるげんとも特別に置いてやろ

う」

「ありがとうございます」

「委細はいま案内してきた根本にいっておぐがら、あいつからいろいろきいでくれ」

それだけいうと、渡部院長はまたカルテを読みはじめた。

二

明治二十六年五月、清作はこうして会陽医院に住みこむことになった。三城潟を出たとき、シカは清作のために木綿縞の袷と兵児帯をつくり、親友の秋山義次は木綿の袴をプレゼントした。

このころ会陽医院には、長谷沼票策という筆頭書生の他、五人ほどの書生が住み込んで、渡部医師の代理や、医院の雑用をやっていた。医院といってもさほど大きなところでなく、その五人で充分だったが、そこに清作が一人くわわることになった。

だがこの半年後に、もう一人の少年が会陽医院にとび込んでくる。名は吉田喜一郎といい、若松に近い喜多方町の出身である。

大体、この渡部鼎という人は、ハイカラで派手好みの人であったが、それだけに進取の気性に富み、才能ある人間はどんどん迎え入れる親分肌の人でもあった。細事にこだわらず自由闊達（かったつ）である。もっともそのことが、あとで清作が苦労した女性関係の紛糾のもとになったわけであるが。この吉田少年は清作のような貧農の息子と違い、中級の農家で、父親ともども入門を依頼にきた。しかも衣類、小遣いの他、一年に米四俵の食費持ちという条件であった。

渡部院長は、清作とこの吉田少年が、書生達のなかできわ立って優秀であることをすぐ見抜いた。ほどなく二人を二階の一室に同居させ、勉学を競わせた。清作としては、またとない勉学のチャンスと競争相手をえたわけである。

二人は互いに意識しながら、深夜の二時、三時まで勉強を続けた。このころの清作の口ぐせは、「ナポレオンは三時間しか眠んながった」という台詞であった。自らナポレオンにたとえるところが、いかにも清作らしい。

二人とも俊才とはいえ、吉田少年がやや天才肌なのに対して、清作はむしろ努力型だった。才気もさることながら、清作の特徴はむしろねばりで、そのねばりは、母のシカから受けついだ天性の忍耐力と、手ん棒と呼ばれた屈辱から成っていたともいえる。

この若松時代に、清作は同じ医師の和崎義路氏と新横町（しんよこまち）の和田遷吉（せんきち）氏から英語を学び、一年でカーライル伝からクライブ伝までをマスターした。またドイツ語を、同じ若松在住の文学士、佐竹元二氏につき、のちにフランス語を、三之町の天主教会のファヴィ、マリオン、デフラタの三氏に学んだ。さらには会陽医院の倉庫に、大量の漢書が眠っているのを見付け、これを片っぱしから読破した。

まさに飢えた獣が荒野で餌をみつけたような、むさぼり方であったが、若い時期の、この若松での勉学が、後年、彼の飛躍の大きな力になったことは否めない。

だがこれらの勉学は、すべて医院の仕事の合間にしか出来ない。いかに優秀だとはいえ、医院では二人は最も後輩であったから、雑用も多かった。

吉田少年は人当りもよく、先輩の長谷沼や根本等とも適当につき合ったが、清作はきめられた仕事を終えれば、早々に部屋へ引き揚げる。書生頭の長谷沼は、先代の渡部思斎にも可愛がられた人で、英語力も相当なものだったが、清作はこの人物から、教わるだけ教わってしまうと、あとは近寄らなくなった。こんなエゴイスティックなやり方は、当然、仲間にも嫌われたが、清作は平然としていた。他人から忌み嫌われるのは、あまり気にならない。いままでの二十年間、不具で嫌われるのには慣れていた。いまさら他人に自分を合せよう、などという気は毛頭ない。利用するために他人におもねることはあっても、真底から他人に近づく気はなかった。

このころ、たまたま会津地方に回帰熱が流行し、渡部院長はドイツから千二百倍まで見える顕微鏡を購入した。当時の値段で、百二十円というのだから、相当の高額である。渡部院長はこれで、回帰熱患者から採取した血清を調べ、その病原菌を浮び上らせた。

「いいが、よぐ見ておくんだど、これがかのドイツのオーベルマイヤーが発見した、回帰熱の病原菌であるスピロヘータだ」

医学書生達は先を争ってこれを見る。このとき、清作は待っている書生達を尻目に、悠々と人の倍以上も見続けた。たまりかねた長谷沼票策が、「おい、ノグ、おめ不具のくせに、いい加減にあげねぇが」と怒鳴った。

このときから長谷沼との関係は、ますます険悪なものになった。

明治二十七年、日清戦争が始まるとともに、衆議院議員に当選していた渡部鼎は、三等軍医として召集されることになった。

渡部は留守中の世帯を縮小するため、清作や長谷沼など一部を残し、多くの書生に暇を出し、この機会に、吉田喜一郎も若松の名医斎藤幸源の門に移ることになった。この整理が片付き、いよいよ出発となったとき、渡部は残った書生や職員全員を集め、今後、医院の用務から会計まで、一切を清作に任せることを告げた。

このとき、清作は書生から一段上って薬局生になっていたが、まだ十九歳の弱輩であった。当然、先輩格の長谷沼達は面白くない。だが院長が決めたとあっては、反対もできず、不満は内攻したまま渡部は会津を発った。

大体、会陽医院には本宅側と病院側という二つの勢力があって、ことあるごとに、いがみあっていた。本宅側というのは、渡部院長の本妻を中心とする一派であり、病院側は、院長の愛妾を中心とする派である。これに長谷沼等古手書生達の反目が加わる。学問はともかく、まだ人情の機微にうとかった清作は、単純に、正夫人に報いるのが筋と、自然に本宅側に肩入れした。だがこのやり方は、たちまち病院側や長谷沼達の反撥を招き、医院は統一のとれぬまま誤解と中傷が渦巻いた。

初めのうちこそ、清作はこれらの調整に積極的に立ち向ったが、偏見と女達の嫉妬がからんでは、事態は混乱し紛糾するばかりである。いや気がさした清作は、雑事から逃れるため、教会や佐竹家に行って語学にいそしむが、それも一時で、帰ってくるとまた争いの渦中に引きずりこまれる。

たまりかねた清作は、恩師の小林栄に手紙を出し、留守責任の地位を辞職することを訴えたが、小林はこれに強く反対した。たとえ困難とはいえ、渡部先生が抜擢くださった恩誼を思い、出来るかぎりの努力をせよ、という理由からである。

この励ましで、清作は再びやる気を起した。勢力争いはともかく、自分でできるだけのことをやってみよう。世間のつまらなさとはいえ、この一年は、学問しか知らなかった清作が、人間の難しさを知った、貴重な一年であったともいえる。

三

このころ、清作はよく、会陽医院の前の、福西という醤油問屋へ行って、東京からくる読売新聞を読んでいた。当時、新聞をとっている家は少なく、会陽医院には東京国民新聞しかきていなかった。

たまたま、その日、表の床几で新聞を見ていると往来を行く女学生が目に止った。おさげの髪に紫の袴で、右手にそのころ流行りだした革の鞄を持っている。まだ十五、六か、ほっそりした横顔は、いかにも良家の子女といった品格があった。

まさに一目惚れであったが、もちろんその女学生の名前も住所もわからない。

そのまま二ヵ月が過ぎた秋に、清作が本宅で夫人と話をしていると、たまたま、院長の妹に見送られて帰る女性がその女学生であった。

若松といっても、人口二万に満たぬ町で、上流子女の出入りする場所はかぎられていた。その年のクリスマス・イヴに、フランス語の学習に通っていた教会で、清作は再び、その女学生を見た。清作は迷ったすえ、帰り途、院長の妹に、その女学生の名をたずねた。

「あの方は会津女学校に通っていて、いまは三之町で、お母さまと二人で暮しているけど、もとは会津藩の山内家の直系の娘さんです。戦争でこんなことになったけど、ご自分で家を再興することを考えてるわ」

どうやら清作とは段違いの名門らしい。だが、清作はそんなことではあきらめない。

いまはもう江戸時代と違って、能力さえあれば誰でも伸びていける時代である。現に清作自身が会陽医院を統括し、院長の妹とも親しく話している。それからみれば没落武士の子女など恐れることはない。人事の煩雑（はんざつ）さはともかく、このころ、清作はようやく自分に自信をもちはじめていた。

その日部屋へ戻ると、清作は早速、ヨネ子に宛てて手紙を書いた。封書の表は、「三之町、山内ヨネ子様」とし、差出人は「ヨネ子の親友マチ子より」と偽名をつかった。

この手紙の冒頭は、〈勿驚（おどろくなかれ）、乞ふ一片の親書発して茲（ここ）に至るを、誰か怪しまむ、一縷（いちる）の情……〉と、いかにも漢文に熟達していた清作らしい美文調だが、これに仮名もふらず、彼一流の達筆で書かれてはヨネ子ならずとも戸惑うに違いない。

とにかく、女学生のヨネ子には難しすぎた。しかも最後に、「S・N生」としか書かれていないので、差出人はマチ子ではない、完全な悪戯だと考えた。ヨネ子はこれを母に渡し、母の千代はこれを会津女学校のヨネ子の担任に渡した。

一方、清作は本気でヨネ子からの返事を待っていた。肝腎の名前を、S・Nのイニシァルだけで済ませておいて、返事がくると思っているのだから、相当の自信である。十日も過ぎたが返事がこないので、手紙が届かなかったのかと考えた清作は、今度は、新しく書いた手紙を直接、ヨネ子の家の格子戸のなかにほうりこんできた。

だがこれもまた母の千代に拾われて、未開封のまま女学校に送られた。

それでも清作はあきらめない。一週間後にまた投げ入れ、翌週にまた入れる。

こういうところの清作のねばりと実行力は相当なものである。

だが受けとる方は、ますます気味悪くなる。母の千代は、相変らず差出人はS・N生で、文章は漢文まじりの達筆だから、かなりの大人に違いないとまでは考えたが、どこかの変質者に狙われているような気もした。

学校側でも放っておけず、S・Nというイニシァルや、筆蹟から本格的に差出人を探した。その結果、半月もせず、犯人は会陽医院の野口清作であることがわかった。

清作なら貧しい農家の出とはいえ、学識もあり、会陽医院をあずかる人物である。女学校の教師といえども簡単に叱るわけにもいかない。担任の教師は、その手紙を一括して天主教会の牧師に渡し、その牧師から清作に訓戒してもらうように頼んだ。

「おめは一人前の立派な男性なんだから、こんな悪戯はしねぇように」

牧師が清作を呼んで訓したが、手紙の内容は悪戯というより、交際をしたい、という真面目なものであった。いまなら、学校から教会まで、大騒ぎするほどのことではないが、当時は男が女に付け文をすること自体が事件であった。

「わだしは悪いごどをしたどは思いません」

「んでもこのやり方は異様です。とにがぐ向うでは交際する気はないようです」

こんなわけで、清作の真情は理解されなかった。ただ清作が好意を抱いていることだけは、牧師からヨネ子母子に伝えられたが、結局、なんの返事ももらえなかった。

明治二十八年の春、日清戦争は終結し、翌年、渡部院長は無事会津に戻ってきた。出かけてから約二年ぶりの帰郷である。

清作は早速、この間の病院行事から家事の一切を報告し、さらに出費の一銭にいたるまでを記録した「戦役中会計明細表」なるものを提出した。しかもそのすべてを英文で書きあげた。

渡部院長は改めて清作の几帳面さと綿密さに驚き、感謝した。

この渡部院長が帰郷した三ヵ月後の夏、彼の友人の歯科医である血脇守之助が若松にやってきた。

この血脇守之助は当時、東京芝伊皿子坂（いさらござか）にある高山歯科医学院の幹事をしていたが、渡部院長に招かれて、会津地方の歯科夏期出張診療にきたのである。このころ会津地方に正式の歯科医はなく、連日患者が殺到した。血脇守之助は日中はこれらの患者の治療に専念し、夜になると、渡部院長の許を訪れ雑談していた。外科と歯科の違いはあったが、二人とも旧制の医療体系を批判し、新しい医療体系の確立を求めるという点で意気投合していた。

たまたまこの血脇守之助が、会陽医院の薬局で深夜まで勉強している清作に目をとめた。

いつも勉強している感心な男だと思って、なに気なく覗くと、原書で病理学の本を読んでいる。こんな田舎に、難解な原書を読む書生がいるのかと、守之助は好奇心を起して清作に話しかけた。そこでよくきくと、町の牧師や中学の教師について英語とフランス語とドイツ語を学んで、いまではほとんど辞書もなしに読めるという。しかも基礎医学に関する知識も深い。

「もし、君が東京に出て勉強するようなことがあれば、自分も多少力になれるかもしれない、来たら寄ってくれ」

守之助はそういって清作に名刺を渡した。

清作は本能的に、誰が自分の利益になるかを見抜く才能に優れていた。いまも守之助の顔をみて、この人は自分にとって大切な、近付いて損はない人だと感じた。

清作は、自分の手が不自由であること、家が貧しく、書生になって勉強しているが、いずれ東京に出て医術開業試験を受けたいことを告げた。守之助は、清作のちぢんだ手を見て、一層同情をそそられた。

不具は間違いなく、ハンディキャップではあったが、一面、人々に強い印象を与えるという点では好都合でもあった。実際、清作に会ったほとんどの人が、なにかこの男にしてやらねばならないような気持に誘われたが、それは天性の話上手や媚びの的確さにもよるが、それも左手の不具ということがなかったら、成立しなかったかもしれない。

ともかく、この夏の血脇守之助との邂逅（かいこう）が、小林栄、渡部鼎に次ぐ、第三の重要な人物を知る発端となった。

第三章　芝伊皿子（しばいさらご）

一

清作が故郷の会津を捨てて、東京遊学の途についたのは、二十一歳の秋である。

この上京にあたって、清作はまず手紙で小林栄の意見を求めた。

自分は若松の渡部先生の門に入ってすでに三年になる。この間、自分なりに精一杯、勉学に努めてきたが、おかげで医術開業前期試験にだけは合格できそうな気がする。渡部先生にはいろいろお世話になったが、医師になるには、東京に出て、さらに研鑽（けんさん）を積むよりはない。先生に充分のご恩返しもできず、ここで東京に行くのは心苦しいが、医師試験に合格することが、渡部先生へのご恩返しにもなると思うので上京したいが、どうだろうか。手紙の趣旨は以上のようなものである。

小林からは間もなく、賛成だが、あくまで渡部院長と円満に話し合って出立するべきである、といってきた。そこで清作は直接、渡部院長に口頭で申し出た。このころ渡部は議員稼業に熱中し、病院の雑務をほとんど清作に任せていたので難色を示すかと思ったが、意外に簡単に納得した。

「たしかに、おめのいうどおりこれ以上ここにいても仕方がね。あとのごどはどうにかなるから、思い切って東京に出たらいいだろ」若くして自らも開業試験に合格しているだけに、こういうところはものわかりがよかった。さらに渡部は「東京は人だけは沢山いるが、広くて心もどねえ。少ないがこれを持ってげ」といって即座に十円を出し、さらに血脇守之助宛の紹介状まで書いてくれた。もっとも紹介状のほうは、清作が頼んだのだが、渡部はいやな顔もせずその場で書いてくれた。渡部は清作のエゴイスティックな性格を充分知りながら、そこにむしろ、若い逞しさを感じてもいたのである。

小林栄、渡部鼎と、二人の有力なスポンサーの了解をえた清作は早速上京の準備にかかった。

まず三城潟の母に知らせ、それから病院の職員、近くの知人、はては通ってくる患者にまで、いちいち報告して別れをつげた。そして若松を発つときには、わざわざ山内家にまで行き、ヨネ子の母に「今度、渡部医院を辞め、東京で本格的な医師の修業をするごどにしました」と挨拶をした。

このころ、山内ヨネ子も女学校を卒え、女医になるべく上京する予定だときいたので、清作は東京での住所でもきこうという魂胆もあったが、ヨネ子は不在で逢えず、母親はただ「頑張って下さい」といっただけだった。

若松を引き払い、一旦三城潟に戻った清作は、ここでも向いの村長の二瓶家から、小林栄宅、さらに近隣の各家から昔友達、はては通りかかる村人にまで挨拶をし、上京することを告げた。

これまで近所の者には目もくれない清作が、今度は自分のほうから話しかける。人々は、東京に行くともなるとあれほど嬉しいものかとあきれたが、清作の愛想のよさは上京の喜びからだけではない。みなに知らせ、挨拶をしながら、あわよくば餞別をせしめようという打算もあった。

実際、清作はこの挨拶まわりでかなりの金を集めた。とくにこれまで、助言はするが経済的援助はほとんどしなかった小林栄までもが、今回は思いきりよく大枚十円を餞別に呉れた。

「ご恩になった先生から、こんな大金はもらえねぇです」

「お金はあるにこしだごどねぇ。とっておげ」

そういわれるのを待って、清作は申し訳なさそうに頂戴する。これで辛抱すれば一ヵ月は食べていける。上京後は一応、渡部院長が毎月十円ずつ送金してくれることになってはいたが、いつまで続くものか当てにならない。清作はさらに旧友や、隣近所の人々から二円、三円と集め、約四十円近い金を持って、勇躍故郷を旅立った。

このとき、清作が書いた「志を得ざれば、再びこの地を踏まず」という文字は現在も猪苗代湖畔の生家の茶の間の柱に残っている。まさに悲壮な決意だが、当時の青年はこの種の大層な言葉を好んだ。その意味では格別、新鮮というわけではないが、この言葉は偽らざる清作の本心でもあった。

だが、清作が医者になるために上京するのだときくと、村人達の多くは裏で、「野口の息子がお医者になったら、お天道（てんとう）さまァ東の川桁山（かわげたやま）に沈んで、西の愛宕（あたご）山から出っぺ」といって笑った。笑わぬ者も、その意欲には感心しながら、誰一人として本当に医者になれるとは思っていなかった。

もちろん清作は村人達が笑っているのは知っていた。たとえ餞別は呉れても、不具の身で無理するな、といった憐れみの目で見ている。わずかに成功を信じているのは、母のシカと渡部院長だけで、小林栄すら、はたしてなれるものかかなり危ぶんでいた。だが清作にはそれなりの成算があった。少なくとも前期の筆記試験だけは、問題集などを見ても、まず合格できそうな気がする。

いよいよ出立の日、母のシカは戸口に立ち、一旦は見送ったが、そのままあとを追って清作と一緒に歩き出した。このころ磐越西線はまだ開通せず、東北本線に出るには本宮駅まで、九里の山道を歩かねばならなかった。

「おっ母、もういいでば」

清作は何度もそういって母を帰そうとするが、荷物運びで鍛えた健脚のシカは止ろうとしない。南烏帽子(えぼし)を越え、長瀬川の川岸まで来たところで、シカはようやくあきらめた。

「んじゃ気いつけで、体だけは大切にしろな」

「おっ母もな」

貧しくはあったが、清作は母の愛だけは充分すぎるほど受けていた。

二

明治二十九年九月、清作が上京してまっ先に落着いたのは、本郷四丁目の大成館という下宿である。このとき、清作の持物といえば、受験に必要な本が数冊と、当座の着替えをいれた風呂敷包みだけだった。

本郷のこの界隈は、学生下宿屋が軒並続いていた。大成館はいまの本郷四丁目の交叉点を、東大の赤門よりに、約五十メートルほど入ったところにあったが、もちろんいまはあとかたもない。この向いには道をはさんで、小路の先に天神社があり、その奥に瑞泉院というお寺があった。

清作はひとまずこの下宿の一室を借り、直ちに受験勉強にとりかかった。

当時の医術開業試験は前期と後期に分れ、前期は物理学、化学、解剖学、生理学など基礎科目の筆記試験で、後期は外科学、内科学、薬物学、眼科学、産科学、臨床実験など、いわゆる臨床科目が中心になっていた。普通、かなり頭のよい男が真面目に勉強したとして、前期に三年、後期に七年はかかるといわれていた。

上京して一ヵ月経った十月の初め、清作はまずこの前期試験に挑戦した。

清作はこの筆記試験には自信があったが、思っていたとおり一発で合格した。

まず、最初の関門を突破したわけだが、難関は後期試験であった。前期はあらかじめ応募者をふるいにかける、いわば粗選びの作業であった。こうなったら是が非でも後期試験に合格しなければならない。前期だけでは医者の資格はもらえず、結局無意味になる。

だが後期試験に合格するためには、どこか医学校に通って臨床を覚えなければならなかった。

当時、これら試験だけで開業医の資格をとろうとした青年のため、門戸を開いていたのは済生学舎という私学塾であった。この塾は明治の医師であり、論客でもあった長谷川泰(たい)が創設した私立医学塾で、いまの湯島四丁目、丁度湯島会館のある場所にあった。

この学校の教師達は、ほとんど東京帝国大学の教授達のアルバイトで、医術開業試験のためのいまの予備校みたいなものだった。学校とはいえ、入学、卒業といった、はっきりしたけじめはなく、自分が必要と思ったときに金を納めて入学し、必要がなくなったら勝手に止(や)めていく。

カリキュラムもとくに決っているわけでなく、教授が手がすいた時間にきて講義をして帰っていく。したがって大学の都合によって、早朝六時からとか、夕方からとか、授業時間も一定していなかった。

当時、「質の悪い奴なら済生学舎」といわれたほど、学生の評判は芳しくなかったが、ここで学んだ者のすべてが悪かったわけではない。学生には大きく分けて、家から仕送りのある比較的裕福なグループと、貧しいなかから身を立てようという苦学生の、二つのグループがあった。

不良学生は主に前者のグループからで、賭けごとにこったり、婦女をかどわかしたりして、近所の人々の顰蹙(ひんしゅく)をかっていた。

だが初めから無試験同然で、誰にでも門戸を開放したのだから、悪質な者がまじりこむのも無理はなかった。創設者の長谷川泰は、新しい私学の殿堂として、向学心に燃える者すべてが学べる自由な学園づくりを意図して創設したのだが、それが裏目に出て、数年後に閉鎖のやむなきにいたった。

しかし明治初期、大学にゆけず、なお医師を志した多くの若者を救いあげた点で、この学校の意義は大きかった。

後期試験を目指すとなると、清作もやはりこの済生学舎に行くのが手っとり早い。風評よからぬとはいえ、後期試験に必要な臨床を、ある程度マスターできるのは、ここしかなかった。

前期試験が終ると、清作はすぐにもこの学校に入学したかったが、九月に上京してきて、十月を終えた時点で、清作はすでに無一文になっていた。

会津を出るとき、四十円近い金を持ってきたのに、その金はどこに消えたのか。もちろん旅費や受験費用、それに慣れぬ東京での生活と、予想外の出費が重なった。都会では野辺の野草をとったり、川魚で飢えをしのぐといったわけにもいかない。しかしそれにしても、当時は東京でも一ヵ月十円もあれば、夫婦二人が食べていけた時代である。上京するに当って、十円の餞別をくれた小林校長の俸給が、十二円だったのだから、学生一人くらいつつましくすれば五円もあれば充分やっていけた。

こんなとき、二ヵ月もせずに四十円からの金をつかうとは普通ではない。大体、野口英世は金づかいの荒い人であった。後年、結婚するという約束で、某女からもらった二百円の大金を、友人全員をひき連れて横浜の一流料亭で遊び明かし、一晩でつかいきったこともある。生い立ちの貧しさからは想像もできない贅沢である。

だがそれをすぐ、野口の浪費癖ときめこむのは間違いのようである。

かつて清作はそのことについて、「銭を懐に持ってんのは怖い」といったことがあった。金は人一倍欲しいくせに自分の手に持っていると落着かない。それなら貯金をすればいい、というのが一般の人々の考え方だが、野口には貯金をするという気持はなかった。いや、気持がなかったというより、そういう発想ができなかった。

よく「金持ほどケチで、貧乏人ほど気前がいい」というが、野口の場合もそれに似ていた。金を貯める、というのは多少とも金に余裕のある、いわゆる金持の発想で、貧乏人のそれではない。小さいときから貧しさのどん底にあり、貧しさに馴れ親しんでいるうちに、他日のために金をとっておくという考え方ができなくなってしまった。その日暮しの生活が身について、その日に得たものは、すべてその日につかう。明日は明日で、またなんとかなる。働くなり、喜捨をえればいいのだ。

もちろん、清作が東京に出てきたときには、貯金制度はできていたし、金を貯えるということが必要なことも充分知っていた。そうしなければ困ることもわかっていた。だがわかっていながら、それが守れない。悲しいかな、どん底の貧者の癖が出てしまう。

それにいま一つ、一度金をつかってみると、その面白さが忘れられなかった。金を出すと、いままで冷たかった下宿の女も、威厳ありそうにしている主人も、たちまちぺこぺこして愛想を振りまく。これがあの人かと見間違うほどの変りようである。その快感が忘れられない。いままで上に立っていたものが、急にへりくだるその面白さに酔い痴れているうちに、どんどん金を失う。

一銭もなくなれば、明日はまた明日の風が吹く、気風(きっぷ)がいいといえばいいが、危険この上もない。ともかく、清作は学校に行きたいが、金がない。

渡部院長や郷里の誰それに無心の手紙を書こうと思うが、こう上京間もなくでは、さすがにいい出しにくい。奇妙というか当然というか、清作は生涯、母のシカにだけは、ただの一度も金の無心をしていない。学用品も袴も、すべてシカが一方的に揃えてくれたもので、清作が欲しいといって揃えてもらったものはない。

小さいときから母の側にいて、貧窮のどん底を知りつくしたせいもあろうが、肉親には決して迷惑をかけない。そこに清作の、家への同情と一種の諦めがあったことは否めない。

　考えた末、清作は血脇守之助のところへ行くことにした。

　このころ血脇守之助は水道橋の近くの三崎町の自宅から、芝伊皿子坂上の高山歯科医学院に通っていた。清作が訪れたのは、この高山歯科医学院のほうである。

　在京二ヵ月で、清作の頭髪は伸びきり、会津から着てきた一張羅の着物も、垢と汗で汚れていた。

　取次にでてきた玄関子は、風采のあがらぬ清作に怪訝な顔をしたが、渡部医師の紹介状もあるので、守之助に取り次いだ。この歯科医学院で守之助は教鞭(きょうべん)をとりながら、学校を統轄する事務長のような仕事をやっていたのである。

　去年の夏、渡部医院で会ってから、ほぼ一年余りの再会であったが、守之助は清作を覚えていた。大体、清作は人を訪ねていって、忘れられたことはないが、それは清作の非凡さもさることながら、左手の不具という身体的な特徴がおおいに役立ってもいた。

「それで、いまはなにをしているんだね」

　守之助の問いに、清作は前期試験に受かったこと、これから後期試験に向けて、済生学舎で勉学したいことなどを告げた。

「なるほど、それはいい。もう少しだから頑張り給え」

守之助は自分の経験から後期試験が正念場であることはよくわかる。このとき、守之助は二十七歳で清作とわずか六歳しか違わなかったが、貫禄は圧倒的に上だった。すでに医師として独立し、都会に住んでいる守之助に、田舎から出たての苦学生では敵(かな)うわけもない。

清作は例の哀れっぽい口調で、金の無心にきたことを告げた。

「もし学校で使っていただければ、人力俥夫(じんりきしゃふ)でもいたしますが、なんとかお取り計らい願えないでしょうが」

清作のような金にルーズな男は、生活費をもらうより、どこかに住み込んで、食事を保証してもらったほうが安全であった。

「弱ったな」

守之助はなんとかしてやりたいが、ここは高山院長の家で、守之助の自由にはならない。彼自身も食費の他月給四円で雇われている身であった。

「では一応、院長先生におききしてくるから、待っていてくれ」

この高山院長という人は、明治三年に慶応義塾を卒えたのち、アメリカに渡り、米国歯科医術開業試験に合格して帰国し、東京銀座で、初めて歯科医院を開業した人で、日本最初の本格的な歯科医として皇后陛下、東宮殿下などの歯の治療に当った。その後、伊皿子町の自宅の隣に高山歯科医学院を創立し、歯科学の発展と、歯科医の地位の向上に尽した日本歯科学会の開祖である。

守之助が清作のことを告げると、高山院長は「いま、学院ではその男が必要なのかね」と一言だけきいた。

「いえ、そういうわけでもありませんが」

「じゃあ断わりなさい」

高山院長のいうことは理路整然としている。無駄なものは一切不要、イエスかノーをはっきりさせる、アメリカ的合理主義が身についた紳士であった。

守之助は困ってしまった。院長に内緒で住まわせるわけにいかないが、といって会津からわざわざ出てきた男を追い返すわけにもいかない。迷った末、守之助は学院の隣の寄宿舎に住まわせることにした。そこは管理人である老夫婦にさえ、うまくとりこめばなんとかなる。

こうして清作は、隣の寄宿舎の一室にころがりこむことになる。もちろん引っ越しなどといっても、背に担いだ風呂敷包み一つである。本郷から芝まで、清作は赤煉瓦の銀座通りなどを見物しながら歩いて移った。寄宿舎では正式の員数ではないのだから、大きな顔はできない。朝夕の食事だけは、なんとか食べさせてもらったが、あとは部屋に閉じこもっていなければならない。万一、高山院長にでも見付かったら、守之助ともども大目玉をくらう。

だがじっとしていることのできない清作は、廊下から次第に賄（まかない）にまで顔を出すようになり、一ヵ月もしないうちに、堂々と学院へも出入りするようになった。しかも学院の小使いが年老いて、休みがちなのをいいことに、始業時間の鐘を鳴らしたり、洋灯（ランプ）や便所の掃除までやりだした。

もちろんこれらは無償ではない。そうしたアルバイトをすることによって、いくらかの金をもらう。寄宿舎で朝夕の二食は保証されていたが、昼食と、深夜の空腹を満たすには余分の金も必要だった。

清作の優れていたところは、こんな小使いとも居候ともつかぬ状態にありながら勉学を忘れないことであった。大抵の男なら、環境が変っただけで、一、二ヵ月は勉強も手につかないが、清作は平気で勉強に没頭する。逞しいというか、環境順応力に優れているというか、小さいことをあまり気にしない。

芝にきて二ヵ月経った十一月の末、清作は人伝てに、伊皿子町でエリザ・ケッペンというドイツ人がドイツ語を教えていることをきいた。清作はすぐ、その人についてドイツ語を習いたくなった。すでに若松で英、仏語をマスターしていた。主要外国語で残っているのは、同時に学んだもののまだ充分ではないドイツ語だけだった。だがこの授業を受けるには、毎月一円の月謝がいる。

清作はまたまた、守之助にこの金を無心する。

何度も悪いとは思うが、習いたいとなるとおさえようがない。欲しいとなると、我慢できない。赤児に似ているが、無心された者こそいい迷惑である。

さすがに守之助は図々しい奴だと思ったが、無下に断わるのも気がかりである。後年、清作には「男芸者」という綽名さえついたが、清作の頼み方には、一種、人をひきつける哀切さがあった。無心されたものが放っておけない気持に追いこまれる、妙な切迫感があった。だが守之助の四円の薄給からでは、一円といえども大金である。しかも月謝となると毎月である。

「とても無理だ」

万策つきて守之助が溜息をつくと、清作がこともなげにいった。

「先生の月給あげでもらってはいかがでしょう」

守之助は驚いて野口を見た。たしかに給料が少なくて出せないというのであれば、元の給料を上げれば済むことである。守之助は少ないなかでのやりくりばかりを考えていた。いわれてみるとそのとおりである。

「なるほど」

守之助は改めてうなずいた。いかに食事つきとはいえ、一人前の医者が月給四円とは安すぎる。前々から、そのことに不満は抱いていたが、これも修業と思って我慢してきた。高山院長の学識を体得するためには、これくらいの不満は耐えなければならないと思いこんできた。だが労働に見合ったお金を要求するのは当然の権利でもある。守之助は勇気を出して高山院長にいってみた。

「まことに申し上げにくいことですが、医師としての体面もありますゆえ、いま少し給料を上げていただけないでしょうか」

まわりくどいいい方だったが、高山院長はすぐうなずいた。

「よし、七円にしよう」

これは予想外の収穫であった。初めは一喝の下に退けられるか、せいぜい一、二円の値上げだと思ったが、それが一挙に三円の値上げである。

「うまくいったぞ、三円上げてくれたぞ」

守之助は笑みをたたえて、清作のところへかけつけてくると、

「これも君のおかげだ。当分のあいだ二円ずつ小遣いをやろう」

こういうところが、守之助の人のいいところである。三円上った以上、二円出さないと

悪いと思う。

ともかくこうして清作のドイツ語勉学がはじまった。

勉強がはじまると、いままで几帳面にやっていた鐘つきも、便所掃除もほとんどやらない。なにごとによらず一つに熱中したら、他をかえりみないのが、清作の性格でもあった。

三

芝伊皿子にあった高山歯科医学院の建物は、現在はもちろん残っていない。当時の建物のほとんどがそうであったように木造で、門構えのない二階建てだった。玄関わきの「高山歯科医学院」という看板がなければ、やや大きな仕舞屋(しもたや)として見逃してしまう程度のものだったが、奥行はかなり深かった。現在この地には、さる会社の寮が建ち、高い石塀が巡らされている。

家があとかたもないように、まわりの景観もずいぶん変った。

歯科医学院は伊皿子坂を登りきる直前に、西向きに建っていたが、江戸時代、この坂は「潮見坂」と呼ばれていた。当時はこの坂上から東側を望めば、眼下に芝浦から東京湾を一望の下におさめられたのである。

この坂の三田の田町から伊皿子町に登る位置は往時と変らないが、かつては道幅はもう少し狭く、傾斜も厳しかった。この坂を登りきったところから、反対側の高輪の方角へ降りていく坂を「魚籃坂」という。近くに中国の伝説になぞらえた魚籃観音があるところから、この名がついたものだが、この坂も往時からみると、ずいぶんゆるやかになっている。この魚籃坂の西側が、いわゆる高輪西台という広大な台地であった。清作がいたころは、この台地の中央に海軍病院があり、その先にはさらに海軍の埋葬地があった。またこのあたりは寺院と墓地が多く、泉岳寺をはじめ、長応寺、了蓮院、常詮院など、お寺だけで十指をこす。芝の増上寺にもほど近い。

清作はこの高台の学院から、毎日、東京湾を見下ろして過した。

当時は船も少なく、いまよりはるかに、海岸線が内側にくいこんでいて、潮の満ちひきも手にとるようにわかった。さらに西から南を見れば、高輪の静かな邸宅地から、白金村ののどかな田園風景が広がる。いまからは想像もできない暢んびりした情景だった。

ここで英気を養う、といえばきこえはいいが、現実に清作の地位は下級小使いにすぎなかった。それも正式採用ではない、押しかけ小使いである。清作の仕事は、廊下や部屋の清掃、ランプのホヤ拭き、始業終業時間の鐘鳴らし、それに使い走りといったものである。

外見が貧相なうえ、着ているものも汚なく、玄関の受付のような役目には使えなかったのである。清作はそれが不満でよく仕事をサボった。特に彼が嫌がったのは、ランプのホヤ拭きだが、これは左手が不自由で、細い芯を支えるのが難しいせいもあった。

それがエリザ・ケッペン夫人にドイツ語を習うようになってからは、勉強に熱中して、掃除から、鐘を鳴らすことまですっぽかすようになった。この皺寄せをくった菊地という受付係が憤慨して、清作に文句をいったが、一向に改めようとしない。

清作にしてみれば、「才能もない奴が、俺のかわりの下働きをするのぐらい、当り前」という気持だったが、先輩の受付係としては我慢がならない。たまりかねて、菊地は血脇守之助に幾度となく文句をいったが、守之助はきいたふりをしてとりあわなかった。自分の小遣いで勉強している男ではあるが、その一種異様な勉学への打込み方におされて、さすがの守之助もいい出しかねたのである。

やがて明治三十年の年が明ける。この年の二月に、清作は四ヵ月に及んだドイツ語の勉強を終えた。

「もうこれで大丈夫だ」

自ら自慢するとおり、このころになると、ドイツ語の日常会話はもちろん原書まで、ほとんど辞書なしで読めるようになっていた。大体清作は、語学について、先天的な才能があった。外国語の学習は論理ではない。いわゆる実感的なものだが、清作はこの勘をとらえるのが早かった。まず一旦は素直に復唱して覚え、言葉に馴染む。それは彼の生来、身についた環境順応力の強さといわゆる会津のずーずー弁に対するコンプレックスがかえって外国語へ対する意欲になって現れたともいえる。

こうして、英仏独と、三ヵ国語をマスターした清作は学院にあった医学原書を片っ端から読みはじめた。しかし、これだけで後期開業試験に合格できるわけではない。後期にもパスするためには、やはり済生学舎に入って、臨床医学を学ばなければならない。次の後期試験は十月であったが、それまであと半年余りしかない。

清作は焦っていた。だが当然のことながら、済生学舎に入るには金がかかる。今度はいままでのように、一円とか二円の月謝では済まない。

済生学舎の講師達は、みな他に教職を持った人達のアルバイトなので、朝の六時とか夕方五時からとか、突拍子もない時間に講義をはじめる。それに欠席せずに出るためには、やはり学校の近くの本郷界隈に住まなければならないが、この下宿料と月謝を考えると、月々十五円は必要であった。

会津を出るとき、渡部鼎は毎月十円宛送るといったが、実際には上京して一ヵ月で送金は途絶えていた。このころ渡部は女性関係のもつれから妹が会計を握り、彼の自由にならなくなっていたのである。

それに、たとえ彼が送ってくれたとしても、東京と会津と離れていては、そうそう無心もできないし、急場に役立たない。

やむなく高山歯科医学院でも、清作は借金の天才として名をはせることになる。この時期守之助から、学院の職員、さらには学生から小使いに至るまで、彼の被害を受けない者はいなかった。

借りるときは、猫撫で声でしおらしいが、借りたらもはや返しはしない。いろいろいい訳はいうが、ほとんど口から出まかせの嘘で、しまいには清作自身も、誰にどんないい訳をいったかわからなくなる。まさに清作の「貸せ」は、「呉れ」と同意語であった。菊地のあとにきた受付係の石塚は、清作が仕事を怠けるので、文句をいいたかったが、顔を合せると金を無心されるのが怖さに、文句をいいにいけないというありさまであった。

しかしこの借金の天才も、今回の月々十五円の金策にはほとほと参った。職員や学生からかき集めたくらいでは、とても間に合わない。ここはやはり、一番身近なスポンサーである血脇守之助に頼むより仕方がない。そう決めた。清作は、再び借金を申し込んだ。

「十五円か……」

一言いったきり守之助はうなった。そのころ守之助の給料は七円にあがっていたが、その倍以上の金を出せというのだから難しい。そんなことができるわけはない。断わることははっきりしていたが、それではこれまで目をかけてきた好意が無駄になる。守之助が考えこんでいると、清作がにやりと笑った。

「一つ、案があるんですが、高山先生は、いつも病院は儲がらない、と仰言ってるわけですね」

当時、高山院長は歯科医志望の学生を教授しながら、一方で歯科医院も経営していた。いまの医科大学と付属病院の両方を一人でやりくりしていたようなものである。高山は、この両方の長で、血脇守之助は主に、学生のほうの講義を担当していた。もともと学者肌だった高山は、学生への教授と、臨床の歯科医と、両方を兼ねる忙しさにくわえ、経営のわずらわしさに悲鳴をあげ、病院は儲からないと、頭から決め込んでいるところがあった。

「いっそのこと、先生が高山院長から病院を受けついで、自分で経営なさってはいかがでしょう」

「わたしがか?」

守之助が呆れるのに清作はけろりとして、

「高山院長は、お忙しい方だし、病院経営のような下世話などは、性に合わねぇんだと思います。だがら先生が任せて欲しいと申し出れば、許してくださると思うのです。あの病院が儲がらねぇわけはありません。先生が専心して経営に当られたら、いまよりずっと楽になります」

「それで、どうするのだ」

「ほうしたら、先生の給料はずっと上るでしょうし、わだしへの十五円も……」

守之助は唸った。なんという突飛なことを考えるのか。前回、新たに小遣いとして毎月二円渡すことにしたときも、院長に給料増額を要求せよとけしかけたが、今度は病院経営権までとってしまえというのである。それでお前も楽になるし、自分も安心して金をもらえるという理屈である。

「そんなことはいえない」

一応は首を左右に振ったが、考えてみると、これはたしかに魅力のある計画であった。守之助は高山院長の見識に敬服してはいたが、いつまでも薄給に甘んじて学生に講義するだけでは不満であった。もう少し患者に接して診療もしたい。それには清作のいうことが、一番手っとり早いかもしれない。

「そんなことはいってみても、高山先生がお許しになるわけがないからね」

「そうあきらめず、とにかく当ってみるごどです。わだしは大丈夫だと思います」

清作はいかにも自信あり気である。またまた年下の男にけしかけられた形で、二日後、守之助は恐る恐る高山院長に申し出た。病院全体の経営権を譲れというのだから、いまから考えると、とてつもない話だが、当時は万事がのんびりしていた。大体、学者が病院を経営するなど邪道だと思われていた時代だから、厚かましいことは厚かましいが、ひどく失礼に当るというわけでもなかった。

それでも、この申し出をきいた瞬間、高山院長は、

「君は気でも狂ったのか」といった。

「そんなわけではありません。先生が学校と病院と両方に頭を悩まされているのを見るのは辛いので、微力ではありますが、私が専心、病院の経営に尽せば、先生もお楽になり病院もいまよりもう少し楽な状態にもっていけるかと思うのですが」

病院収支を検討した結果、積極的に宣伝し、技工料などを値上げすれば、充分採算に合うことは、すでに清作の調べあげたデータでわかっていた。

「君が本当に黒字にするというのか」

高山院長は腕を組んで考えこむ。たしかに病院経営は、彼にとってはかなりわずらわしいことであった。経営権を任せよ、といっても、院長が代表者であることに変りはない。

とにかく守之助には、経営の苦しいときも、薄給で頑張ってもらったという恩もある。信頼のおける男であることはたしかである。

「急なことなので、しばらく考えさせてくれ」

高山もさすがに、その場でイエスとはいいかねた。

守之助は多少の脈ありとみて、清作の調べたデータをもって、さらに院長を口説いた。

こうして一ヵ月のあと、高山院長はついに守之助の申し込みを受け入れ、経営のすべてを任せることに納得した。

「成功」

当時の青年はよくこの言葉をつかった。いかにも明治の気概に溢(あふ)れた台詞だが、いまの二人はこの言葉どおりの気持だった。

「やってみればなんとかなるものだなぁ」意外な進展に、守之助は述懐すると、

「人間、その気になれば、出来ねぇごどはほとんどありません」このあたり、弱輩の清作のほうが、一枚上だった。「それでは、来月からわだしに十五円いただけますね」

成功の喜びより、まず約束だけははっきりしておこうというわけである。

「もちろん、君のおかげで経営を任せられたのだから、十五円は毎月渡すよ」

「きっと、お願ぇします」

この半月あとに、清作は本郷四丁目の下宿に移る。一年前、東京に出たときに泊った下宿に近かったが、今度は二階で広い窓もあり、八畳間でかなりのゆとりがある。ここから済生学舎は、ゆっくり歩いても十分の距離だった。

第四章　本郷時代

一

　当時の済生学舎の講堂は木造で横に長い机と椅子が並び、大きいところは、五百人からの学生を収容することができた。ときに壮士風あり、ハイカラ風あり、硬派軟派とり混ぜ、袴をつけ、草履や朴歯の下駄を鳴らして教室へ入ってくる。前列は比較的真面目グループで、後列になるほど不良グループが多い。まだ維新争乱の血腥さが残っているときで、学生のなかには、気の荒い者も多く、女生徒達は、彼等の気を唆らないように、ひっつめ髪の男装をして通っていた。

　清作にとって、医学の正式の講義をきくのはこれが初めてであった。嬉しさのあまり、早朝から夜まで十四時間も講義をきき放しという日もあった。

ここの講師陣は、ドイツとかフランスから帰国したばかりの、帝国大学の少壮学者が多く、みな、自分が将来の日本の医学を背負って立つ、という気概にあふれていただけに、受け入れたばかりの難解な知識を滔々と喋りまくる。相手がわかろうがわかるまいが、そんなのはおかまいなし、自分の知識の整理のために講義をしているといったほうが当っていた。脱落していった多くの学生は、この難しさにやる気を失くしたものだが、清作は必死にくいついていった。偉そうに横文字を並べられても負けない。

だが講義には試験に出そうもないことも多く、あまり出ても仕方がない。夏のころから、清作は臨床医学の講義だけに焦点を絞り、十月の後期開業試験に備えはじめた。

清作がこの学舎で、山内ヨネ子に逢ったのは梅雨のあけた、夏のはじめのころだった。ヨネ子は清作が上京するころ、やはり医者を志して東京へ遊学するといっていたが、そのまま消息は途切れていた。会津若松を発つとき、わざわざ家まで訪ねて、母に門前払いをくらわせられたのが最後である。

この間、ヨネ子は従兄の菊地良馨の口ききで上京し、順天堂医院の看護婦をやっていた。ヨネ子の父、山内章は順天堂医院の医師で会津藩の藩医でもあったから、ヨネ子は自ら医者になり家を再興したいと思っていた。

その第一歩として順天堂医院の看護婦になったのだが、もとの知人や親戚達は、ヨネ子の女医志願には反対であった。いまでは考えられぬことだが、当時は女子が血を見るような殺伐な職業につくなど、正気の沙汰とは思えなかったのである。

四面楚歌のなかで、ヨネ子は順天堂を逃げ出し、父の友人を頼って、済生学舎に入学してきたのである。これをみても、彼女が外見の柔和さに似合わず、気性の強い女性であることがわかる。

ヨネ子はすでに同じ学舎に清作が学んでいることは知っていた。

それというのも清作は済生学舎でも、かなり目立つ学生であった。風采はあがらず、左手の不具にくわえ、いつも最前列で熱心に講義をきいている。くわえて講義の待ち時間などに、ときどき黒板の前に出て、英語やドイツ語を書き並べぺらぺらと喋り出す。

清作は自分が少壮学者になったつもりだが、他の学生達は変ったおかしな奴だ、と思っていた。実際、数ヵ月床屋へ行かず伸ばしきった髪や、垢の沁みたような着物を見るだけでみな顔をしかめる。

ヨネ子が清作を初めて見たのも、休み時間に、一人で黒板に本当か嘘かわからぬ英語を書き綴っているときだった。ヨネ子は驚いたが、それだけで、自分から話しかける親しさも、関心もなかった。

だが教室に向う廊下で、ヨネ子を見つけた清作は仰天した。まさかと思って追いこして振りかえる。

「若松の山内ヨネ子さんですね」

ヨネ子がうなずくと、清作はすぐ自己紹介をした。

若松を出てから前期試験に合格し、そのあと、芝の歯科医学院にいて、いまは本郷にいることまで一気に喋りまくる。今度の後期試験は、まず大丈夫だと思っていることまで誇らかにいう。

大体、清作は自慢が好きな男だった。あまり抜け抜けと威張るので、少しおかしいのではないかと噂し合う者もいたが、この自分を臆面もなくプッシュしていく態度が、後年アメリカ社会に入って、大いに役立つことになる。

ともかく、ヨネ子としては、あまり歓迎したい相手ではない。いささか迷惑そうに、うなずくだけである。このころの清作の女性認識はまだ甘く、ただ自分がいかに偉いかということさえ話せば、女はなびくものと簡単に考えていた。

無関心を示されたくらいで、あきらめる清作ではない。毎時間、ヨネ子の坐りそうな席の近くにいって、待ちかまえている。ヨネ子が別の席に坐ると、立ち上って近くへ移動する。

休み時間には、なにか質問はないか、あるなら教えてやると押しかけ教師になる。こういう点、清作には照れるということがなかった。

正直いって、このころのヨネ子の学力ではついていけない講義がいくつもあったが、これを解説してやるのが、清作の最大の楽しみであった。これが昂じて、ついには、ヨネ子が頭蓋骨の概要を知りたいというとき、高山歯科医学院にあった頭蓋骨の標本を持ち出して勝手にプレゼントしたりした。

だがこれだけ努めても、ヨネ子は感謝こそすれ、好意を示すようなことはなかった。単にうるさくて便利な、同郷の友人というだけで、それ以上のものではなかった。

しかし清作はあきらめない。ヨネ子の従兄の菊地良馨が、麴町警察署の検察医をしているのを知ると、清作はその官舎を調べ、自らその家にのりこんでいった。突然の来訪に良馨は驚いたが、会津の出でヨネ子を知っていて、医学を志す者だときいて、家に入れた。

菊地はヨネ子に似て細身で長身だった。会津人らしく頑固ではあるが、気性のさっぱりした人で、清作はすぐ親しんだ。実際、こういうときの清作は相手の好みそうな話題を探し、それにどんどん合せていく。無節操といえば無節操だが、そこが清作の適応能力に富んだヴァイタリティでもあった。一見むさくるしい書生だが、話してみると医学から、漢文、英語、ドイツ語と、なんでもよく知っている。良馨は清作の博識に感心し、おおいに気に入った。

だが、従兄と親しくなったからといっても、ヨネ子はなお清作に優しい態度をとろうとはしなかった。ヨネ子へのつもる気持がかなえられぬ焦りもあって、このころから、清作はしきりに遊里に足をはこぶようになる。

清作が女を抱いたのは、伊皿子にいるとき、学院の受付の男に連れられて、洲崎（すさき）に行ったのがはじめてであった。三城潟では仮祝言まであげて同居したおとめとさえ、手一つ握らなかった清作が、東京にきてはじめて女を知った。

当時、吉原の女は、小店（こだな）で四十銭といわれたが、一度遊びを知った清作は金さえあれば、通うようになる。それでも伊皿子のときは、金がなくて行くのはかぎられていたが、本郷にきてからは、深川や吉原に河岸をかえて、頻繁に行くようになった。

これでは十五円もらってもたちまち消えてしまう。伊皿子から本郷へきて、相変らず借金を続けたのは、この女遊びのためである。この清作の遊びには、守之助もうすうす気付いていた。

「あんな自堕落な男に、金の援助をするのなどお止めなさい」

何人かの友人が忠告したが、守之助はここでも見て見ぬふりをした。

たしかに遊ぶが、勉強もする。いわゆる遊里に好きな女ができて、いれあげている、というのではない。ただもてない苛立ちと、精力のはけ口として遊んでいるだけだと守之助は睨んでいた。

この見方はある程度当っていた。清作の遊び方には、特定の女のためにというより、一種のエネルギーのはけ口といった感じが強かった。勉強していても、燃えだすと我慢できない。駆けていって女を抱いてくれれば、また忘れたようにさっぱりする。遊里は清作にとって背伸びしなくて済む、いわば気のおけない場所だった。ここにきたら、もう他人の機嫌をとることも、周囲を意識する必要もない。勝手気儘に振舞える。

とにかく貯えということの苦手な男だから、一度にお金をもらうと、たちまち消えてしまう。なくなると、またいまにも自殺しかねないような顔で無心にくる。清作のいうとおり、守之助が専心して以来、病院の経営状態は好転していた。五円や十円の金くらいなら自由にならないこともない。守之助は初めのうちは二円、三円と渡したが、こう頻繁ではやりきれない。渡すとそれだけすぐつかうのを知った守之助は、月のうちの十五円を三度に分けて渡すことにしたがそれでも清作の金欠病はなおらない。

相変らず髪は伸ばし放題、垢だらけの着物をきて、ちびた下駄をはいている。風呂は一ヵ月一度、天日で温めた桶水(おけみず)に入るだけである。

「もう少し、こざっぱりとしたらどうだ」見かねて守之助がいうと、清作はうなずくが一向にききめはない。外見はともかく、やがて俺は医術開業試験に合格する、というプライドだけが、清作をふてぶてしく無頓着にさせていた。

二

本郷の新しい下宿に移り、済生学舎に通って、後期開業試験へ準備を重ねていた清作にとって、一つだけ気がかりなことがあった。それは後期臨床試験のなかに、「打診法」という一項があることだった。

打診はいうまでもなく、患部に当てた手背を、もう一方の人差指と中指の先で軽く叩く。空箱の上を叩いた場合と、なにかものが詰っている場合とで、音が変るように、打診による微妙な音程の差で、胸郭内の空洞や滲出液の有無を判定する。現在のように、精密なエックス線撮影や心電図が開発されてからは、あまり意味はなくなったが、当時としては聴診と同時に、きわめて有力な診察法であった。

五年前に、清作の指は渡部医院で手術を受けて、いくらか伸びはしたが、拳を握った形であることに変りはない。掌から指を一直線に、平らに伸ばすことは難しい。清作はこの不具のため、正確な打診ができなくて試験に落されることを恐れた。

なんとかうまい方法はないものか、迷った末、清作は血脇守之助に相談してみた。困ったとき、近くにいて頼りになるのは守之助をおいて他にない。

清作が打診の不能を訴えると、守之助はおおいに同情した。今度は、いままでのような小遣銭のせびりでなく、肉体の欠陥に根ざした無理からぬ願いである。世話好きというより、清作にとりつかれた形の守之助は、早速、東京帝国大学外科学教授の近藤次繁博士に頼んでみた。

すでに夏に入り、後期試験の十月まで、もうあまり余裕はない。近藤教授は診察した結果、完全にもとどおりにはならないが、いまよりは少しよくなるという見解であった。そしてたとえ指は完全に伸びなくても、それなりの打診法はあるから医者になっても心配はない、といってくれた。

守之助も清作も、手術をしてもらいたかったが金がない。

「正直などご、いますぐ手術料の全額は払えねぇかもしれませんが、不足な分は月賦でも払わせていただけねぇでしょうが」

清作がいうのに、教授はしばらく考えていたが、やがて事務長を呼んで相談した。

「まともにかかると、大変なお金になりますから、学用患者ということにしてあげましょう」

学用患者というのは大学病院にだけある制度で、学問的に興味ある珍しい病気の患者や、貧しい患者を無料で入院させ、そのかわり、学生の勉学のために自由に診察させるという条件がつく。

清作の場合、火傷のあとの癒着が、とくに珍しいわけでもないから、あきらかに後者である。もっとも、学生の教材用といっても、内科の患者のように、やたらに打診や聴診されるわけでなく、ただ不具の手を診(み)られる程度だから、さして苦痛ではない。それより、誰の世話にもならず、ただで治してもらえるという喜びのほうが大きい。

だが、清作はこのとき、はじめて天下の帝大医学部の学生達を身近に知ることになった。

当時、帝大の医学部を出たものは無試験で医者になれた。大学を卒業することが即医師免許証の交付を意味していた。これに反して、清作のように大学に行けなかった者は、前期・後期の厳しい医術開業試験にパスしなければならない。

帝大生は優秀とはいえ、ごくかぎられた一部の人しか大学に行けなかった当時としては、エリート中のエリートであった。なかに稀(まれ)に苦学生はいても、大半はやはり良家の子息である。清作はこれら医学生が、学用患者である自分の手を眺め、手指をあれこれ動かすのに黙って耐えなければならなかった。同じ医学を志す者でありながら、一方は診る側であり、一方は診られる側である。後年、清作が帝大出の医学者へ、激しい闘志を湧かせたのは、このときの屈辱が、そもそもの発端であった。
それはともかく、近藤教授は清作にきわめて好意的であった。五年前に手術して瘢痕で固くなったところを再び開き、念入りに指を伸ばす。すでに発育不良の中指以下は、剝がしてもちびて機能的には期待できなかったが、人差指と拇指だけはいくらか動くようになった。とくに拇指は良好で上下左右に、かなり自由に動かせるようになった。今度は切開のあと、植皮も一部くわえられて、前回からみると、指はちぢんではいるものの、かなり開く。

ほぼ二十日間で創は癒えて、包帯をとったあと、教授は正常に伸びきらぬながらも、その手で不完全ながら打診する方法まで親切に教えてくれた。

一ヵ月で退院して、清作はようやく後期試験への自信をえた。入院中、いろいろ手をいじくった帝大生への対抗心からも、是非、合格しなければならない。

十月の初め、ついに医術開業後期試験の日が訪れた。清作は前日、半年ぶりに床屋へ行き、東京風のさっぱりした刈込みをしてもらうと、高山歯科医学院時代の友達から借りた袴をつけて試験場に臨んだ。

この後期試験には、学説と実技試験の二つがあった。第一日の外科の実技試験のとき、清作は聴診器を持たずにいった。大体、清作は自分の聴診器がなくて、いつも他人のを借りていたのだが、その日は外科だから必要ないと思ったのである。

だが試験に臨んでみると、患者は股の淋巴腺に潰瘍をもち、お腹の不快感を訴えていた。

「お腹の聴診もしてみたまえ」試験委員にいわれて、清作は困った。

医者になろうとしているものが、聴診器をもっていないともいえない。

「実は今日、内科の試験を受ける者に聴診器を貸して、もっておりません。申し訳ありませんが先生のをお貸しいただけないでしょうか」

受験生にしては少々図々しい男である。試験委員はあきれながら自分のを渡した。

清作は借りた聴診器を患者の腹に当て、腸がほとんど動いておらず、かなり膨脹していることから、潰瘍にくわえて、腸閉塞の症状もあることを告げた。この診断はなかなか当をえていて、試験委員達は一斉にうなずいた。

実技と学説と、二日におよぶ試験が終って、十日後にその結果が発表された。

清作は見事に合格した。このとき受験者八十名中、合格したのは次の四名だけだった。

立花為太郎（富山県士族）、小川保次郎（鳥取県士族）、松田正直（長野県士族）、野口清作（福島県平民）。

いずれも士族の出身のなかで平民は清作一人である。

このとき、合格者四名は直ちに、近くの写真館に集まって記念撮影をした。

現存する清作の写真で、最も古いのは、この一年前、明治二十九年に、神田淡路(あわじ)町の江木本という写真館で撮ったもので、一人でまっすぐ前を向いている、上半身だけのものである。

合格記念に撮った写真は、前の椅子に二人が坐り、うしろに二人が立っている。清作は向って右手後ろに立ち、左手は前の人の肩ごしに隠している。

いつも蓬(よもぎ)のような長髪だったのが、この時の頭は見事に刈りこまれ、一見、坊主頭のように見える。十月も末で、みな羽織を着ているのに、清作一人、着物に袴だけで、羽織はない。

合格を知った清作は、まっ先に血脇守之助のところへ駆けつけた。

「受かりました」

清作が息せききっていうと、守之助は一言、「そうか」とうなずいただけだった。それ以上いう言葉もなく、守之助はただしっかりと清作の手を握った。

三

清作が医術開業試験に合格したことは、たちまち、三城潟に知らされた。

母のシカは、その合格の電文をもって近所にふれてまわった。

「清作は医者になったげんとも、やっぱりお天道様は東から出っぺ」シカはそういって、狂ったように笑った。

このころ、シカは農業のかたわら、近村一の助産婦といわれた親戚の野口クマという産婆について、助産術を習い、クマに次ぐ産婆として名を成していた。清作が医術に励んでいると思うと、自分も少しでもそれに近づこうとする、どこまでも勝気で意志の強い女であった。

シカが喜んだ以上に、清作は嬉しかった。早速、下宿の主人から仲間、高山歯科医学院の職員などに告げ歩いたうえ、前期試験で落ちた山内ヨネ子のところまでいって、合格を報告した。

無邪気といえば無邪気だが、そのあたりが、清作のあけっぴろげすぎて、反感をかうところでもある。

だが、この喜びのあとにすぐ次の問題がおきてきた。

小林栄はもちろん、田舎の人達はみな、清作が開業試験に合格したからには、当然、故郷にでも帰って医院を開き、いままで苦労してきた母や家族を援けるのだと思っていた。当時は学者として大学に残ったり、研究に従事するのは帝大出の医者で、開業試験をパスした医者は、ほとんどが合格と同時に開業するのが常だった。実際、母のシカも、清作は帰ってくるものと考えていた。

しかし、清作には故郷へ帰る気はまったくなかった。いまこそ、「手ん棒」と馬鹿にした連中を見返してやる、故郷に錦を飾る絶好のチャンスであったが、清作の頭からは、そんな小さな望みはとうに消えていた。

どうせ医者になった以上は、日本一の医者になりたい。このまま、会津の片田舎で埋もれるのはいやだ……。

彼はそのことを、また血脇守之助に訴えた。

「わだしはご承知のとおり、左手が不自由です。ほれに自分でいうのも残念ですが、背もあまり高くなく、風采が上等ともいえません。このような状態では、いぐら学問があったどしても、患者が集まってくるどは思えません」

これは清作の偽らぬ実感でもあった。水呑(みずのみ)百姓の手ん棒であったころを知っている故郷の者達は、たとえ医師免許をえたからといって、すぐ集まってくるとは思えない。そんなことより、東京でさらに学問をつみ、一流の学者になりたい。とにかく、この手では臨床医は不利だ。

守之助も清作のいうことに同情した。毎日不具の手をさらすのは辛いだろうし、これほどの頭をもった男を、田舎に帰すのは惜しい。

守之助は高山院長に頼んで、とりあえず清作には高山歯科医学院の病理学と薬物学の教師として、働いてもらうことにした。この案に、清作はもちろん異存はなく、母のシカにも手紙で報告したが、反対すると思ったシカは「おめのいいようにやっだらいいっぺ」とあっさり承諾した。どんな苦境にあっても、すすむことを忘れなかったシカは、まわりの知識人より、さらに進歩的だったともいえる。

こうして清作は高山歯科医学院の教壇に登ることになった。

「昨日までの小使いが今日は先生」とは、このとき、高山歯科医学院でいわれた言葉だった。たしかに昨日まで鐘を鳴らし、教室のランプを磨き、「清作」と呼ばれていた男が、突然、袴をはいて教壇に上ってきたのである。一瞬、みなぽかんとし、それから渋々頭を下げた。

後年、清作はこのときのことを、「自分の一生のなかで、あれほど痛快で愉快だったことはない」と述べている。まさに三階級特進以上の抜擢である。

清作は得意満面、講義をはじめた。以前からそうだったが、清作はあまり照れるということのない男である。照れるのが、一つの知性の表現であるとするならば、清作にはその種の知性はなかったかもしれない。なにごとにも照れることなく、抜け抜けとつきすすむ。そこが江戸っ子と違う田舎者の清作の強さでもあった。

いままで「清作」と呼捨てにしていた連中を見返して、いっときは満足した清作であったが、半年もしないうちに、高山歯科医学院で教鞭をとることに飽いてきた。

いつまでもこんなところで、歯科の学生に教えていたところで仕方がない。教えることは、たしかに気持のいいことだが、反面、自分でうるところはあまりない。もう少し立派な医師の許へいって、本格的な医学を教わりたい。いっとき、いい気分になってもそこで安住しない。常に現状に不満を抱いて前向きにすすもうとする、それが清作をこれまで支えてきた。

「できたら、臨床の優れた先生がいらっしゃる、順天堂医院に入って、腕を磨きてぇんですげんとも」清作の申し出をきいた守之助は、素直にうなずいた。

たしかに高山歯科医学院などで、うずもれてしまうのでは、東京に踏みとどまった意味がない。守之助は、自分も学院で教鞭をとるだけに飽きたらず、病院経営にのりだした事情もあるので、清作の気持はよくわかった。

「順天堂に、菅野徹三という医師を知っているから、頼んでみよう」

守之助はそういって菅野に頼んでくれた。

順天堂医院は当時湯島にあり、千葉佐倉出身の外科医、佐藤尚中が創設しただけに、外科学の大家が轡を並べていた。もっとも、そうはいっても、病院の格やスタッフは、問題なく東京帝大が上である。

清作もできることなら、帝大のほうで学びたかったが、当時の帝大は、開業医試験上りの医者はほとんど採用しなかった。また、採用しても、かなりの差別をつけられる。そんな事情もあって、私学の中心である順天堂医院を選んだのだが、入ってみると、ここも臨床はなかなかやらせてくれない。

外科医の大家にくわえ、それを慕うベテラン医師が犇めいていて、容易なことではメスなど握らせてもらえそうもない。

ここで清作が初めに与えられた仕事は、菅野徹三が編集主任をやっていた『順天堂医事研究会雑誌』の手伝いをすることであった。しかも給料は賄付きの月二円である。

済生学舎にいたころは、下宿代や食費は自分もちとはいえ、守之助から毎月十五円をもらっていた。それからみると大変な収入減である。しかも希望していた臨床の勉強は、容易にかなえられそうもない。

だが、この雑誌編集の手伝いは、清作にとって、結構楽しい仕事であった。

一般の臨床こそやらせてもらえなかったが、絶えず病室に出入りして、医学的に興味ある患者を診て、検討することは自由であった。菅野氏は、少しでも興味がある患者がいたら図書館にある文献で調べ、その結果を文書として報告するよう命じていた。のちの清作の、なにごとでも論文にまとめる技術や、その早さは、このとき習練したものである。

ここでも清作は持ち前のファイトで、病気を調べ、論文を書きはじめた。元来が、書くことは好きな男だったが、直接患者を診察しても治療まで手を出せない口惜しさが、いっそう、論文を書くことに熱中させた。

この順天堂時代の、清作の論文はかなりの量にのぼる。とくにどの方面と、しぼられているわけではないが、月に平均二本をこすハイスピードである。とにかく、清作にとっては小さな論文とはいえ、そこに自分の名前がのって、活字になるのが嬉しかった。

菅野は清作の仕事熱心に感心しながら、徐々に編集の仕事も任せるようになってきた。名目的には編集長は菅野だが、実質的には、清作がそれを切りまわしする。仕事の点では不満はなかったのだが、月給二円というのは、いかにも安すぎる。例によって、月給をもらうと身につけておけない性質だから、二円くらいでは、もらった数日で消えてしまう。あとは例によって、まわりの人から金をせびり、借金を重ねるばかりである。

このころ、医師の免許証交付に当っては、六円、支払うことが必要だったが、その金策がなかなかつかない。たまりかねた清作は、また守之助のところに頼みに行く。

「このままでは、病室に行ぐどきの袴どころか、スリッパさえ買えません。なんとかもう少し増額してもらえるよう、菅野先生に頼んでもらえねぇでしょか」

守之助もたしかに二円では安いと思う。菅野医師にいってみる旨、約束すると、清作はさらに、

「当座のお金として、ほんの少しでいいのですが、貸していだだけねぇでしょか」と切りこむ。

順天堂からわざわざきて、ただで帰るわけはない。守之助は戸惑った表情を見せたが、やがて懐から財布をとり出すと、清作の前に投げ出した。

「これで早く免許証を受けとって、散髪にでも行き給え。そんな薄汚ない恰好では、患者はもちろん、仲間からも敬遠される」

「申し訳ありません。このご恩は一生忘れません」例によって、清作は平身低頭してお金を受け取る。

あとで財布を開いてみると二十円という大金で、早速、友人の石塚というのに託して、次のような手紙を守之助に届けさせている。

今程は無謀なるねだりを申し上げ、実に赧顔の極に御座候。窮すればとて、此まで心なしに成り果てしかと思へば、恩顔を拝する意気も立消えとなる許りに御座候。何の道、今日迄の生の生命は全く御恩誼の厚きにより、恙なかりしもの、今更事新しく申上候は、恐縮千万に存申候。只迂生を憫み被下候様、奉懇願候。感謝の衷情を表さんとして、恰も諛ふに似たるも、生の心中一言申上ざれば、黙するも忍びず、千情を排して敢而御恩義を鳴謝奉り候。恐惶謹白。

十一月二十三日　　野口清作

血脇恩師閣下

いかに漢文とはいえ、「今日迄の生の生命は全く御恩誼の厚きにより……」とは、清作らしいオーバーな表現である。それでもさすがに照れたのか、「恰も諛ふに似たるも」と、弁解しているが、「血脇恩師閣下」とは、いかにも大袈裟である。

守之助は、清作の大袈裟には慣れていたが、こんな手紙をもらって不快なわけもない。

また調子のいいことを書きやがって、と思いながら、読んでいるうちに、なんとなくいい気持になってしまう。

ともかく、守之助の口ききで、月給は二円から三円にアップされた。実際、それくらいでは焼石に水だったが、それでも当座は少し息をつける。だがそれまでにたまっていた借金を返すと、守之助からもらった二十円もたちまち消えていた。

当時、順天堂では、院長と科長廻診に従くときは、必ず袴をはくこと、という内規があった。医師である以上、身形を整えるのが基本である。

だが清作は着物はともかく、袴までは手がまわらない。やむなく、外科の廻診だけは、着物の上に手術着を着て誤魔化していたが、手術着のない内科の科長廻診には従いていけない。あまりの汚なさに、菅野にも度々注意される。

困った清作は同僚の田原氏に苦境を話して、洋服一揃えをプレゼントしてもらう約束をした。ところが、これが田原から守之助の耳に入り、おおいに叱られる破目になる。

突然、清作のところへ守之助から怒りの手紙が届いた。内容は、医師ともなったものが、わずかな縁を頼って、洋服をせびるような、そんないじましいことはやるな、ということだった。

「それほど洋服が欲しいなら、なぜ私にいわないのか」

守之助としては、清作のいじましさに腹が立ったが、それ以上に、自分以外の男に頼っていったことが不快だった。

四

方々への借金と、田原医師に洋服の無心までしたことで、血脇守之助から怒りの手紙を受けとった清作は狼狽した。

大体、清作はそれまで、守之助を軽く見ていたところがあった。守之助は学力識見ともに優れ、東京での第一のスポンサーではあったが、日頃は寛大で滅多に怒るということがなかった。清作がきめられた仕事を怠け、酒と女に金を浪費しても、見て見ぬ振りをしてきた。

守之助としては、清作が遊ぶのは、不具と貧しさからくる心の屈折と、ありあまるエネルギーを吐きだすためで、将来への発展の一つのステップに過ぎないと見ていたが、清作はそれをいいことに図にのっていた。守之助が高山歯科医学院を経営するようになり、経済的に楽になったのも、すべて自分が入知恵をしてやったおかげである。スポンサーではあっても、あまり威張れるわけはないと、たかをくくっていた。

それが突然、怒りの手紙をよこしたのである。

文章は落着いて、短いが、それだけにかえって怒りがひしひしと伝わってくる。

一読、清作は即座に謝罪の手紙を書くことにした。

正直いって、知人に洋服を無心したくらいで、何故そんなに怒られるのか、清作には理解しにくいところもあったが、ここは守之助に謝るにこしたことはない。とやかくいっても、守之助はまだまだ有力なスポンサーである。


吁嗟(ああ)、小生は義を怠るるの獣狗(じゅうく)となれり。社会、故郷の温言、生来の愚昧、否、否寧(むし)ろ親戚の容喙(ようかい)特に生を屠戮(とりく)せんとするが如し。遂に忘恩の鬼とし葬らる、社会の侮辱なかりせば、勿論社会、只自己の胆錬積まざるのみ。境遇に制せらるるの余勢なりしのみ。元のからだは元の身なりしを忘れんとしたるのみ。然(しか)れ共此(この)種弱行の奴は遂に容(い)れられす終りぬ委細といふは是丈けのみ。

月末、月末、嗚呼(ああ)歳華の敷るる比此(ころ)見そぼらしき行為に終る無心の餓鬼も血涙あらざらむや。

今、小生の情緒は紊(みだ)れて麻の如し。否、地獄に陥りたるが如き心地す。咄(とつ)金円を以て再生の大恩ある義人を失はんとす。何等の面目ありて余生を楽まん。若し一言宥過の恩を賜はらば、匪行の狗も本性なしとせむや、伏而一条の光線の此の幽瞑を照さんことを禱るのみに御座候。

因に申上候、小生は初めより此意ありしにあらず。先日傍診の際、菅野氏より袴着用すべしとの注意ありしが、当時、従来使用せしものは朋友に返却し、持合せなき為、暫らく外科にのみ手伝致し申候。（外科に於ては、手術衣を着るゆえ袴の用なし）

夫れより、先日再度友人より元の袴を借用することとは相成り、内科病室廻診等にも出かけ居申候。即ち其折柄、同村の人（夫婦者）病気にて小生を尋ね参り、種々の周旋いたしやり申候処、同人は小生に何故洋服にせざるとの事より、種々四方山の話有之うち、実際は斯々の人に世話になり居ると聞かせ申候。氏は憫然にや思ひけん。妻を残して帰国早々、拙者の母へ伝へたるに、母より親戚より、一時二十円位も都合して貰ひ得たらば、月末頃迄には送金するとの書面参り申候。

依而小生は之を以て、目下最必要なる時計を購求し、残額にて是迄の負債を片付ける目論に御座候。

彼の洋服の如きは、先晩田原様を訪ねし時、田原先生より洋服の必要あらば、マンテルや白シャツ等は、古物をやるから、ヅボン其他等を調製すれば間に合ふと申され候故、是れは好都合と存じ、心置きなく国元より、余分の金円が参りたる時は、是非頂戴させて下さいと申上たるものに御座候。是れ今日より考ふれば、実はツマラナキ考ひにて、田原様よりの御厚意に甘んじ、爾他（じた）の関係を忘却しありしものの如く被考（かんがえられ）申候。

今日、小生は昨夜より徹夜いたし翻訳等の為め安眠せず居り、ブラリと外出せんとした る際、一本の恩書に接し申候。披見、早々胸を刺すが如く、脳は攪拌するが如く、何とも申されぬ感情を起し、幾度か筆を改むるも、遂に前文の如き絶望の書を認（したた）め申候。今日に至りて、小生は弁解する自から屑（いさぎよ）しと不候（そうらわず）得共、概要申上候。豈（あに）今洋服熱あらんや。

恩師の今日、歳末に接し、学校は例月より振はざるに際して、泰然たらるるも、御心情は実に以て奉恐察（きょうさつたてまつり）居候。小生も成るべく早急に母に無心を申し、院友会の方、及び小林君の方等、御返済可仕（つかまつるべく）取運び可申（もうすべく）候。唯不義の狗として唾罵せらるるが如きは、自分の致す所と成仏可致（いたすべく）候。只決して御厚恩を蒙りながら、御憤恚（ふんい）に触れ候段は、重罪死よりもつらく御座候。同じ事を繰返し候とて如何にせん。閑暇に乗じて参院可仕候。

誠惶不尽、頓首拝白

十二月十八日　午前認

衢狗（くく）　清作

血脇御恩人殿

梧下

例によって清作一流のオーバーな表現が随所に見られる。当時は美文調がもてはやされたが、それにしても、たかだか友人に洋服を無心したことへの詫び状にしては、度がすぎる。まともな神経の人が読めば、この文章のなかに真情などほとんど含まれていないことは、すぐ読みとれるはずである。

だがそれにしても、この手紙はなかなかよく出来ている。

まず平身低頭、謝ったあと、袴がなくて内科廻診に行けない憐れさを強調し、同郷の知人が病院にきて、何故洋服にしないのかときかれ、その人の口から母に伝わり、送金するという手紙がきたこと。このお金がきたら、すぐ時計を買い、残りで早急にこれまでの借りを返すつもりである、と殊勝なことをいっている。さらに洋服の件は、田原医師から、シャツ類は古物をやるから、ズボンだけ買えばいいといわれ、国から金がくればそうするつもりで、服をもらう約束をしただけだと、いいわけをしている。

しかし、母のシカが二十円という大金を、そう簡単に工面できるわけもないことは、清作自身が一番よく知っているはずだった。

さすがに守之助はこの手紙に、誤魔化されることはなかった。手紙は、一見、丁重に謝っているようにみえて新たな借金の申し出であった。守之助はその裏の意味を知りながら黙っていた。これ以上、簡単に金を渡しては、清作のためにかえってよくない、しばらく困らせておいたほうがいいと考えた。
たまりかねた清作は、今度は三城潟の昔の同級生、八子弥寿平に無心の手紙を出すことにした。

月日流るが如く、茲に又卅年を送り新なる春光を迎へんとす。人生如夢又如空に御座候。生義（ママ）笈を負ふて既に一年、其間世路嶮峻或は軀を虎口に処し、或は辱を万人の前に忍び、涙又恨天地の永きを観じ、人生の果敢なきを慨き、余命を継ぎて纔に此日あり。回顧すれば兄と手を分ちてより、甚敷御無音、多情の君は如何ばかりか、生の薄志弱行を憤られ候得しならん。

然り生とて別に、心中変りたるものに御座なく候。世間の雑務一身に蝟集し、竟に不本意にも君のみならず、実家にさへも音づれを絶ちたるが如き次第に御座候。此辺何卒御賢推被下度候。

改めて愛兄頃日御近状如何遊ばされ候や。御老母様、御両親様、御兄弟様方には如何被為入候や。定めし御壮康に、被為暮候御事ならんと奉遥賀候。

殊に本年とても一夜かぎり、嘸々御繁忙之御事と、奉存候。偖而本日母より、一書相達し申候処貴兄には態々弊屋まで、御光臨被下見苦しき家、まことに恥入申候。

実に御友誼之厚き事と、小生の身に取りては、切らるる様之心地仕候。小生は此御親切は、一生相わすれ不申候。誰あつて小生の如きものに、如此御親切つくしくれ候ものやあらんや。実に御高情奉拝謝候。

小生は現に、佐藤順天堂に居り、日々実地と学問とを勉強罷在中候。入院患者のみにて、三四百名も有之実に、忙はしく候。

小生は其他、順天堂より発する雑誌（毎月二回宛）を、編纂仕居候。是は別に見本として差上申候間御笑覧下度候。

先小生は、東京第一の病院に入りて、随分用ひられ居申候方なれば何卒御安神被下度奉願上候。大学之方には、金子之都合次第入学仕度考へに御座候。然し素貧生にては、如何とも致兼申候。

今日之処にて、小生の最も必要なるは、壱通之洋服にて御座候。是れなきが為め人々に、軽蔑せらるる事非常に御座候。同友間に肩幅広くとも弊縕袍にては、天下の交際場裏に立ち難く候。

殊に東京如き所にて、一層大関係有之小生も、中々こまりがちに御座候。若し茲に、五拾円の金子があらば、実に満足の次第に御座候。

勿論今日は、月給とても唯糊口に資するのみなれど、追々は有望に御座候。

若し君にして生に、一臂を借し賜はば小生は、一寸帰省御相談可仕候。御返事を奉待入候。尤も正月五六日迄の休み故其迄に願上度候。右は用事之こととして、次に去る廿六日、秋山角弥君の宅に於而猪苗代同窓会を相開き申候処、随分睦しく談話を致し散会致し申候。会する人、秋山角弥、奥田秀治、佐瀬剛、石川栄司、六角姉弟、秋山義次、宇川久衛、野口清作に御座候。

猶御返事次第小生帰国之事に可致候。草々不一。

右之事情は他人には秘し被下度呉れぐれも願上候、草々頓首。

十二月卅一日　野口清作

八子弥寿平賢兄

御家内様へよろしく

この手紙には、清作の金を得るためにはなりふりかまわぬ鉄面皮さと、強引さがよく現れている。上京してから時候見舞の手紙一本出さなかった相手へ、普通の神経では、とてもこんなことはいえない。

しかも金を要求しながら、自分を宣伝することも忘れない。直接の受持の患者もいなかったのに、順天堂の入院患者全員が、自分の患者であるようないい方をし、雑誌編集の下請けにすぎないのを、あたかも編集長であるように書いている。

さらに小学校を出ただけで、なにもわからない八子に、医学雑誌を送りつけて驚かす。おまけに、二十円を五十円にアップする。

人が善く、ひたすら東京を尊敬し憧れる、田舎者をたぶらかす、これは態のいいかたりであった。

このとき、八子は実家の薬種業がいささか左前で、金策に苦労しているときであった。五十円の大金など、到底工面できる状態ではなかったが、父と妻に内緒で、売上金を誤魔化して、いわれたとおり五十円を為替で送金した。

苦しいのにどうしてそんなことをしたのか、八子の心の底に東京への遊学を憧れながら志を得られなかった八子自身のコンプレックスと、己れのかなえられなかった望みを清作へ託そうとする願いがあったからだろうか、それにしても家庭不和の原因までつくって金策するのは尋常ではない。

やはり清作に魅入られたとでもいうより仕方がないが、渡部鼎にしても血脇守之助にしても、清作のスポンサーになった人達は、みな大なり小なり、それに類した心理であったといえる。

こうして小心な八子には信じられぬ大胆な方法で、ようやく工面した五十円を手にした清作はヨネ子の従兄の菊地良馨を誘い出し、吉原へくり出した。

当時、清作が遊びに行くところは、金がないときは向島から玉の井、少し小金が入ると吉原と決っていた。五十円も入ったのだから、吉原へくり出すのは当然である。それから連日通いづめで、十日後には一銭の金も残らず費いきってしまった。

野口英世の伝記で、このころの清作の放蕩について触れたものはない。たまに触れても、「勉学のかたわら、気晴らしに、ときどき遊ぶこともあった」といった程度の書き方である。

現在、野口英世について最も誠実な伝記だといわれている奥村鶴吉氏の英世伝にさえ、「一度やりかけると徹底的にやる。それが彼の特長でもあり、短所でもあった。彼は学術研究にかかっても、二晩、三晩、部屋から出て来ない程、熱心でもあった。その徹底的な心持ちが、いま他の方面にも現われているのである」と書かれているだけである。

だが、これだけで、この気違いじみた浪費癖の説明はつかない。

たしかに清作には、熱中するとすべてを忘れて没入するところがあった。

ロックフェラー研究所にいたころ、昼食中、たまたま同じ研究所の仲間と議論になり、設問を投げかけられると、以後、一口のパンも食べず自説を喋り続け、昼食の時間が終ったあとも、相手の部屋へおしかけて喋り続け、粘り強い外人の学者もついに音をあげ、渋々納得したという話さえある。

一つのことに熱中すると見境いがつかなくなる、いわゆる情緒昂揚型の性格であることはたしかである。

しかし、廻診に明日着ていくものもなく、借金で首がまわらぬほど困り切っている男が、何故そんな費い方をするのか。一つには、いまさら五十円くらいを返済したところでとても追いつかない、焼石に水の状態だったということもある。当時の清作の借金がどれくらいあったものか、いまとなっては正確にはわからない。もっとも当時であったとしても、きちんとつけていたわけではないからわからなかった。

とにかく高山歯科医学院から順天堂、そして下宿の仲間と、清作を知っている男で、金の無心をされなかったものは一人もいない。さらに近くの食堂、小店、吉原など含めたらどれくらいの額になったものか、おそらく数百円は優に超えていたと思われる。

清作を知っている者は、すなわち被害者、いいかえると清作はいつも債鬼のなかで暮していたともいえる。

長年、乞食をしているとそれが平気になるというが、清作もそれに似た心境であった。どうせ、「破廉恥な金かたり」という汚名を着せられている以上、いまさら借金を返したところで仕方がない。いま、うっかり返しでもしようものなら、それをききつけてみなから取り返される。

実際、清作を知っている者達は、清作に貸した金は、もはや戻らないものと、あきらめかけていた。そんな者達に、折角の五十円を費う必要はない。まことに勝手な理屈だが、清作の身勝手はいまにはじまったことではない。

大体が、子供のときから、人から施しを受けるのには、慣れてきた男である。いまさら医師になったからといって、施しを受けることに、精神的負担など感じるわけもない。それどころか、才能が優れている者が劣る者から金をとるのは当然だ、という考えの持主である。そう思いこむことで、施しを受けるコンプレックスをのりきってきたのである。

渡部鼎や守之助が忠告したところで、きくわけがない。大体が、彼等とは生れから、育ってきた環境が違いすぎた。羞恥心の原点がはじめから狂っていた。

後年、清作は「男芸者」と陰口を叩かれたが、そういわれて仕方がないところがあった。旦那とスポンサーの違いはあれ、ただせびって受け取るだけだから、本当の金の有難味はわからない。しかもせびることに、羞恥や屈辱を感じないのだからこんな強いことはない。五十円は、まさに労せずしてころがりこんできたものである。それが無くなれば、また誰かねだる相手を探せばいい。この図々しい暢気さは小さいときから貧しさのなかに生きて、明日は明日の風が吹く、という哲学を身につけたところから生れてきた。

その日の金はその日のうちにつかう、一寸先は闇というなかで、いましか信じない。いまだけよければいいとする。それはかつて底辺に生きてきた庶民の、自然に身につけた知恵でもあった。その苦しさのなかから、人々は逆に、一種の楽観主義を身につけた。かつての炭坑夫や、漁師の金遣いの荒さは、これに通じるかもしれない。明日をも知れない命だから、いまを大切にする。貯える余裕があったら、いま陽気に大盤振舞いをして費ってしまう。

実際、清作が大盤振舞いをした相手に菊地良馨を選んだのには、とくに理由があったわけではない。

たしかに良馨はヨネ子の従兄で、奢(おご)っておけばそれだけ、ヨネ子の心証がよくなるかもしれなかった。だが、たとえそうだとしても、吉原通いである。このころはすでに清作は遊びずきの借金魔として、良馨の妻の顰蹙(ひんしゅく)を買っていたのだから、そんなことでよくなるわけもない。清作にしたところで、奢ったことで良馨への借金を棒引きにしてもらおうなどという気持があったわけでもない。ただ良馨と最も気が合うから遊びに行く。そこには小市民的な打算や配慮は微塵もない。

せめて吉原に、清作の好きな女でもいたのなら納得がいくがそれさえいない。それほどつかっても廓(くるわ)にこれときまった女はいなかった。

大体において、清作は自分が小柄なせいか、大柄な女が好きだったが、やや大きめであれば誰でもいい、極端にいえば女でさえあればよかった。店の女も、次々と替えて移り歩く。一人の女への愛着などより、女そのものへの好奇心が先走る。ありあまるエネルギーを叩きつけられる相手であればそれでよかった。これは単なる好色とも違う。ただ狂ったように女を抱き歩く。検察医ではあったが、女好きであった良馨も、さすがに清作のこのスタミナには、つきあいかねた。

吉原に通い続けて五日目には、良馨も断わったが、清作は五十円のあるかぎり、一日も休まず通い続けた。そして十日目、無一文になったとき、下宿代を払わなければならないから、といって今度は逆に良馨に二円を借りにきた。

そのあっけらかんとしたところは、あまりに馬鹿げていて、むしろすがすがしい。はっきりいって、清作は金銭的には一種の性格破綻者であった。普通の感覚では理解できない、気違いじみたところがあった。それはおそらく一つの理由では説明がつかない。生いたちから、熱中する性格、不具からくるコンプレックスの裏返しの自尊心、そして女への好奇心、それらすべてを合せて考えなければ、理解できないことだった。

八子に五十円の金策を依頼した手紙は、明治三十年の十二月三十一日付になっている。

暮も暮、大晦日の日に書いたのだから、余程困っていたに違いない。

この手紙は松の内が終ってから投函され、三城潟の八子の家には、一月の半ばすぎに着いた。当時、東京から三城潟へは、郡山までしか汽車がなく、そこから先は郵送夫が徒歩で運んだが、真冬で道が雪で閉ざされることもあって、十日から、ひどいときには二十日以上もかかることがあった。

一月の末、この手紙を受け取った八子は、前記のように、いろいろ悩んだ末、三月の初め、ようやく金策がついて安田銀行若松支店を通じて為替で送った。

このとき、八子は同時に手紙で、自分も一度東京へ行ってみたいが、仕事のこともあって、なかなか思うとおりにいかない。東京の大きさは、新聞や人々の話などできいているが、そんなところで立派に生きていく兄には、尊敬せざるをえない。兄が東京で偉くなることは、自分達まで偉くなったようで、本当に嬉しい。わずかな金だが、どうか頑張って下さい。と、当時の田舎の人まる出しの善良さをこめて励ました。

この金を十日で費いきった清作は、一週間後の三月二十日、再び八子弥寿平に手紙を書く。

春暖之候貴兄愈々(いよいよ)御清昌奉大賀候。陳者(のぶれば)先日は、御返事被下御出京之不能(あたわざり)しは、小生遺憾に奉存居候。降而（くだって）小生義日々無事消光罷在候間乍憚（はばかりながら）御放慮是祈候、小生儀種々思ふ所有之兄と、一度御相談申上度存念に御座候処、院務多忙帰省する訳にも不参（まいらず）困り居申候。

定めし兄には遠からず、御上京の御事と存じ、それをたのしみに御待入申居候。

尚目下兄の御様子承り度候偖而（さて）今回非常に、困難致し候間甚だ申兼候へ共〇的二拾円程是非御都合なし被下度奉懇願候。是は、大至急にて月末迄に、是非共必要なる額に御座候間賢兄の御尽力にて、何卒御才覚なし被下度、若し、御都合相成兼候節は、如何なる方便かしなければならぬ故、早速御返事被下度奉願上候。尤（もっと）も至急を要することに御座候、且直様（かつじきさま）なれば、半額づつにても、宜敷御座候。

此段及御願（おんねがいにおよび）候也　　草々頓首

三月廿日　　清作

八子弥寿平様

またまた二十円の無心である。

前半、殊勝気なことを書き、途中から抜け抜けと金の無心になるところは、前と同じである。しかも今回は、「もし、都合のつかぬときは、いかなる方便かしなければならぬ故……」と、なにやら盗みか、首吊りでもするような書き方である。八子はまさに、蛇に睨まれた蛙同然であった。八子は再び家騒動まで起して、金策に走りまわる。

第五章　北里研究所

一

金の借り方に、壮絶という形容はおかしいかもしれないが、清作の借り方は、まさに壮絶としかいいようがない。だがこの清作も、ときには自分で金を工面することを考えたこともあった。

郷里の八子弥寿平から、五十円、二十円と、連続せびりとって、さすがに気がひけたのか、清作は独文の医学書を翻訳して金を儲けることを考えた。このとき手をつけたのが、カールデンの『病理学細菌学検究術式要綱』である。この本は、病理学や細菌学で必要な標本のつくり方や、その顕微鏡所見などを記載したものだが、清作は若松の会陽医院にいたときから、この本の翻訳にとりかかっていた。清作にとっては馴染みのある本だった。

だがこの翻訳は一部、順天堂医院の医学雑誌に発表しただけで、結局は完成しなかった。

大体、この儲け話は初めから無理だった。当時は翻訳本の読者は少なくて、まだ出版など出来る状態ではなかったし、無名の清作が訳者では、売れるわけもなかった。それをおだてられるままに、本気にとり組んだのは、清作の自信過剰の為せるところであった。

「俺は間もなく有名な医学書を出版する」

翻訳開始とともに清作はみなに吹聴したが、あとで取り消すのに大変な目にあった。

このあたり、清作の読みの甘さが現れ、いかな借金の天才も、金儲けに関しては児戯に等しかった。

だがこの本を熟読し、翻訳するうちに、清作は細菌学を専攻する決心ができあがってきた。

この選択は後年、彼の一生の進む道を決めた点できわめて重要である。もし彼が、細菌学以外の道を選んだら、おそらくその後の彼の名声はなかったことは想像にかたくない。

清作が細菌学を選んだ直接の理由は、やはりこの『病理学細菌学検究術式要綱』を熟読したことによる。これで清作の細菌学への目は開かれた。

だが、これはあくまできっかけで、清作が細菌学をやろうと決心した最大の理由は、その学問の華々しさと、それゆえに名声をうるのに最も手っ取り早いと考えたからだった。

当時、清作は順天堂の仲間に、「医者で一番早く有名になれるのは、細菌学を専攻することだ」と、明言してはばからなかった。

たしかに、当時の細菌学は、医学の花形であった。ロベルト・コッホが結核菌を発見し、レフレルがジフテリア菌を、フレンケルが肺炎菌を発見する。一方、日本では志賀潔が赤痢菌を、北里柴三郎が破傷風菌の純粋培養に成功し、さらにペスト菌を発見する、といった具合に、細菌学者は全世界の脚光を浴びていた。血の病、気の病などと称して、病気を体液の流れの異常と理解していた当時の漢方にとって、細菌の発見は大きな驚きでありショックであった。何万人もの人を死へ誘う疫病の大半が、この細菌というものを介して罹(かか)り、その細菌を撲滅する方法が発見されれば、その病気は地上から消えるのだという。これは当時の庶民の医学常識を根底からくつがえす、医学の進歩そのものを、まざまざと印象づける事実だった。

しかもこの学問を専攻する細菌学者というのは、驚くほど高価で複雑な顕微鏡という器機をつかって、目に見えぬ細菌を見付けるのだという、一種の救世主的存在ですらあった。

いつの時代にも、学問の世界には陽の当る部分と、陽の当らない部分がある。とくに人間を対象として日進月歩する医学は、この陰と陽がいちじるしい。

この戦後三十年を見ても、かつては結核が全盛をきわめ、この研究と治療に当る結核専門医が、ときの花形であったのが、いまは結核はすっかり影をひそめ、かつての結核療養所はすべて普通病院に転換してしまった。これに代って、新しい時代の花形として登場してきたのが癌の研究と治療である。

現在、癌の研究と治療に従事している医師は、多くの人々の期待と熱っぽい眼差しのなかで仕事をしている。癌研究者の一挙手一投足がジャーナリズムの問題となる。それと同時に国の経済的援助も大きい。現在、癌の研究に支出されている予算は、他の分野のどれよりも多い。

明治三十年代の細菌学は、まさにその花形中の花形であった。その華々しさはおそらく現在の癌研究の比ではない。続々と発見される菌と、その発見者が医学雑誌の巻頭を飾り、全世界の新聞や雑誌でもてはやされる。学問への興味というより、口惜しさから学問を選んだ清作が、この細菌学に目をつけぬわけはなかった。一介の医師になることなどに飽き足らなかった清作にとって、日本一から世界一を目指すには細菌学こそ絶好の学問であったともいえる。

細菌学を専攻すると決めてはみたものの、実際それを学ぶには、いろいろと問題があった。

まず当時は細菌学を研究している場所は、東京帝国大学医学部の細菌学教室か、芝愛宕下にあった北里研究所（伝染病研究所）ぐらいであった。しかもこの二つは、いずれも帝大の医科出身者でなければ助手として採用してもらえない。

清作は悩んだ末、順天堂の上司である菅野徹三に相談してみた。

「君は臨床医になるよりは、学者の方が向いている」

菅野は簡単に賛成したが、清作が日本一の名声を得ようなどと考えているとは思ってもいなかった。それより手の不具と、背の低いところから、臨床医よりは学者のほうを志望しているのだろうと単純に考えていただけである。

「細菌学を専門にやるなら、スタッフや設備からいって北里研究所のほうがいいだろうが、しかしねえ……」

菅野も、清作が帝大出でないことがひっかかった。

「たった一つ考えられるのは、ここの佐藤院長は、北里先生と昵懇（じっこん）のあいだがらだから、佐藤院長に頼んでみたらなんとかなるかもしれない。あるいは駄目かもしれないが、一応、僕から頼んでみよう」

菅野がそういってくれたが、清作は安心できず、さらに血脇守之助に会って、細菌学をやる決意をのべ、北里研究所入りを取り計らってもらうように頼んだ。

「俺は直接は知らないが、日本医事週報社の川上元次郎氏に頼んでみよう。彼なら北里先生と親しいはずだ」

守之助も菅野医師と同じ理由で、清作が細菌学者になることには賛成だったが、北里研究所入りが簡単にいかないこともよく知っていた。だがこの時の二人の努力は大変なものだった。

菅野は早速佐藤院長に会って清作のことを依頼し佐藤院長の紹介状までとってくれたし、守之助は川上氏のところへ数回足を運んでくれた。

この研究所の門戸の堅さは、いまからは想像もつかない。学問を好きなものなら誰でも入れてよさそうなものだが、当時は確固とした序列があった。

単なる下働きならともかく、助手に帝大出でない者を採用したとなると規則が乱れる。給料一つにしても、帝大何年卒の者はいくらと、決っているが、それ以外の者には初めからとり決めがなかった。それにいままでも何人か入所希望者があったのをすべて断っているだけに、清作だけ例外を認めるわけにいかない。

さらに医術開業試験に合格したとはいえ、それは速成の臨床医をつくる目的で、基礎医学はほとんど身につけていない。とくに細菌学のように技術の難しいものは、基礎から教えるのに手間がかかり、かえって邪魔になる。野に遺賢ありとはいえ、一応、優秀なのは帝大に入っているのだから、そこからくる人材で間に合うという考えでもあった。

北里柴三郎個人は、東京帝国大学のやり方の古さに反撥して、独立の研究所をつくったのだが、それでもこの古さである。このあたりは、当時の社会体制や学閥を無視しては理解しえない。

だがここで、北里柴三郎は英断をもって、清作の研究所入りに同意した。これはもちろん、佐藤院長や川上氏の斡旋のおかげでもあるが、それ以上に北里個人の進歩性と反骨精神が幸いしたといえる。

しかし入所は許されたものの、清作の身分は正式所員でなく、月俸十三円の見習助手であった。

それにしてもこの処遇は、当時として破格であった。このとき、やはり帝大出身でない秦佐八郎という男が、同時に採用された。秦は岡山の医学校出だが、のちにドイツで梅毒治療薬のサルバルサン六〇六号を発見して名を成した。野口、秦と、後年世界の医学界に名を成した二人がこの年同時に入ったのだが、そのときは、帝大出という純粋性が汚されるといって、所員のあいだでずいぶんと不満が出た。

ともかくこうして明治三十一年七月、二十三歳の夏、清作は晴れて北里研究所入りを許される。

初めの日、清作はまっ先に、北里所長のところへ挨拶に行った。北里博士は長身で、上から見下ろすように清作を見た。

「君のことは、佐藤先生と川上君を通じて知っている。ここは細菌学に関しては日本の最高の研究所だ。君も一生懸命勉強すれば、五年も経てば、外国へ行けるチャンスもくる。それまでしっかり頑張るのだ」

やがて自分も外国へ行き、世界の名だたる学者に伍して研究できる。清作は北里所長を見上げながら、未来へ果てしない夢を抱いた。

だが現実はそう甘くはなかった。

当時、北里研究所には、所長をはじめ、志賀潔、浅川範彦、柴山五郎作、守屋伍造、村田昇清ら、日本の医学界をリードする俊秀が集まっていた。この下にさらに十数名の助手がいた。清作はこの先輩助手について基礎医学を教わった。

ずいぶん医書を読んで、学識があるように思っていたが、清作の知識は単なる寄せ集めの雑学であった。独学で、系統的に教わったことのない悲しさ。とてつもない難しいことを知っているかと思うと、ごく常識的なことがわからない。知識にでこぼこがありすぎる。

清作は医学の第一歩からやりなおすつもりで彼等に教わる。所員たちは清作に比較的親切で、桑田という助手などは、試験管の持ち方から教えてくれた。

だがこれを単純に、彼等の親切心として理解するわけにはいかない。正直いって彼等は清作を自分達より一段低い者として見ていた。いまの官庁でいうと、上級職試験を通ったキャリア組とノンキャリア組との違いのようなもので、基礎的な知識や技術を教えておいて、自分達の仕事の手伝いをさせようといった程度の考えしかなかった。それと彼等は清作の語学力に目をつけていた。細菌学はともかく、清作の語学力はかなりのものである。彼等はこの語学力を吸収する見返りとして、細菌学を教えたのである。

清作も、こうした所内の序列に応じ、ノンキャリア組として基礎的な知識や技術を教わり、彼等の仕事を手伝っていれば問題はなかった。そのかぎりでは語学のよく出来る重宝な男として可愛がられたに違いない。

だが技術をマスターするにつれ、清作一流の負けん気が現れてきた。

初めは、有名な帝大出の研究者のあいだで仕事ができるということだけで感激だったが、そのうち彼等の手伝いだけではあきたらなくなってきた。なにか自分で独自な仕事をしたい。

一介の見習助手が、一人歩きを主張しはじめたのである。

このとき、清作が最初に提出した要求は、モルモットを三匹もらいたいということであった。だがこの要求は一蹴され、おまけに見習助手が実験動物を要求したといってたちまち所内の噂となった。

帝大も出ていない見習助手の分際で、しかも基礎講習さえ終えていない男が、モルモットを要求するとは図々しい。当時、モルモットは貴重な実験動物で、部長クラスでさえ、年に五匹以内と決められていた。これを名もない見習助手が、三匹も要求したというのだから、驚きをとおりこして笑い話になった。

「あの男は少し頭がおかしいのではないか」

事務局の職員は清作を「モルモット君」といって、からかった。

この事件は清作にとってかなりのショックであった。野心に燃え、意気揚々とのりこんではみたものの、ここにも学閥や年功序列の壁があった。先輩の研究者達は、みな学問熱心で親切ではあったが、それは従来の序列を崩さないという範囲内で成立していることで、それをとびこそうとする者は、たちまちはじかれる。

これに追討ちをかけるように、顕微鏡事件が起きた。これは事件というには少し大袈裟だが、ある日、ドイツから最新型の顕微鏡写真機が到着した。いままでの顕微鏡はただ覗いてみるだけだが、今度のは目で見たのをそのまま写真に撮ることができた。この器機は到着はしたものの、解説書は、すべてドイツ語のうえに難解で、誰も簡単に手を出せなかった。このとき、清作はドイツ語ができるところから説明書を読み、自分一人で操作したい旨、部長に申し出ようとして、係の所員に厳しく叱られた。

「こんな高価な器機を、お前などの手に触れさせられるか」

モルモットに懲りず、彼はまた身のほどを弁えず出過ぎたのである。

二

この北里研究所に勤める一ヵ月前に、清作は突然、故郷の会津へ帰っている。明治二十九年九月に上京してから、約二年ぶりの帰郷である。

この帰郷の理由は、一つには、医術開業試験に合格し、科学者の殿堂といわれる北里研究所入りが決定し、故郷に錦を飾ったという意味にもとれる。だがその本当の目的は、旧友八子弥寿平に会い、新たに金品をせびりとるためであった。

この年、磐越西線の全線開通の一年前であったが、清作は郡山から歩いて三城潟に入った。

久しぶりにみる故郷は、田植も終り、一面に青い田が波打っていたが、清作はその景色に見とれる間もなく、八子家を訪れた。ここで清作は、弥寿平の両親や本人に丁重な挨拶を述べたあと、祝盃を受けながら、法螺を吹きはじめた。

「古くからおつきあいのあるあなただだから、正直に打ぢあげますが、小生、医者としてたつ以上は、おそれおおくも、陛下のお脈を拝し奉るほどの名医になるつもりです」

陛下の侍医とは大きく出たものだが、あなた達だけに、こっそり打ちあける、というところが、心憎い。八子一族が呆れてものもいえずにいると、

「しかし臨床の医者では、所詮、自分が診た患者を治すだけで、どう頑張ったところで、一生のうちに五、六千人の人を救うのが限度です。これがらみっと、細菌学の研究の成果はくらべようもありません。一つの細菌を発見し、その細菌を撲滅する方法を考えだら、それによって救われる人間は何万人から何十万、いや何百万か数えきれません。日本はおろか、全世界の人々に幸をもだらすごどができます。わだしは必ず、これをやりとげる自信があるのです」

まるで清作が救世主になったようないい方である。八子一族がひたすら聞き入っていると、

「現在、わだしは北里研究所で、若手研究者のナンバーワンとして期待を寄せられでいんのですが、ただ一つ残念なことは、身形が整わないどいうごどです。この洋服もお宅のご

好意で整えたものですが、現在外へ行ぐどき、着てゆげんのは、これ一着です。ところが世間には、他人を外見だけで判断する愚か者がいで、わだしの数々の業績をねだむあまり、あんな貧しい恰好をしで、などど陰口をきく者もいるのです。そんなごどを、わだしは一切気にかけぬ性質なのですげんとも、世間の俗物の眼をまったぐ無視するわけにもいきません。折角巡ってきたこの好機を、ほんなつまらぬ偏見でつぶされではわだしのみならず、会津の、ひいでは日本の損失にもつながると思います。もしいま一着の服なり、一個の帽子でもいだだければ、それが将来の世界の医学界をリードする名医の誕生に、貴重な貢献をなされたごどになるでしょう」

泣きながらものをせびるというのはあるが、これは威張りながらものをせびっているのである。

純朴な八子一家は、清作の名演説に、またまたころりと参ってしまった。もっとも、八子の母だけは、清作のいうことに懐疑的だったが、ものを与えないかぎり、この場を去りそうもない。

こうして、清作は二日間、八子の家に泊り続け、法螺のかぎりを尽して、三日目にようやく腰を上げる。このとき、清作が八子家からもらったものは、帽子、懐中時計、インバネス、紋付羽織、糸織袴、糸織袷、糸織綿入、そして襦袢にいたるまで、実に十数点を数える。一部、弥寿平のお古もあったが、すべて上等品で、金額になおすと、どれくらいになるものか見当もつかない。

清作はこれら着れるものは着て、着れないものは風呂敷に包み、肩に背負って、八子家を辞した。八子一家は、それに丁重に頭を下げ、道端まで送る。まさに説教強盗以上の図々しさではある。

この帰り途、小林栄と三城潟の母の許に立ち寄り、帰京したのが六月七日であった。

このあと、清作は六月十三日付で、八子弥寿平に、次のような礼状を送っている。

謹而一書捧呈仕候、陳者生儀去る七日帰京早々、腹やみにかかり、本日迄引続き臥褥食事すら得ざる程にて大困難仕候。然るに諸先生朋友達の尽力により、今日は大に軽快致し、恰も順天堂研究会に相当り候事故、無事に出席仕り申候間、此分なれば数日の内に必ず全治仕べく候間、何卒御安神被下度奉祈候。疾くに御手紙差上可申之処、前述の次第にて遂甚敷御無礼申、御申訳も無御座候。

随て小生儀、日々異状なく勤学罷在候まま、御休慮是禱候、偖而帰省中は万事万端我ままのみ申上、嘸かし御うるさく被為入候へしならんと奉恐察候。然し小生の心情は今日、実に火よりも烈しく、トテも同朋儕輩とは肩を伍し、牛逐ひ太郎視せられ度は思はず候。此の辺は賢明なる兄はよく〳〵御推量被下候ものと奉存候。

小生の精神は兎に角、後来に斯くも大恩を蒙りたる御方に対して、少なくもかほむけ出来る様と、日夜忘るる事無之。去りながら御存知の通りの身分にて、斯精神を貫徹することは、独力にては中々以て捗どり不申、是非共仁慈ある兄の御奮発を仰がざる可からざる儀に御座候。是等は今更あらためて申述る迄もなく、賢兄並に御厳父公の御承知被遊候事にて、クド〳〵敷は申さず候も、何れにせよ此の赤心丹精を酌みて御助け被下度、伏して奉懇願候。

世の中は如何なる波風出で来たるとも、賢兄の御前にて誓ひたる生が心志は、必ず天晴貫ぬき御目にかけ可申候。決して一般普通の医士位のものと御見捨無之様、大言かも存ぜぬども是祷り奉り候、就ては小生は是より研究すべき序次を申上置べく候。

明治卅一年七月より、医学博士北里氏の芝区伝染病院研究所に入り、同年十月末まで顕微鏡学研究のつもり。此間入費は普通百三十円なるも、五拾円位にて済ます也。但し小生は多分自営の方法を捜がす様にいたし、少額にて卒業いたし度精神に候。

明治卅一年拾一月中、米国へ向て出航、米国博士の家に寓居して大学を卒業し（ドクトル）の免状を得て、暫時開業、金儲け（学資金程）出発時持参金三百円。若し都合よければ三百円以上、悪しければ少々以下（但し是非共持参金は充分なければ、大なる困難のみならず、身体もなくす位の労働を要する也）米国に遊学すること一か年、又は一か年半と定む。

明治三十三年頃米国より独乙国に渡航し、茲にて充分学術を研究し、独乙国ドクトル免状をとる決心。独乙留学二、三か年。この間学資金は自営することに決定す。

明治三拾五年頃、仏国に渡り、諸大家と諸有名大学を訪ひ廻り、仏国（ドクトル）を得て暫らく逗留し、医療器械道具等を購求して明治三拾六年春草々、日本国に帰朝し、東京に入ること、爾後の心算は其節に譲り、今日は必要なる点のみ御披露申上置候。

然る時は小生の年齢は未だ廿七か八の春にて血気旺んに御座候。是れより天地狭しと大手を振るも決して晩きことは無御座候。如何なる医学士でも廿七八で卒業するは稀にして、多くは三十歳以上になるがあたり前に候。若し日本出来のホヤ〳〵の学士位と、其時を比較せば、雲泥の差も可有之と存ぜられ申候。小生は大言するには無御座候。唯心中ありのままを御親切なる賢兄へ一通り打明かし申す次第に候。決して何の関係もなき人に申すとは事ちがひ、此場合に至りては心中包みかくすこと無之次第に御座候。

小生の所存の程、シカと御熟図被下度、此儀幾重にも奉合掌候。

小生の目的志望は猶中尽し難く候得共、一先洋行でも首尾能く仕遂げたる上、改めて御話し可申候。其前に申候は蕾を無理に開かせた様なもの、香気も何も無之候と存候まま、云はぬが花と後便にのこし申候。呉れぐも関係なき人方へは什々御包み被下度奉願上候。

誠　心　　　　　　　　　　　　　　　　湖柳子

湖柳子とは清作の雅号である。まだ北里研究所の正規の所員にもなっていないのに、外国留学のスケジュールから学位（ドクトル）の取得予定まで書きつらねてある。まさに大言壮語というか、図々しいというか、しかしこれだけ抜け抜けといえれば、これもまた才能であろう。

郷里の三城潟で、旧友の八子弥寿平から大量の物品や金銭を無心した清作は、さすがに気がひけたのか、帰京するとすぐ例の大言壮語をおりまぜた前節のような礼状を出した。だがこれは単なる礼状ではなかった。この礼状らしきもののあとに、次の二つの俳句が連ねてある。

つもれ雪山の清水の凍るまで

までおのれ咲かで散りなば何か梅

後者の俳句の意味は一応納得できるが、前者はどういう意味なのか。いずれにしてもあまり上手な俳句とはいいかねるが、さらに次のような漢詩が記されている。

雄心落々容乾坤　斯生必竟価幾千
瓦全徒視虚無情　嗤他揚尋忘丈漢

明治三十一、丁酉歳夏六月、於順天堂寓庵　深更四隣艸木独醒時
狂童　野口湖柳生書

贈仁兄八子弥寿平君
情緒纏綿只管恨別天穹噫

ここまではいいとして、次に改行して、

特別に八子賢兄に申上候、小生儀現に借債有之面目あしく候間、金融必迫の節柄

乍恐入、なるべくはやく二拾枚ばかり是非共奉願上候、目下小生もいろいろの考ひ目算有之候事故、何とぞ〳〵御救助被下度奉祈上候、草々頓首。

清作

六月拾参日

弥寿平兄

虎皮下

俳句と詩歌を贈られたのはいいが、その見返りにまたまた大枚二十円を要求されるのではやりきれない。

しかも一週間前、大量の金品をせしめて帰ってきた直後である。鉄面皮というか、大胆不敵というか、自ら狂童と称しているが、この図々しさはまさに狂っているとしかいいようがない。

だが今度も結局、弥寿平はお金を送った。これといった理由があるわけではない。ただ蛇に睨まれた蛙というか、乱脈経営の会社に肩入れしすぎた銀行の悲哀とでもいうべきかもしれない。

これら一連の手紙からわかるように、清作は文章だけはよくこまめに書いた。後年アメリカに渡ってから、恩師のフレキスナー教授が、「ノグチは私よりはるかに上手に、早いスピードで手紙を書いた」と驚嘆しているところをみると、英文もなかなかの書き手であったと思われる。

もっとも、その文章がよい文章であったか否か、となると、いささか疑問ではある。少なくとも日本文に関するかぎり、名文ではあるかもしれないが、実のある文章とはいいかねる。

表現がオーバーで調子がいいわりに実のないところは、すでにいくつかの手紙で見てきた。ただ文字はなかなかの達筆で、これらは現在、猪苗代湖畔の記念館に保存されている手紙でもよく知れる。

文章とともに、清作はよく詩歌もつくった。これは猪苗代高等小学校時代、漢文にすぐれた教師がいたことと、若松の会陽医院の書庫に、多くの漢書があって、暇にあかせて読んだ結果でもある。そのなかで、

〈志を得ざらば、再びこの地を踏まず〉

の一句は、二十歳で上京するときに、仏間の柱に刻んだ言葉として有名だが、それ以前にも清作はいくつかの詩歌を詠んでいる。

孤城欲レ抜力不レ足　蒼茫呑レ涙茲有レ年

奮起投足君勿レ撓　奮然蹶起眠二美人一

〈孤城、抜かんとして力足らず、蒼茫涙を呑んでここに年あり、奮起投足、君たゆむなかれ、奮然蹶起して美人眠る〉

この詩は十八歳のとき会津若松の会陽医院にいたころ、友達の吉田喜一郎のために詠んだものである。まだ詩文の体型整わず、最後のところなど文章の不明確なところもあるが、高等小学校卒業直後にしては、かなりの出来栄えといえるだろう。

三

この年、六月から年の暮まで、清作の周辺には、あわただしいことが重なった。その第一は、清作の北里研究所入りと入れ替りのように、血脇守之助が清国（中国）漫遊の旅に発ったことである。

当時中国大陸は清国の支配下にあった。守之助は一応、病院の基礎も確立したので、この隣の大国へ渡って実情を視察してこようと思い立ったのである。

この出立に先立って、守之助は留守中の高山歯科医学院の診療を石塚三郎に一任したが、同時に学院の講師をしていた清作にも留守を頼んだ。学院の実際的な運営は石塚に委ね、これの補佐として清作を指名したのである。

六月三十日、血脇守之助の歓送会が開かれたが、そのとき石塚と清作は、それぞれ次のような歌を詠んだ。

いましばし別れに袖は濡すとも何時か相見んもろこしが原

とつ国に名をあらはさん吾友のしばしの別れ嘆かざらまし

送別の儀礼的な歌ということもあって、いずれもとくに優れたものではないが、後のほうの清作の歌の、「名をあらはさん吾友の……」という箇所がいささか気にかかる。

いうまでもなく、守之助は年齢的に清作の六歳上だし、医術開業試験合格者としても先輩である。それ以上に田舎の一介の書生を今日まで育ててくれた恩人である。その人を、たとえ歌のうえとはいえ、「吾友」と呼ぶのはどういうことなのか。いままでの経緯からいえば当然「吾師」とでも詠むのが当然である。好意的に解釈すれば、それほど親しかったということにもなるが、やはり少しくだけすぎの感じは否めない。

石塚の歌の「何時か相見んもろこしが原」とあるところを見ると、あとから石塚が清国に駆けつけ、二人で一緒に旅行する予定があったことを暗示している。守之助は清作にいろいろ援助はしたが、現実に自分の仕事の後継者としては石塚のほうを認めていた。このころ清作はすでに自分の手には届かぬ、別の世界にすむ男として、後継者としては、あきらめていたともいえる。

順天堂から北里研究所入りにかけての、清作の異様なまでの八子弥寿平への金銭のせびりは、裏を返せば、いっとき熱心だった守之助の援助が、やや冷めかけていたことと無縁とはいえない。

やがて七月、守之助の渡航が数日のあとに迫ったとき、小林栄夫人重病の報せがとびこんだ。清作は早速見舞状を出したが、腎臓病で病状ははかばかしくなく、さらに重態だという連絡が入った。

できることなら、清作は会津に戻って夫人の看病をしたかった。日頃の手紙で、「御城母さま」とか「御慈母さま」と書いてきたのだから、重態のとき、折角医師になった自分が行かないのでは意味がない。

このあたりは鉄面皮に金を無心して歩いた男とは思えぬ殊勝さである。

だが清作にはもう一つ、この際故郷へ帰って、みなに自分の医学技術を披露してやりたいという野心もあった。臨床こそほとんどやっていないが、清作も正式の免許をえた医者である。その技術を恩師の夫人に施せたらこれこそ最大の恩返しである。

しかし悪いことには、研究所に入ってまだ日が浅く、守之助に高山歯科医学院のことを頼まれてもいる。だが、といって行かぬわけにもいかない。迷った末、清作は石塚に事情を話し、研究所には欠勤届けを出して猪苗代へ行くことにした。このとき清作は、腎臓病治療に関する最近の医学情報を、順天堂や研究所の医師達から充分仕込んでいった。

小林栄夫人の主治医は六角といって、猪苗代で古くから開業して人望のあった人だが、清作は早速、この医師と対で向い合って治療方法について話し合った。

清作の知識は諸先輩からのききかじりで、経験豊かな六角医師には敵わないが、それでも信望あつい名医とドイツ語を交えながら話している清作を見て、小林夫妻や見舞の人達は感嘆した。

この清作の熱意が通じたのか、それから間もなく、夫人の病状は小康に向ったが、このとき坪内逍遥の『当世書生気質』を読み、野々口精作という不良学生が登場するのを知ったのである。

清作から英世へ改名になったきっかけは、前に触れたが、この帰郷がなければ、後年の「野口英世」の名は現れなかったかもしれない。

こうして猪苗代滞在半月で、今度は東京から、石塚が病気で倒れたから至急帰って欲しい旨の連絡を受けた。

血脇守之助がいないいま、石塚が倒れては大事である。清作は今度は東京へとって返す。幸い石塚の病気は単なる風邪でたいしたことはなかったが、東京へ戻ってからの清作は多忙をきわめた。

まず朝起きると、まっすぐ研究所へ行き夕方まで勤める。そのあと学院の講義をしながら、月二回は順天堂へ行って医事週報の編集の手伝いをする。また高山歯科医学院の雑誌『歯科医学叢誌』の編集も手伝う。それにカールデンの原書の翻訳仕事もある。この短い期間、清作はそれまでの奔放な遊びを控えているが、それは『当世書生気質』を読んだあとのショックが残っていたからでもある。

それにしても、この年はどういうわけか清作のまわりに病人が続いた。九月の半ば、今度は少年時代からの友人であった秋山義次が、わけのわからぬ高熱で悩まされているという噂が伝わってきた。

秋山は猪苗代時代、袴をくれたり、右手の手術のとき、若松まで送ってきてくれた男である。それが東京の下宿で一人苦しんでいるときくと、放っておくわけにもいかない。清作は直ちに本郷区役所裏の秋山の下宿を訪ねた。

秋山は痩せ細り、高熱で魘(うな)されて床についている。きけば八月に関西へ旅行したあと、急に腹痛にとりつかれ、そのまま熱が出て動けなくなったという。臨床をやっていない清作に、はっきりした診断などつきようもないが、売薬で治る簡単なものとは思えない。なにやら容易ならぬ病気らしいという感じだけはわかる。清作は翌朝、人力車を連れてきて秋山を乗せ、順天堂に運んで、内臓の権威である佐藤院長に診てもらった。

意外なことに、その結果は「腸チフス」ということだった。

チフスなら北里研究所が専門である。清作は研究所の付属病院へ入院手続きをし、三日後に秋山を迎え入れた。

こういうことになると清作はよく動いた。金を借り借金を踏み倒す点では、まさに傍若無人だが、反面尽すところはよく尽す。これほど恩義をわきまえる気持があるなら、借金などしなければよさそうなものを、そうはいかない。この破綻性が清作の欠点でもあり、また魅力でもあった。

やがて明治三十一年が暮れる。このころから清作の遊びが再び激しくなる。このころ、清作は悶々(もんもん)と楽しまぬ日を送っていた。前途の希望に満ちて北里研究所入りして半年余で、やる気を失くするとは早すぎるが、それにはそれなりの理由もあった。

前に書いたように、研究所に入ってから、清作はモルモットを要求し、顕微鏡操作を申し出て、ともに一蹴された。大学も出ていない見習助手がなにをいうか、というわけである。

医学者の殿堂、北里研究所に通っているとはいえ、清作のやっていることは、試験管洗いとか、動物小屋の掃除といったことである。毎日、先輩の使った試験管を、棒ブラシで洗い乾滅器に入れる。またモルモットや兎に餌をやり、糞を片づけ藁を取り替える。たまに実験に加わるとしても、兎の耳をおさえたり、犬に轡(くつわ)をかませたり、肢を摑まえる程度である。

そのあい間に、標本のつくり方や顕微鏡をのぞかせてもらうにしても、それは特例で、本業はあくまで下働きである。

研究所に入ったとき、北里所長は、「五年もしたら外国へ留学ができるだろう」といったが、実際には、それは遠い夢物語のようである。

たしかに研究所からは年々二、三名の人が欧米留学に出ているが、清作の前には、なお四、五十名の留学候補生が控えていた。しかもあとからは大学出の優秀な学士がどんどん入ってきて、清作のようなノンキャリア組を抜いていく。これを待っていたら、清作に順番が回ってくるのはいつのことか。ざっと数えただけでも、二十年くらいはかかりそうである。そんなことを待っていては五十歳を過ぎる。そんな年齢になって外国へ行って、果して世界に名を成す大学者になれるのか。考えるだけで暗澹となる。

これにくわえて、この年の十一月、石塚が血脇守之助に招かれて清国へ渡ったことも、一つのショックであった。石塚はたしかに真面目で優秀な男ではあったが、清作はこの男には負けないと自負していた。医術開業試験を受けたあと、石塚は歯科医としてすすんだが、清作は初めから歯科をやる気はなかった。同じ医者でも、専門的に一段低い歯科医など、清作にはなんの魅力もなかった。

だが石塚はいまや、守之助の第一の弟子として高山歯科医学院を担って立ち、今回はさらに清国まで出かけて行く。なにやら先を越されたという思いと、方向を誤ったのではないかという迷いにとりつかれる。

「頑張れば外国へ留学できる」とは、あくまで帝大出の学士のことで、それ以外の者に、そんな道は開かれていない。一日、清作は同時期に入った秦佐八郎にそのことをいってみた。

「俺達はどうせ駄目だべ」

だが佐八郎の反応は少し違っていた。

「留学できるできないより、いまは一生懸命先輩に学び、先輩に追いつくのが先でしょう」

佐八郎は帝大出でないとはいえ、岡山の医学校を出ている。おまけに父祖は代々藩侯の侍医である。

「あんだは士族の出だがらな」

最後には、この穏健な男にまで嫌味をいってしまう。

実際、同じ入所で、ともに帝大を出ていないとはいえ、清作と佐八郎とでは、研究所の待遇はいささか違っていた。見習助手で、二人とも試験管洗いや動物小屋の掃除をさせられても、清作はどちらかというと汚ない小屋へさし向けられ、ときには所員の使い走りも命じられる。

これに反し、佐八郎は新年度から一匹のモルモットが与えられ、自主実験も許されていた。

この差は二人のうしろだての違いにも原因があった。

清作は佐藤順天堂医院長の紹介状があったとはいえ、入所するときだけで、それ以後、なんの後押しもない。実際、佐藤院長にしても、清作とはほとんど面識がないのだから、それ以上運動する理由もなかった。

これにくらべれば、士族出で藩医の養子というバックははるかに強大であった。地方とはいえ医学校を出て基礎教育も受けている。

清作が口惜しがるのも無理はないが、当時の社会事情としては、止むをえないところもあった。

こんなところで、ただ下働きをしているだけでは駄目だ。

清作は心中深く思う。

このままでは虚しく青春を浪費するだけである。急がなければならない。深夜秘かに自分に鞭打つ。しかし具体的にどうすればいいか、そのことになると、清作もはっきりした方策は見出せなかった。

四

北里柴三郎は嘉永五年（一八五二）の生れだから、明治元年には、数え年十七歳ということになる。生れは熊本県阿蘇郡北里村で、家は村の名と同じように、代々総庄屋をつとめていた名門であった。

十五歳のとき、まず熊本に出て細川藩の儒者栃原助之進に学び、次いで藩校の時習館に学んだが、これはご維新とともに廃校になり、明治四年、同じ熊本の古城医学所にすすんだ。この学校は翌年、官立熊本医学校となり、現在の熊本大学医学部に引き継がれている。

初め柴三郎は医学を学ぶ気はなく、洋学を学ぶ手段として医学を選んだのだが、オランダ医師セー・ゲー・ファン・マンスフェルトに顕微鏡を見せられたのが、細菌学を志す発端となった。

この医学所で三年間、オランダ医学を教わった柴三郎は、明治七年に上京して、東京医学校（現東京大学医学部）に入り、八年後の十五年七月、三十歳で卒業した。このとき、二期上に森鷗外がいたが、鷗外は卒業が二十歳だから、年齢では柴三郎のほうが、はるかに年上ということになる。

卒業後、柴三郎は各地方の病院長や医学校長の職をふりきって、はるかに薄給の内務省衛生局に入った。この選択は後年の北里柴三郎の大成におおいに役立った。当時の衛生局長は長与専斎（ながよせんさい）であったが、彼は大阪の緒方洪庵（おがたこうあん）塾で学んだことから、同門の福沢諭吉とも親しかった。このことが、のちの柴三郎の生き方に大きな影響力を与えることになる。

柴三郎の衛生局での仕事は、ヨーロッパ先進国の医事衛生制度や各種統計を調査し、それに意見をそえて提出するということであった。ここで彼が初めに手がけたのが、それまで野放しになっていた医師免許を規制する、医術開業試験規則の整備であった。

入局二年後の明治十八年、柴三郎は内務省よりドイツ留学を許され、コッホ研究所に行くことになる。この研究所長ロベルト・コッホは、この二年前、コレラ菌を発見したことで有名で、当時この門下には、腸チフス菌発見者のガフキー、ジフテリア菌のレフレル、血清療法のベーリング、細菌化学のエールリッヒなど、後年世界の医学界に名を成した逸材が集まり、パリのパスツール研究所と双璧を成していた。

ここで三年間、柴三郎は寝食を忘れて研究に没頭する。そして四年目、破傷風菌の純粋培養に成功して、一躍、世界の学界に認められ、翌年、破傷風免疫体を発見し、この業績によって、プロイセン大学から外国人で初めての、プロフェッソルの称号を受けた。

このあと、柴三郎は、結核菌の研究にとりかかっていたが、留学期限が迫ってきた。

長与専斎は、わが国の結核の現状からも、その研究をさらに続けられるようにと、明治天皇から御手許金一千円下賜という恩恵を受けられるように申請してやり、これによってさらに一年間留学が延期された。このあたり、柴三郎が長与専斎らに、いかに期待されていたかがわかる。

しかし留学五年ともなると、さすがにそれ以上許すわけにもいかない。当時、柴三郎には、ケンブリッジ大学に新設された細菌研究所の所長の職をはじめ、米国ペンシルバニア大学、ブルックリン、ボルチモア市などから招請があったが、それらを振り切って帰国した。

彼は外国より、まず日本で伝染病研究所をつくることが重要と考えていたが、帰ってみると祖国は意外に冷たかった。というより、日本では伝染病が猖獗（しょうけつ）をきわめているのに、衛生思想はまだそこまですすんでおらず、彼を受け入れる場所がなかったのである。

長与専斎は柴三郎のような有為な学者が、内務省などで書類をいじっているのを惜しみ、このことを福沢諭吉に話した。熱血漢の諭吉はおおいに憤慨し、ただちに研究所創立のため、私財を投げだして尽力してくれた。

こうして明治二十五年五月、芝公園の一隅に、建坪十余坪、上下六室、二階建ての家屋が建てられたが、これがわが国最初の、しかも民間による伝染病研究所のはじまりで、もちろん所長には北里柴三郎が任命された。

ところでこのころ、大日本私立衛生会にも伝染病研究所設立の計画があり、長与専斎は福沢諭吉に、その芝の建物を、そのまま衛生会の所管に移してはどうかと話してみた。

諭吉は、北里柴三郎に運営のすべてを任せる、という条件で、その案をのみ、土地建物のすべては、そのまま衛生会に引き継がれることになった。

翌二十六年、私立衛生会は研究所の移転増築を計画し、芝区愛宕山の内務省用地の払下げを要求し、さらに医政家の長谷川泰らを動かして、研究所への国庫援助をえようと運動した。

だがこれに対し、文部省は独自に東京帝国大学内に、国立の伝染病研究所を創る案を議会に提出する動きを示し、北里研究所を無視する態度に出た。しかも、北里柴三郎に、新設の国立研究所のほうへ来ないかという誘いまでかけてきた。しかし北里はいまさら自分が育ててきた研究所を捨てて行く気はない。はっきり断わり、ここに衛生会と文部省との反目が起きた。

衛生会や北里としては、こちらで設立せよと働きかけたときは無視し続け、さらばと民間の手でようやく創り上げ、これから軌道にのろうという矢先、今度は国立のをつくるというのはあまりに勝手すぎると思ったのである。

北里が怒ったのは無理もないが、文部省としても、ようやく衛生思想が強まり、研究所の必要に気がついたが、民間のに頼るのでは面子(メンツ)がたたないという理由もあった。

双方、対立が続いたが、結局、衆議院議員の長谷川泰が画策して、私立衛生会伝染病研究所への国庫補助案を提出、これを満場一致で可決させ、ついでに文部省案を廃案に追い込むことに成功した。

この長谷川泰という人は、長与専斎、石黒忠悳(ただのり)などと並ぶ、明治医政界の大物で、野口英世が学んだ済生学舎の創立者でもある。

かくして明治二十六年、研究所は新たに建設され、国庫補助もうけて、ようやく伝染病研究所らしい形態にととのえることになった。このときの正式の呼称は、大日本衛生会伝染病研究所であったが、一般的には北里研究所の名で呼ばれていた。

英世が入所したのは、この衛生会所管時代の研究所であるが、入所した翌年、明治三十二年、衛生会と円満話し合いのうえ国営に移されることになり、新たに国立伝染病研究所となり、名実ともに、日本の伝染病研究の中枢となった。

この国立研究所が、現在地の芝白金台に移されたのは、これから六年後の明治三十八年で、このとき、痘苗製造所、血清薬院を併合し、ドイツのコッホ研究所、フランスのパスツール研究所とともに、世界の三大研究所として、名をはせることになる。

五

明治三十二年四月、北里研究所の国立移管とともに、英世は正式の助手として判任官待遇となり、月俸十五円を支給された。いわゆる正式の国家公務員になったわけだが、上級職員の手伝いであることに変りはない。

ところがこの春、英世に意外なチャンスが訪れた。もっとも、それは結果論で、英世自身それが自分の将来を左右する運命の転機になるとは思ってもいなかった。

四月の半ば、アメリカ、ジョンス・ホプキンス大学病理学教室の、シモン・フレキスナー教授が、フィリピンにおける米国軍隊の保健衛生状況の視察のあと、日本に立ち寄った。一行は帝国ホテルに泊り、観光を楽しむとともに、世界的名声の北里博士を訪問し、同時に研究所の見学を希望した。北里博士はもちろん喜んで承諾したが、このときホテルへの出迎えとして、英語のできる英世を差し向けることにした。

当時の日本の医学界はドイツ学派が主流を占め、ドイツ語を話せる者は多かったが、英語が出来る者は少なかったのである。英世は勇躍、一張羅の背広を着込んで帝国ホテルに出迎えに行き、そこから車に同乗して研究所に着き、なかを案内して歩いた。

日頃は容易に近づくこともできない上級職員のあいだにまじり、彼等のいうことを通訳し、フレキスナー教授の質問をとり次ぐ。英世がいなくては会話は一歩もすすまない。なにか急に自分が偉くなったような気がして得意になっていた。

だが、その夜、教授歓迎晩餐会が研究所で開かれたとき、英世も教授について会場に入ろうとすると、職員に制せられ別室で待機させられた。

この待遇は英世にはこたえた。どう英語をつかったところで、彼等は英世を単なる英語使いの案内人としてしか見ていなかったのである。必要なときは利用するが、それ以外のときは退っていろ、という。これでは運転手や車夫に対するのと変らない。晩餐会での拍手を遠くドアごしにききながら、英世は改めて、自分が一介の助手に過ぎないことを知らされた。通訳という仕事が済めば、また動物小屋の掃除夫に戻される。

大正四年、学士院賞をえて帰郷したとき、英世はこのことを思い出して歓迎会の席上、次のように述べている。

「あのとき、いやしくも自分は医師の一員であり、通訳という重要な任にあるにかかわらず晩餐会からはずされ、別室で一人夕食を食べさせられた。これは異国で言葉が不自由な賓客に対して、まことに失礼なやり方である。口にこそ出されなかったが、さぞやフレキスナー教授は不快に感じられたに違いない」

フレキスナー教授の心情に託していってはいるが、この一言に英世の口惜しさがよく現れている。

だがこの屈辱が、英世にさらにやる気を起させた。かつて手ん棒と笑われ、水呑百姓の子と蔑まれたのが、頑張りのもとになったように、この口惜しさが、英世の次の飛躍の原動力となる。

この夜、北里博士は夕食会のあと、翌日の大阪の衛生講演会に出席するため夜行で大阪へ向った。

出発間際に、北里博士は英世を呼んで「フレキスナー教授一行は、さらに二日間、東京に残っていろいろ見たいといっているから、粗相のないよう、ご案内するように」と命じたあと、西洋式の礼儀などについて注意をしていった。

北里博士がいなくなっては、もはや英世の天下である。しかも研究所からは案内のため、正式の休暇が与えられている。翌日から、英世は教授一行を東京各地に案内する。東京どころか、東洋ははじめての人達ばかりだから、どこに案内されても一向にわからない。

血脇守之助は清国に行って不在だったが、英世はまず一行を高山歯科医学院に案内した。フレキスナーにとってあまり関係のないところであったが、英世はここで自分が院長であるかのように振舞い、歯科衛生について滔々と論じた。さらに順天堂に連れていったり、菊地や旧友の秋山にまで会わせてフレキスナーと親しいところを見せびらかした。だがこの案内中、最大のヒットは、フレキスナー教授に、自分のことを売り込んだことだった。

東京を案内しながら、英世は機会を見ては、自分が順天堂と北里研究所で勉強してきた優秀な研究員であることを力説した。細菌学に魅せられ熱中していることを話す。

だが外国の学者の常で、彼等は名声や言葉より実質を尊ぶ。「貴方の論文はなにがあるか、あったら見せて欲しい」といわれたとき、英世は詰った。研究所に入ってからの細菌学に関する論文は一つもない。仕方なく、順天堂の医学雑誌に発表した「小児の足の壊疽についてて」というのと、翻訳していた「病理学細菌学検究術式要綱」の二つを示した。

フレキスナー教授はうなずいたが、もとより日本文の論文を読めるわけがない。

だが英世はひるまない。

「自分はまだ若いが、いつか機会を見て、アメリカに渡り、そちらの優秀な施設で研究してみたいと願っているが、どういうものでしょうか」

もちろんフレキスナーはその意見に賛成した。

「日本の学者は、ドイツ医学に傾倒しているものが多いが、私はそうは思いません。アメリカがこれから伸びる国であるように、アメリカ医学も、これから大きな花を咲かせると信じています」

こういわれて悪い気がするわけがない。しかも、三日間、熱心に案内してくれた青年である。

「あなたがわが国にいらっしゃるなら、お力添えになりましょう」

フレキスナー教授はそう答えたが、これはあくまで儀礼的なものだった。

だが、英世はこれを真に受けた。いや、儀礼的な意味がこめられているとは知りながら、この言葉をでも頼りにしていくより方法がなかったともいえる。

後年、英世が単身、ペンシルバニアのフレキスナー教授のもとを訪れたとき、教授はその無謀さに呆れ、一旦は追い返そうとした。そしてのちに、

「私は、彼が渡米するのをすすめたりはしなかった。ただ近く、ジョンス・ホプキンス大学からペンシルバニア大学へ移ることを、いっただけである」と述懐している。

とにかく、この三日間の案内行で、英世は自分の印象を、強く教授へ焼きつけることにのみ全力を尽した。その他の衛生施設の案内や観光などは二の次であった。

一日だが、教授一行に同行した研究所の所員は、英世の強引さに辟易(へきえき)して、「あいつは隙間さえあればどこにでも入りこんでくる、風のような男だ」とあきれたが、言い得て妙

である。

教授一行は三日間の滞在を終えて、無事横浜からマニラへ向っていった。

このフレキスナー教授一行の案内は、英世へもう一つの好運をもたらした。そのころ医学界の元老として重きをなしていた、男爵石黒忠悳老が、教授が日本視察の結果、どのような感想をもらしているか、知りたいといって、夜英世に説明にくるように呼出しがかかってきた。

石黒邸へ参上するなら、当然、もう少し上席の者を、という意見もでたが、三日間付ききりだったのは英世一人で、しかも通訳をしていたのだから彼に行かせるよりないだろうということになった。

英世は喜び、かつ緊張した。なにせ華族の家へ行くのなぞ初めてである。すでに初夏に近い陽気だったが、一張羅の冬服を着て石黒邸に出向いた。

石黒忠悳は越後の出で、長州・土佐といった明治政府閥とは無縁ながら、華族になっただけあって、ものにこだわらない炯眼（けいがん）の主であった。風采のあがらぬ、貧相な英世を応接間にとおし、夕食を接待した。

初めは、英世は緊張してあがりっぱなしであったが、

「教授達は、日本をどのように見、どこが欠点だといっておられたか」ときかれ、答える

うちに次第に調子が出てきた。

英語で、多少わからなかったところは、自分の意見をくわえながら巧みに話す。こういうところ、ツボをとらえ、的を射た話し方は彼の独壇場である。もっとも、そうはいっても、英世の話し方は、いわゆる立板に水という感じとは違う。かなりきんきんした声で、早口であるが、東北弁特有の訛りがあった。

石黒男爵はいちいちうなずいたあと、「ところで、君の出身はどこかね」と尋ねた。

「会津です」

「そうか、それで訛りがあるのか」

会津と越後は、かつて東北同盟を結成し、官軍に抵抗したことからも、ある種の共感があった。石黒男爵は懐かしがったあと、

「会津若松に、渡部鼎という名医がおるが、ご存じかな」

ときいた。

「あの人は、わだしの恩人であり、恩師です」

「そうか、それは奇遇じゃ」

以前、渡部鼎は、東京遊学中、石黒男爵の恩顧を受けたことがあったことから、石黒は渡部を知っていた。思いがけぬことから、さらに話がはずんで、英世はおおいに愉快な一

夜を過した。

もちろん、このとき、英世は自分を売り込むことも忘れていない。後年、石黒老は野口英世追悼会の席上で、「一目見たときから、尋常一様の青年でないと思った」と、讃辞を呈している。


こうして、フレキスナー教授一行の案内役として、英世は所内にその存在価値を示したが、それもつかの間、この直後に不快な出来ごとがおきた。

順天堂に続いて、北里研究所でも、英世は図書の整理係を命じられていたが、たまたま図書の在庫調べがおこなわれることになった。このとき、英世は自分の立場を利用して、重松という友達に、五冊の本を貸していたが、このうち三冊は原書で、うち二冊は研究所員も持ち出し禁止の医学全書であった。

英世は慌てて、重松に返還するように要求したが、すでに売却したり、他人にまた貸しして、彼の家には一冊もなかった。無い以上、当然、英世が弁償すべきだが金はない。万一持っていたとしても、そう簡単に手に入る洋書ではない。ここで英世は図書係としての責任を追及されることになった。

英世はうっかり貸した友人が悪かったと、しきりに弁明したが、素直にききいれられなかった。それどころか、自分が持ち出して売却したのを、なにやらわからぬ友人に貸したとして言い逃れをしているのだろうと、疑われた。

「百姓の伜（せがれ）で、大学を出ていないごどから、こんな差別を受げるんだ」

英世は憤慨したが、疑われるにはそれなりの理由もあった。

日頃から、英世は勉強はするが、公私の区別なく、勝手に図書を持ち出し、ときには同僚のものも平気で持っていって、何日も返さず、紛失したものもあった。所員への金の無心も相変らずである。

そんなだらしなさを知っている所員が疑うのは無理もなかった。この問題はついに北里所長の耳にまで入り、呼び出された。

「貸した相手のことはともかく、官有物を貸し出し禁止という取決めがあるのに、所員以外の者に貸し出したこと自体が、すでに無責任ではないか」

北里所長は英世を叱り、図書係を解任し、しばらくはこの問題は預かりおく、と告げた。

いままでも、あまり楽しくなかった研究所が、このときから、英世にとってさらに住みにくいところとなった。

日頃から、自分のとくになることだけを求め、先んずることばかり考えていた英世のエゴイスティックな態度に、こんなとき周囲の反感がふき出してきた。所員達は、やはり医術開業試験あがりは駄目だとか、育ちの悪さは争えないものだ、と陰口をきく。いまや同期の秦佐八郎さえ相手にしてくれず、英世はますます楽しまぬ日を送らざるをえなくなった。この一ヵ月後、北里所長は英世を呼んで、横浜に新設される海港検疫所に勤めてみてはどうか、とすすめた。

当時、海港検疫の重要性がようやく認識され、横浜、神戸、長崎、門司に設立されることになり、伝染病の専門家が必要とされていた。

「検疫所へ行けば、給料は月三十五円で、いまより二十円も上るし、検疫官として充分の待遇もしてくれる」

北里所長のこの誘いは英世の才能をかってか、あるいは図書紛失事件の責任を問うてか、判然としない。細菌学の研究者の本道からいえば、検疫所行きは左遷ではあるが、しかしそのほうが、英世がやりやすいだろうという、一種の恩情とも受けとれた。

いずれにしても、このまま研究所にいたところで、他人に仕え、妥協していくことの不得手な英世が、伸びていく余地はほとんどなかった。

「仰言る(おっしゃる)とおり、横浜へ参ります」

英世が検疫所行きを納得したのは、その三日あとだった。

第六章　横浜海港検疫所

一

「検疫」とは名のとおり、疫病、すなわち伝染病のひろがるのを予防するため、外国から入ってくる人や品物について検べることである。もちろん疑わしいものがあれば、診断のうえ菌の検出をおこない、伝染病と判明すれば、ただちに消毒し隔離しなければならない。これら一連の業務は海港検疫法で定められ、それによって厳密におこなわれる。

鎖国を解いた日本において、まず第一に整備しなければならなかったのは、この海港検疫業務であった。

明治政府は明治三十二年四月、新しい法令にもとづいて、まず横浜海港検疫所を設けた。場所は一応、神奈川県庁内に仮設されたが、実際の検診、消毒、隔離といった作業は、県庁から南へ十キロ離れた長浜海岸の長浜消毒所でおこなわれた。ここは現在は、横浜検疫所長浜措置所と名前は変っているが、横浜の金沢八景に近い、富岡を背にした美しい海岸沿いにある。

敷地だけで約三万坪といい、そこに事務所から上級船員宿泊室、下級船員宿泊室、浴場、さらに南の山かげには隔離病棟、検査室、研究室の大半が、ほぼ明治時代そのままに残っている。

海港検疫所とはいえ、当時は日本の表玄関であり、建物にもずいぶん気が配られている。とくに上級船員宿泊室は、海側に広いロビーをともなった一室三ベッドのゆったりした部屋で、応接室、談話室もあり、風呂も一室一つ宛備えられ、近代的ホテルと較べてもさして遜色ない。藤棚のある庭からは、多行松の並ぶ芝生の先に、長浜の海が展がり、その彼方に房総半島の先端が望まれる。

宿泊者のないときは、ここでよく洋式の宴会が開かれ、与謝野鉄幹、晶子夫妻なども度々来ていたというが、たしかに海と松の庭に面して建つ白塗りの洋館は、当時としては、ずいぶん瀟洒な建物であった。

外国人を慰めるといいながら、実際は日本の高官が、別荘のように利用していた。

これに対して、南の下等浴場や隔離病院のある側は、山ぎわのせいもあってか、さすがに暗く、ひっそりとしている。それでも隔離病院は、一室三人のゆったりしたスペースで、いまの病院の大部屋よりは、はるかに豪華である。この病院の手前にコンクリート建ての検査室があるが、ここで野口英世は終日顕微鏡を覗いて頑張った。

かつては、この病院の百メートル先から、上級船員宿泊所前庭まで、海岸線が迫り、船着場が二つあった。ここには、検疫所専用の小舟があり、外国船が入ってくると、一旦、この沖合いに停泊させ、検疫官がそれに乗って、停留船にのりこんだ。そこで伝染病の予防接種をしていない者は、宿泊所に滞在させ、病気の疑いのある者は隔離病院に収容した。

宿泊所に収容された船員は、各種の伝染病の潜伏期間の十日から二週間、留められたうえ、異常なし、と認められて、初めて正式に上陸が許される。したがって、ここは異国からきた外人達が、日本の土に触れる最初の場所であった。日本にはきたが、半月間、とくに用事もなく一ヵ所に留めおかれる。その無聊(ぶりょう)を慰める意味からも、この建物や庭が吟味されて造られたのは当然である。

だが、現在、この宿泊所も病院も、実際には使われていない。鍵をかけられたまま、措置所入口にいる守衛さんが、管理しているだけである。現在では、入国カードが完備し、伝染病の予防接種をしないで入国してくる者は、まずありえない。余程の後進国でも、伝染病に対する措置はかなり行き届いていて、コレラやペストなどの患者が入ってくることは、まずありえない。

それでも、万一、これらの患者が発生したら収容する、外国人専用の隔離病院が現在日本にはない。長浜の隔離病院が、昭和三十八年に一度使われただけで空家同然のままなお残されているのは、そうした新しい隔離病棟の設備が欠けていることと無縁ではない。しかし、途中、何度か手をくわえられているとはいえ、明治時代から七十数年を経て、宿泊所も病院も老朽化ははなはだしい。すぐ近くに迫っていた海も、埋立工事で、ほぼ一キロ先に押しやられ、往時の華やかさは偲ぶべくもない。

最近、横浜市では、この一帯を長浜公園として甦らせようという考えらしいが世界の環境衛生の発達とともに、すでに無用の長物と化したいまとなっては無理もない。ただその際、野口英世にゆかりのある検査室だけでも残し、野口記念館として再生させたい、という案が、現横浜検疫所の岩田所長などを中心にすすめられている。

これが実現すれば、野口英世ゆかりの地が、いま一つ世に出ることになる。

明治三十二年、野口英世がこの横浜海港検疫所に来たとき、所長は飯尾次郎、検疫医官星野乙一郎、海港検疫官として元神奈川県警部だった横山信徴らの名前が見える。

英世は検疫医官補だから、実質的には、星野医官の下にいたことになる。ここに着任したとき、英世の月給は三十五円であった。

いままでの北里研究所の給料のほぼ倍額である。当時、月六円あれば、食事つきの一応きちんとした下宿にとまれたというのだから、結構な給料ではある。

英世がここに移ったのは、図書の紛失事件で、北里研究所にいづらくなったのが最大の理由だが、この高い給料にひかれたこともたしかだった。それに外国船員に接する検疫所にいれば、なにかの折、外国へ行くチャンスが訪れるかもしれない、という期待もあった。

ここに来て四ヵ月経った九月の初め、英世は検疫のため長浜桟橋から消毒所の舟に乗って、沖合いに停泊中の「亜米利加丸」に乗りこんだ。この船で、英世は船艙（せんそう）で高熱に魘（うな）されている二人の病人を見つけた。一人は中国人で一人は日本人である。まだ残暑が厳しい、三十度をこえる暑さだというのに、二人とも毛布にくるまったまま、絶えまなく襲ってくる悪寒に震えていた。三日前から、こんな状態が続いているという。

尋常な病気ではない。英世は震える患者を助手に押えさせて診察した。胸から背、そして下腹まで探ると、両の股の淋巴腺が腫れている。

「ペストじゃないか」一瞬、英世は患者の顔を見た。

ペストは一名、黒死病ともいわれ、当時最も恐れられていた病気の一つである。かつての伝染病がほとんど征服されたなかで、ペストはなお存在し無気味な怖さを秘めている。

この病原菌は鼠によって媒介され、発病すると、四十度をこす高熱と激しい震えが続き、やがて眩暈(めまい)から吐き気、そして意識が朦朧(もうろう)とし、ついには心臓まで冒されて一週間以内に死亡する。現在、東南アジア、アメリカ大陸の一部になお存在し、入港したとき、検疫官が船に行って、必ず鼠の糞や穴の有無を調べるが、これはすべて、ペストを恐れての処置である。

この病気で、特に多いのが腺ペストで、この場合は小さな傷口から侵入した菌により、各部の淋巴腺が腫れてくる。英世がペストを疑ったのは、二人の乗組員に、この症状があったからだった。

英世はただちに二人を、長浜の隔離病院に移し、血液と排出物を検べ、同時に上級医官に、ペストの疑いがあることを報告した。

まだ衛生思想の発達してない明治時代とはいえ、ペスト発生は大事件である。西欧の文献に、ペストにより一町村や一地域が全滅したという報告は、いくらでもある。もし、この二人が真性ペストだとすると、日本初の上陸となる。長浜消毒所は極度に緊張し、病院の周辺は厳戒態勢がとられた。

はたして、本当のペストか……。

検疫所には、単なる敗血症だと主張する医師もいたが、英世は断固としてペスト説を固守した。

これより五年前（一八九四年）北里柴三郎は、A・J・イェルサンとともに、ペスト菌を発見していた。いわばペストに関する世界一の権威が、すぐ身近にいたわけである。

ただちに北里研究所から、志賀潔等が隔離病院に現れ、患者の血液、排出物を顕微鏡で追った。そして最後に、北里柴三郎自ら数十枚の標本を丹念に検べた結果、この二人をペストと断定した。

英世の見とおしが正しかったのである。

ここのところを、従来の伝記では「野口英世はすすんで船に乗り込み、疑問視する他の医者を振り切って、日本で最初のペスト患者を発見しました」ということになっている。

だが、これは少し褒めすぎで、たしかに、英世は船にのりこんで患者を発見したが、夏に高熱で魘され、悪寒戦慄（せんりつ）があれば、伝染病を疑って隔離病院に収容するのは、当り前の処置である。そのとき、淋巴腺が腫れているのをみて、ペストを疑うのも、検疫官なら当然のことである。

反対した医師も、その程度の知識はもっていた。ただ怪しいと疑ったうえで、断定はできないとためらっていただけのことである。

病気の最終決定は、患者からその病気の菌が検出されたところで決る。チフスらしい患者から、チフス菌が発見されたらチフスと断定していい。

菌を発見し、その菌の種類を定めるのを「同定」という。このとき、最終的にペスト菌を発見し、同定したのは北里柴三郎その人で、英世はなんの関係もない。事実、この日本疫学史上に残るペスト騒動の記録に、野口英世の名前は一字も出てこない。

検疫所医師の最下級の医師補では、名前が出るわけもないし、北里以外は見たこともないペスト菌をそう簡単に同定できるわけもない。したがって、このペスト事件については、「英世が日本最初のペスト患者を発見した」というのではなく、「英世がペストらしい患者に初めて接した」と改められなければならない。

一般に学識豊富な学者ほど、みだりに断言はしない。豊かな知識が、ドグマを避けさせる。この論からいえば、高熱と淋巴腺の腫れだけで、ペストと断定するのは、いかにも大胆すぎた。一度でも診たことのある病気ならともかく、全然診たこともないものを、臨床所見だけでそう簡単に断じられるものではない。結果として、当ったからいいようなものの、当らなかったら恥をかくところであった。

発見は、早いにこしたことはないが、早まってはいけない。この、ドグマを恐れぬ功名心が、後年、英世の学者としての生命を縮めることにもなった。

ところで、このペスト騒動には、もう一つ余話がある。

ペスト患者は運よく、この横浜で発見されたが、「亜米利加丸」はその三日前、神戸港に入港していた。神戸にも、横浜と同様、海港検疫所があったが、こちらでは肝腎のペスト患者が見逃されていたことになる。この問題は大きな反響を巻き起し、ただちに国会でも取りあげられ、国の検疫体制の不備が追及された。このとき、答弁に立ったのが、衛生局長をやっていた長谷川泰であった。長谷川は質問した議員を壇上から睨みつけて、「検疫医官の給料を三、四十円にしておいて、港に入ってくる船、すべての検疫をやれってのは気違い沙汰だ。伝染病が入ってくるのが恐ければ、まず医官の給料を三倍にすることだ」と、逆に反撃した。

いま、こんなことをいったら、たちまち失言騒ぎだが、当時は万事鷹揚だった。質問した議員もこの意見に納得し、翌年から検疫医官の給料は、ほぼ倍増になった。英世には願ってもないことだが、残念ながら、英世はこの恩恵に浴さぬうちに、横浜海港検疫所を辞めてしまう。

二

このペスト騒動があった翌月の十月の初め、英世は突然、北里所長から、すぐ来るように、との電報を受けた。

英世がすぐ横浜から芝の研究所へ駆けつけると、北里所長はいきなり「君は、清国へ行く気はないか?」ときいた。

「といいますと……」

「いま清国の牛荘(ニュウチャン)でペストが流行しておるが、最近、その地の各国領事館員が集まって、国際予防委員会というものを組織した。そこで向うの衛生局から、是非、そのメンバーとして日本人医師を招きたいといってきておる」

〃日本でペスト患者発見〃という報道は、清国にも知れわたっていたらしい。

「もし行くなら、向うでは、月給二百両(テール)を払うといっている」

英世は少し考えて「行きます」といった。考えたのは、行くべきか否かでなく、二百両あれば、何ヵ月でアメリカへ行く旅費が貯るかということだった。当時の清国の二百両が、日本円でいくらぐらいに価するものか、一両(テール)一円と単純に計算しても、検疫所の給料の六倍近くになる。

「是非、行かせてください」

話はそれで簡単に決った。

この清国行きは、もちろん北里所長個人の推薦である。日本からの医師は、同じ伝染病研究所の村田昇清博士を団長格に十五名で、いずれも伝研、東大の俊秀ばかりであった。このなかへ、英世をくわえたところをみると、大学を出ていないとはいえ、英世のエネルギッシュな行動力、そして語学力を、北里所長がかなり高くかっていたことがわかる。

清国行きが決って、英世がまっ先に考えたのは、同郷の山内ヨネ子に逢うことだった。当時、ヨネ子は本郷湯島四丁目の親戚の家に住みながら、医術開業試験の準備をしていた。

この半年ほど一度も逢っていなかったのを、急に逢う気になったのは、もちろんこれで当分、外国へ行って逢えなくなるという思いから、ただ日本を発つ前に一度逢っておきたい。だがそれと同時に、英世は、自分が外国へ行くことを、ヨネ子に伝えたかった。

いよいよ俺も外国へ行くことになった、そういって誇ってみたい気もする。それといま一つ、検疫医官補の制服を着たところを見せたい。この制服は、左右の胸ボタンを紐でしめ、金モールのついた、いわゆる肋骨服で、日清・日露戦争の将校の制服によく似ていた。英世はこの服が好きで、手に帽子を持って胸を張った写真を何枚も撮っているが、たしかにこれを着ると、小柄な英世も、どっしりと貫禄がついて偉そうにみえた。

検疫所を辞職してしまったら、もう二度とこの制服を着られない、現職のうちに訪問するならいまだ。十月の半ば、英世は医官補の制服に身を固めて、湯島のヨネ子の家を訪れた。突然の来訪に、ヨネ子は驚いたが、いままでの、よれよれ服とはうって変った官服に圧倒されて、奥の自分の部屋に招き入れた。

「このたび、北里博士のご推薦により、清国牛荘へ、出がけるごどになりました」

英世は内心の喜びをおさえて重々しくいった。

「彼地のペスト防疫のため、とくに選ばれで、伝研の村田博士らどともに、国際予防委員会の一員どして行ぐわけです」

ヨネ子は口もきけずに、ぼんやり英世を見ている。清国といい、北里博士といい、国際予防委員会といい、いまだ医術開業試験にも合格していないヨネ子には、遠い別世界のこととしか思えなかった。

「あちらでは、ドイツ、イギリス、アメリカの学者らど、意見を交えながら、共同研究するごどになる予定です」

「素晴らしい御出世ですね」

「いや、たいしたごどはありません」

英世は口では卑下しながら、やがて、北里研究所・横浜海港検疫所等で、自分がいかに秀れた仕事をしたかを、熱心に喋り出した。

だが、正直いって、英世がヨネ子を訪れたのは、たんに自慢をするためだけではなかった。しばらく日本を離れる、ということを口実に、ヨネ子に自分の気持を訴え、いろよい返事を期待していたのである。しかし、あれほど図々しい英世も、こと女性に対しては、からきし意気地がなかった。金モールの服を着て、偉そうなことをいいながら、「愛してます」の一言が、なかなかいい出せない。

英世は咳払いをし、お茶ばかりお代りしながら落着かない。

そのうち、横浜行きの最終列車の時間が迫ってきて、英世は追い立てられるようにいった。

「もうこれで当分逢えません。申し訳ありませんが、せめて新橋駅まで、一緒に行ってくれませんか」

英世が吃り吃りいったのに、ヨネ子は丁重に、

「折角ですが、近々に試験を控えていますので、ここでお許しください」

「それでは、ちょっと湯島の坂までで も」

「本日は、このとおり雨ですから、玄関でお見送りさせていただきます」

こうはっきりいわれては、とりつくしまもない。だが、英世もさるもの、さらにねばる。

「それでは、送ってもらうのはあきらめますが、せめて、あなだのお写真を一枚いだだけませんか。彼地でその写真を見たら、きっと頑張って、仕事に励むごどができるど思うのです」

「生憎ですが、いまここに、わたくしの手持ちの写真は一枚もないのです」

「では、これから写真館に一緒に行って撮りませんか」

「でも、こんな恰好では、とても恥ずかしくて」

「かまいません。なんなら、お化粧をなおすの待ってますよ」

「今日は、少し頭痛みがして、体の調子もすぐれないものですから」

「それでは、なにが簪でも、あなだの思い出になるものをいだだけませんか」

「どれもつまらぬもので、とてもお渡しできるようなものはありません」

「いや、あなだの側にあっだものなら、なんでもかまわんのです」

「それより、早く行かないと、汽車に遅れますよ」

「なに、遅れたら歩いでいきます」

「どうぞ、いまなら間に合いますから」

突然、ヨネ子は自分のほうから立ち上った。こうなっては、さすがの英世も立たざるをえない。

「折角、来だのに残念です」

玄関で、なお英世は未練気にいうが、ヨネ子が自分から格子戸を開き、

「雨が降っていますから、気をつけて」

「それじゃ」

英世が握手をしようと手を差し出しても、ヨネ子は知らぬ顔で、目をそむけた。

「それでは……」

「お体に気をつけて」

一歩外に出て振り返ると、すでに戸は閉められ、ヨネ子の姿はもうなかった。

見事というか、鮮やかというか、よくもこう嫌われたものだと、雨のなかで英世は溜息をついた。

第七章　清国（しんこく）・牛荘（ニュウチャン）

一

九月の末、英世は正式に、横浜海港検疫所の検疫医官補を辞職した。五月に北里研究所より移って、わずか四ヵ月ばかりの勤務であった。

辞職と同時に、彼は清国牛荘（ニュウチャン）行きの旅費および支度金として、九十六円をもらった。旅費は、清国行きの船が神戸から出る予定になっていたので、全員は一旦、神戸へ集結する。当時、東京から神戸までの汽車賃は三円少々であった。したがって、あと九十余円が支度金として与えられることになる。

そのころ、安い背広上下一着の値段が、三円くらいであったから、かなり高額の支度金ではある。これと九月分給料や退職手当をいれると、いっとき、英世は百五十円近い大金を持ったことになる。

だが、この大金が、十月の半ば、神戸出港の折には一銭もなくなっていた。

これについて、英世は、いままでの借金が多すぎて、債鬼にたちまち奪われてしまった、といい訳している。

事実、英世に金が入ったらしいときくと、高利貸から高山歯科医学院、順天堂、北里研究所などの同僚達が一斉におしかけてきた。

とくに仕事を終えて家に戻ったところを狙って借金とりがくるので、英世は下宿にいたたまれず、夜はほとんど外へ出歩いていた。だからというわけでもないが、このときの支度金は、ほとんど夜遊びのために消え、実際の借財に当てられたのは、せいぜい三分の一にも満たなかった。

このときの英世の応対の仕方がまた普通ではなく、運悪く借金とりに摑まって、「返してくれ」といわれると、「わかった」とうなずき、それから、「まず飲みに行こう」と誘う。貸した男は、ここで別れると逃げられると思って従いていくと、待合や料亭へくり込む。そこで派手に飲んだ挙句、女を抱く。相手の男も調子にのって酔っぱらい、気がつくと、英世はもういない。

地団駄踏んで口惜しがるところだが、英世に金があるあいだは英世が払う。あるのに、ないふりはしない。そこは憎めないところだが、なければ、平気で相手にかぶせて逃げてしまう。天真爛漫というか破廉恥というか、常識では律しきれない。実際、二円借りた男に、五円以上もおごり、女まで抱かせて、結局一銭も返せない。そんなことなら、初めから二円返したほうがよさそうなものだが、そういう計算が英世にはできなかった。

こんなわけで、退職して半月経った十月半ばには、旅費も支度金もふくめて、百円余の金は、きれいになくなっていた。

「困った……」

いまや集合地の神戸まで行く汽車賃さえなかった。もちろん、衣類やバッグなど、旅行に必要なものもない。すべてを費いきって、英世は初めて悩む。これは大変なことになったと気がつく。

金がなくなって、借りにゆくところは、また、以前の同僚や友人のところだが、もはや誰も貸してくれる者はいない。それどころか、返してもらいたい連中ばかりである。

「清国に行ったら月給二百両(テール)だから、月、百両つかったとしても、あとの百両は残る。向うに渡ったら、すぐ送り返すから、なんとか工面してくれないか」

友人達に泣きつくが、みな英世のだらしのないことはよく知っている。百両もらおうが、二百両もらおうが、もらっただけ遣いきる性格まで見抜かれている。

金策がつかぬうちに、やがて十月十六日、村田昇清を団長とする一行は、英世一人をおいて東京から神戸へ向けて出発した。一行は神戸で関西からの学者と合流し、結団式を終えたあと、十九日、神戸発の船で出帆する予定になっていた。これに遅れたら、清国行きは駄目になる。それどころか、支度金だけとって逃げたことになり、学界からは完全に抹殺される。

思いあまった英世が、結局、泣きこんだ先はまた血脇守之助のところだった。

「ご恩は決して忘れません。本当にこれが最後です」

そんなことをいいながら、「最後」がもう十回を軽くオーバーしている。

このとき、守之助は結婚して世帯を持ったばかりで生活はかなり苦しかった。独身のときならともかく、妻がいては、そう金は自由にならない。

英世がそれこそ借りてきた猫のように小さくなって、苦衷を訴えるのを守之助は黙ってきいていた。

やがて英世の話が途切れたとき、「じゃあ、少し待ちたまえ」といって、立ち上った。

それから小一時間後に、十五円の金を英世の前においた。

「いまはこれしかない。これだけあれば、一応、背広やコートを買って、神戸までは行けるだろう」

「これ、どうしだのですか」

そのとき、守之助の妻が新しい茶を淹れてもってきた。まだ初々しい二十一、二の新妻だったが、一時間前とはまるで違う。いかにも不快そうな眼差しで英世を睨み、茶のおき方も邪慳である。

そういえば、二、三十分前、奥の部屋で、守之助と妻がいい合っているのを、ちらときいた。そのあと、妻が出て行き、それから帰ってきて、すぐ十五円が差し出された。

「まさか、奥さまの晴着を質屋にいれて得たお金でないでしょうね」

「そうだったら、どうするのかね」

「いえ……」

口籠ったが、いまは質屋から借りてきた金であろうと、貰わないわけにいかない。

「わだしは、これから神戸に行くだけですから、こんなにはいりません。五円あれば充分です」

英世はそういうと、一旦、懐にいれかけた十五円から十円を戻した。

「まあいい、折角、十五円つくったのだから、もっていくといい」

血脇守之助の偉いところは、英世に、倹約せよとか、貯蓄しなければいかん、とお説教をしないところだった。相手の要求額はともかく、一応、自分で出せるだけの金は出す。

もちろん、英世の場当り的ないいわけもきいていなかった。

　気持が大きいといえば大きいが、英世の浪費癖は、もはや説教くらいでは治らないとあきらめていたのである。

「本当に五円あれば大丈夫です。船さえ乗ってしまえば、住むところも食べるもんも、すべて無料(ただ)ですから」

　さすがの英世も、今度だけは全額もらいかねた。

「それでは、出発祝いにこれをやろう」

　守之助は自分の書斎から、かつての盟友田原博士からもらった米国製のスーツケースをプレゼントした。

「ご恩は一生忘れません」

　同じ台詞をくり返して五円を手にした英世は、その足で日蔭町(ひかげちょう)の古着屋へ行き、そこでブランコの背広上下を二円で買った。上下揃いといえばきこえはいいが、霜降りの夏服である。これに二十銭にまけさせたハンチングをかぶり、翌十八日、東京を発った。

　これで発たなければ、十九日の神戸出港に間に合わない。ぎりぎりの出発である。しかも、このときもなお、英世が外国へ行ってしまうというので、借金とりが新橋ステイションに待ちかまえているのを避けるため、わざわざ品川まで歩き、そこからようやく汽車に乗った。

もちろん見送る人は誰もいない。うっかり、出発時間を友達に告げると、借金をとりにくるから、教えられなかったが、ただ山内ヨネ子にだけは伝えておいた。

出発ぎりぎりまで、窓から顔を出していたが、ヨネ子はついに現れなかった。

二

英世が神戸に着いた日の夕方、船は早くも神戸港を発った。

みな、家族や知人とテープを交わし、別れを惜しんでいるのに、英世一人、見送る人はいない。しかし、英世はそれを特に淋しいとも思わなかった。それより、これで債鬼の群がる日本から離れられたと思い安堵した。

神戸を発った船は瀬戸内海を抜け、ほぼ一昼夜で門司に着いた。ずいぶん遅い航海だが、これでも当時としては外洋専属の豪華船だった。下関が日本最後の夜ということで、その夜一行は上陸し、下関一の料亭〝春帆楼〟にあがった。

ここで芸者を呼び、歓楽のかぎりを尽す。日本女性との逢瀬も、これが最後で当分望めそうもない。

一行はおおいに遊んだが、初めから割り勘という約束になっていた。宴たけて、やがて会費徴収という段になって、英世がいない。やむなく、英世の分はみなで出しあって船へ戻ると、英世はすでに先に帰って眠っていた。

このとき、もし金があれば、まだまだ遊んで帰船に遅れたかもしれない。あるいは一人なら借財が払えず、引きとめられたかもしれない。金がなく、みなと一緒であったということが、かえって幸いだったといえなくもない。

やがて五日間の船旅のあと、一行は清国牛荘に着いた。

この間、みなはそれぞれ、日支辞典や日支会話の本を見ながら、中国語を勉強した。いずれも帝大出の、俊秀気鋭の学者だったが、中国語には弱かった。これら、本を片手に勉強する連中を尻目に、英世は一人船艙に下りて、下級船員の中国人と身ぶり手ぶりで話した。寝るとき以外はほとんど中国人と接していたが、苦力（クーリー）のような下級船員のあいだに、日本の偉い学者がとびこんできた、というので、おおいに歓迎された。

もっとも、おかげで相当不潔な部屋でまずいものまで馳走になったが、効果はてきめんであった。もともと、語学には天才的な能力の持主である。一週間後、牛荘に着いたときは、日常会話には、ほとんど支障のないまでになっていた。

牛荘は正しくは Niu Chuang と読む。中国東北区遼寧省遼河の下流に沿う都市で、清の咸豊十一年（一八六一）に開港され、以来、満州と中国本部を結ぶ港として主要な役割をはたしていた。

別に営口ともいい、いわば中国の北の表玄関でもある。

ここに降りたった一行のなかで、野口英世は断然目立った。全員が冬の背広にコートを着こみ、山高帽などかぶっているのに、英世一人、霜降りの夏服に、ハンチングをかぶっていた。

受け入れた中国衛生局では、初め、英世を通訳と錯覚する、という笑えぬ一幕もあった。実際、彼は一行のなかでは、とび抜けて中国語ができた。迎えに出た中国人と、早速中国語で打合せをし、道行く人にも平気で話しかける。それが昨日今日、覚えたと思えぬなめらかさである。

おまけに、英、独、仏語にも通じていたから、自然重要な話はすべて、英世をとおして相談されることになる。

一行は牛荘から、この地区周辺の衛生局管轄地に分散配置されることになったが、英世は、語学力をかわれて団長の村田昇清とともに、牛荘衛生局本部詰めになった。ここは、各分局医員への、指示伝達、監督をするところだから、いわば衛生局の中枢である。

ここに腰を落着けながら、英世は生来の積極さで、警官から知事らとまで親交を結び、邸に招かれた時に漢詩を贈ったりした。

これら医師団の一行は、牛荘におけるペスト撲滅を第一義として派遣されたものだが、彼等が着いたとき、ペストはすでに下火になりかけていた。

ペストは拡がり出すと一気に流行するが、終末もまた早い。それは季節が冬に移りかけて、寒気が幸いしたともいえる。英世達が行ってからは、新たなペスト患者の発生はほとんどなく、結果的に、医師団は牛荘一帯の一般医療、衛生行政にたずさわるということになった。

派遣された医師団は、日本人だけでなく、英、米、露など、白系医師も一緒だったが、なかで日本人医師は皮膚の色も近いところからか、中国人に人気があり、一般患者もかなり押しかけてきた。特に英世の診療室の前には早朝から患者が長い列をつくった。

いうまでもなく英世は臨床医ではない。順天堂でも北里研究所でも、患者を直接診ることはほとんどなく、雑誌編集の手伝いや、細菌の培養、検出などを主にやっていた。海港検疫所にいたから、伝染病に関しては多少の知識はあったが、一般の病気に対しては、ほとんど経験はない。その英世が人気があったのは、技術よりも、英世の診療態度が熱心で好感をもたれたからだった。よく相手の話をきき、何度も何度も脈をとり、聴診器を当てる。それらを、自分らと肌の色が同じ東洋人が、中国語で話しながら診てくれる。

大抵の医師は中国語が話せず、助手か看護婦がなかに入って通訳する。それに白人の医師達は、初めから一般の支那人を真面目に診る気などはなかった。せいぜい高官や金持だけを、かなりの謝礼をとって診るくらいで、あとは医療行政にときどき口出しをするだけだった。それからみると、英世の誠実な診察態度は、群を抜いていた。この英世のエネルギッシュな、偏見のない態度を評価して、帰国直前、牛荘衛生局、国際衛生局は次のような感謝状を英世に贈った。

野口英世氏は、当地ペスト病発生のため来任せられ、爾来一般病院および細菌研究の主任となり、熱心と聡明とを以て事を処せられたるは、吾人の等しく満足する所なり。茲に特に氏の業績を表彰し、感謝の意を表す。

一九〇〇年六月廿八日

牛荘衛生局長　シセール・パウラ

局員代表者　ドクトル・フィリッポ・ヤッセンスキイ、ドクトル・デ・バルフ・デーリー

英世は派遣医師のあいだでは、断然光ったが、英世自身が、臨床の患者を診ることが、

楽しかったことも事実であった。

日本では医術開業試験あがりとして、ろくろく患者を診せてもらう機会もなかったが、清国では自由に患者を診ることができた。日本では厳存する差別も、外人医師団のあいだに入ってしまえば消えてしまう。生身の患者を、自らの手で診断し治療し、その経過を追う。面白いといえば語弊があるが、こんなやり甲斐のある仕事はない。本当は臨床医になりたかったのが、手の不具から、あきらめた無念さを、英世はいま異国で晴らしていた。

だが臨床だけでなく、英世は基礎研究も怠らなかった。牛荘滞在中、英世は「ペスト菌の寒冷に対する抵抗力の研究」なる論文を英文で書き、これを同僚医師と連名でアメリカのフレキスナー博士へ送った。こうして気力充実、臨床と研究に励んだ、といえばきこえはいいが、同時に、かなり遊んだことも事実である。

大体が、当時の中国は遊興にはこと欠かず、おまけに月額二百両（テール）という高給とりである。じっと宿舎にいろ、というほうが無理である。

牛荘の歓楽街は、いわゆる城外にあり、そこへ行くには、門を出て行かなければならないが、深夜はすべての門が堅く閉ざされる。研究に没頭していて気がつくと、すでに門が閉じた時間になる。遅いから明日にでもと思っても、一度行きたいとなったら抑えがきかない。明日ということは信じられない性質だし、なによりもエネルギーがあり余っている。ついに英世は石壁をよじ登って出かけることを覚えたが、三度目に運悪く警邏中の衛兵に摑まって留置された。結局、翌朝、派遣日本医師であることが証明されて釈放されたが、その後も何度も塀をのりこえた。

こうして二百両の高給は消えてしまう。

初めの、清国に行けば渡米旅費がつくれるという夢も、たちまち怪しくなった。

「これではいかん」一時は、人並みに自分を責めるが、遊び出すと止らない。

「金など、明日になれば、またどうにかなる」と思いこんでしまう。

英世が本気に、金を貯めなければいけない、と思い出したのは、清国に渡って半年余がすぎたころからだった。それも、来月一杯で契約期間が切れるという、ぎりぎりのときである。

「このまま無一物で帰るのでは、はるばる来た甲斐がない」

英世が暗澹とした気持になっていると、折りよくロシヤ衛生隊から、われわれのところで働いてくれないか、という誘いがあった。

滞在半年で、英世はロシヤ語もマスターしていたが、条件をきくと、いままでに優る三百両である。

英世はこの話にとびつき、日本人助手一名とともに派遣団と別れて残ることにした。こうして三ヵ月、さらに滞在を延長したが、金は残るどころか、むしろ借金が増えていく。結局、牛荘の治安事情が悪化し、ロシヤ隊も引き揚げ、英世は帰国することになったが、その間、英世が残したものは、料亭への借用証書ばかりであった。

第八章　神田三崎町

一

野口英世が中国牛荘（ニュウチャン）から日本へ帰ってきたのは、明治三十三年七月である。ここで英世はどこにも勤めない自由の身になった。

本来、清国派遣の医師団は、それぞれの勤め先を一時休職の形で出向き、帰国すると再び前の勤務先に戻る、いわゆる「出向」の形ででるのが普通であった。事実、団長の村田昇清氏も、帰国後、再び伝染病研究所に戻っている。

だが、英世だけは、横浜海港検疫所を退職して行ったので、帰国後すぐ勤めるところはなかった。

これには事情があり、英世も希望すれば、検疫所は一時休職にし、帰国後、すぐ復帰できる形で行くこともできた。だが、英世は帰国後再び検疫所に勤める気はなかった。諸外国の一流医師と清国に招かれた以上、また検疫所の医官補に戻るのでは淋しすぎる。清国から帰ってきたら、大学や研究所から引く手あまたに違いない。それに月二百両(テール)の高給で一年もいれば、かなりの金が貯るはずだった。それでアメリカに渡るのが、第一の目標だった。さらにいえば、一旦、退職し、まとまった金をみて、借金を返しておきたかった。

だが、いざ戻ってきてみるとそれらすべては、画に描いた餅に帰していた。

例の浪費癖で、アメリカに渡るほどの大金はできなかったが、それでも二、三ヵ月、遊んでいられるくらいの余裕はあった。金があれば、堅苦しい研究所勤めなどに戻る気はしない。

英世がこのとき、まっ先に考えたことは、山内ヨネ子に逢って、正式に結婚のプロポーズをすることだった。ヨネ子と一緒になって所帯をもち、それから本腰をいれて渡米準備をする。いかなヨネ子も、外国帰りの一流細菌学者を拒否することはないだろう。

自信満々の英世は、まず下宿を、ヨネ子の家に近い本郷竹町に定めた。そこから再びヨネ子の家を訪れた。稀代の借金魔も、愛する女に対しては純情そのものであった。

当時、ヨネ子は本郷の仕舞屋(しもたや)風の家の二階の一間を借りて住んでいたが、英世が来意を告げても、階下の主婦は「山内さんは不在です」といって受け付けなかった。

ヨネ子の部屋と思われる二階には、窓が開き葭簾がかかっている。小路を入ってくるとき、そこに人影が動いたように思った。事実、玄関には、ヨネ子のものと思われる女下駄もあった。それなのに、主婦は「いない」といって、つっぱねる。

「それでは、いづ帰るのですか？」

「いつになるか、このごろは忙しそうで、ちょっとわかりかねます」

「でも、女性なのですから、夜には帰るのでしょう」

「わたしどもではわかりませんから、どうかお引きとりください」

さほど大きな家ではないので、英世と主婦のやりとりは、二階のヨネ子にもきこえるはずである。実際、このとき、ヨネ子はたしかに家にいた。

「そうか、君の家は人がいでも、いない、というような家なんだな」

英世は捨て台詞を残して玄関を出た。

振り返ると、二階の部屋の窓は相変らず開かれたまま風鈴がかすかに鳴っている。

牛荘から、英世は週に一度の割でヨネ子に手紙を送った。清国の状況、自分がいかに重要な地位にいるかということ、それから心から愛していることを、綿々と書き綴ったが、それもすべて無駄であった。

清国から帰って、まっ先に駆けつけたのに、居留守を使われたのでは立つ瀬がない。それほど俺を嫌いなのか……。

これ以来、英世は二度とヨネ子を訪れることはなかった。

十九歳のとき、会津若松時代から続いた英世の恋はここで終る。もっとも、恋といっても、終始、英世の一方通行ではあった。

ただこのあと、一度だけ二人が逢うチャンスがあった。十五年後英世が帝国学士院恩賜賞を受けて帰国した、大正四年の秋である。このとき、英世は四十歳、日本の生んだ世界的学者として、日本中の熱狂的な歓迎のなかで帰ってきた。

小学生の打振る日の丸の旗に迎えられ、郷里、三城潟へ戻ったとき、山内ヨネ子は若松に住んでいた。

英世の旧友が、「ヨネ子さんに逢ってみますか」ときいたとき、英世は少し考え、一言だけ、「いや」と首を左右に振った。

青春の夢は、そのままにとどめておこうと思ったか、あるいは逢わぬことで、過去の復讐をしたつもりであったのか、ともかくヨネ子への慕情が、英世にとって、生涯でただ一つの恋であったことは、たしかである。

二

ヨネ子との恋に破れた英世は、この直後、三城潟に帰省した。失恋の痛みを癒すという意味もあったが、しばらく外国へ行っていて、急に故郷が懐かしくなったのである。それに、外国で第一級の待遇を受けたことを吹聴したい気持もあった。失恋したらその感傷だけに止まっていない、そこからすぐ脱却し、新しく動くことを考える、その気分転換の早いところが、英世のよさでもあり、逞しさでもあった。

この帰郷のとき、英世は背広上下に鳥打帽をかぶり、手に革のバッグを持っていた。突然の帰郷で迎える者もいない。磐越西線の翁島停車場から一里半の道を歩き、湖畔の三城潟に着く。

生家の隣の松島屋の前まで来ると、幼友達の代吉が、馬鈴薯を選んで笊（ざる）に入れていた。

「久し振りだな」

英世が肩を叩いたが、代吉はぽかんと見上げたままなにもいわない。

「俺だよ、清作だよ」

「ああっ、野口の清作さんが……」

代吉は、はじめてうなずくと、改めて英世を上から下まで見渡した。

「なんだ、洋服着て、立派になって、とってもわがんねぇべ」

「外国から帰ってきたんだよ。もう少し立派な洋服もあるんだが、人力車がないと汚れんでなぁ、無理に悪いのを着てきたんだ」

例によって、英世の法螺がはじまる。だが、代吉は素直に信じる。

「清作さんが、偉ぐなって洋服着てけえってきたど」

叫びながら、村中に告げて歩いた。

その夜、三城潟の小料理屋に、旧友や村の顔役など、十数人が集まって、盛大な英世の歓迎宴が開かれた。山内ヨネ子に拒否され、卑劣な借金魔と罵られた男も、故郷に戻れば、「外国にまで招かれた伝染病の大家」として、村一番の出世頭であった。主賓の座に坐らされた英世は、次々に注ぎにくる村人の盃を受けながら、上機嫌になり、日本はじめ、米英露など、各国の高名な学者と一緒に研究したこと、清国の高官に招かれて歓談したこと、料亭での豪華な遊びなどを話した。

みなは、うなずきながら、憧れと尊敬の眼差しで清作を見つめる。ますます愉快になった英世は、現地で覚えた清の唄を歌い出し、さらには、踊りまで披露した。

座は賑やかになり、ついに全員が英世に従いて踊り出す。失恋の痛手など、思い出す間もない、乱痴気騒ぎになった。

翌日、二日酔いで寝ていると、代吉が、「清さん、疲れでっとこ済まねげんとも、村の病人を診でやってくんねぇが」と頼みに来た。外国に招かれるほどの伝染病の大家なら、治らない病気も治してくれるのではないか、と村人達がいっているという。

正直いって、英世は臨床には自信がなかった。牛荘でやったとはいえ、一時的なもので、本当の実力がないのは、英世自身が一番よく知っている。

「俺は、おっかと、おめらの顔を見だくて帰ってきただけだ」

英世がいうが、代吉はあきらめず、

「んでも、清さんが医者になったら、お天道様が、西の愛宕山がら昇るっつって、みんな笑ってだんだ。俺は口惜しくて、ほいづらに、しっぺげえししてやりだくて」

代吉の言葉をきいて英世の負けず嫌いな性格が頭をもたげた。

「よし、ほんなら診てやっぺ」

「ありがでぇ、俺あすぐ、みんなに報せでくっから」

代吉は手を叩いて駆け出した。

翌日、松島屋の奥の一間で、英世の診察がはじまった。小さい村だから、口コミだけで充分拡がる。しかも、外国まで行ってきた名医の無料奉仕だというので、五十人近い患者が押し寄せた。

薬も注射も持っていない英世は、診察したあと若松の森川薬局に宛て、処方箋だけを書いて渡す。無料の上に、丁寧だということで、この診察は、大評判であった。

野口英世の一部の伝記には、「これで佐藤某の性病や、山崎某の心臓病など長年の難病が一度に治り、いずれも長生きした」と書かれているが、これは眉唾である。英世の書いた処方箋の薬を、薬局からもらったぐらいで、これらの病気が治るわけはない。もし治ったとしたら、梅雨期の悪化が季節の移りとともに、いっとき落ちついただけで、完治とはいいがたい。

それはともかく、この治療で、太陽が愛宕山の方から昇るといった連中も黙り、代吉や母のシカが面目をほどこしたことはたしかである。

この診療の翌日、英世は八子弥寿平の家に、自分から訪ねていった。

今回の帰郷は、故郷への懐かしさが第一であったが、みなに歓迎されているうちに、英世に別の考えが浮んできた。

もしかして、弥寿平に頼めば、渡米の旅費を調達してもらえるのではないか……。

それは東京を出るときから、考えていたわけではなかった。いかな英世も、さんざん迷惑をかけた挙句、いままた、渡米旅費までねだるほどの厚顔さはなかった。

だが、帰郷して、人々の歓待を受けるうちに、英世の考えが変ってきた。これだけ、村人達が熱狂しているところをみれば、弥寿平なら、金を工面してくれるのではないか。英世は次第に生来の図々しさを取り戻した。

久し振りに会った弥寿平は、例によって甲斐甲斐しく英世をもてなした。いままでは口先だけで、実態をしらなかったが、今度は村人を集めて、実際に診察してみせたのである。しかも、外国まで行ってきた名医だという肩書きもある。いまはすっかり偉くなった英世を、弥寿平は神様のように思い込んでいる。しばらく昔話を語り合ったあと、英世はおもむろに切り出した。

「実は、アメリカの伝染病学の第一人者であるフレキスナー教授から、是非来てくんねぇが、と呼ばれてるんだ」

「それ、本当がぁ」

弥寿平は目を丸くしている。清国に行ってきたのさえ、大変なことだと思っているのに、今度はアメリカの大学者に招かれている、というのである。

「俺の論文に感心して、一緒に研究をしようど、いってきてんだが、なんせ、アメリカに行ぐにはお金がかがっからなぁ」

「それ、どのぐれぇかがんだ」

人の好い弥寿平は、たちまちのってきた。英世はなお、アメリカ医学や、フレキスナー教授の偉いことを吹聴してから、

「五百円あればアメリカに行って、世界の一流学者になれんだげどなぁ」

「五百円かぁ……」

「アメリカに行げば、いぐらでも銭は入る。いま貸してくれる人がいだら、俺は一生、その人のご恩は忘れないつもりだ」

作戦は図星だった。しばらく考えたあと、弥寿平は自分からいい出した。

「その銭、なんとか工面してみっか」

「おめ、貸してくれるのか？」

「ああ……」

「済まねえ、一生恩にきるぞ」

英世はいきなり弥寿平の手をとると、ぽろぽろ泣き出した。こういうところ、特に演技というわけではない。このとき以外でも、嬉しくなったり感動すると、英世はすぐ涙を流した。そう思い込むと、すぐその気になれる、かなりナルシスティックな性格でもあった。

喜んだ英世はたちまち陽気になり、あとは酒を飲み、唄を歌い、その夜はそのまま弥寿

平の家に泊った。

だが、この渡米旅費は、意外なことからケチがついた。

翌日、恩師の小林栄の家に行ったとき、たまたま、渡米の話になり、弥寿平から五百円借りることを告げると、小林は急に腕を組んだまま黙り込んだ。

「本当に、八子君が工面するっていっだのが」

「近いうちに、なんとかしてやるっていってくれました」

「それは、止めたほうがいいど。人の援助でアメリカに行ってどうすんだ、いづも他人を頼りにする、ほんな生活ばっかり続けでいだら、やがて自分が駄目になる。いま五百円の金を借りで、アメリカに行って、誰が一体、八子に返すんだ。自分で自分の道を切り拓くんだったら、初めがら最後まで、ぜんぶ自分の力で切り拓いだらどうなんだ」

これまで、ほとんど小言をいわなかった老校長の眼に、怒りが溢れていた。

「人のごどばかり頼りにしてっと、人間がいやしぐなる。人間の品性がなぐなる。おめが将来、世界の大学者になんだったら、まずそごがら鍛え直さねばなんね」

さすがに、小林は、英世の実態を見抜いていた。口先や手紙では、うまいことをいうが、肝腎の性格がふしだらで、人に迷惑をかけて平気でいる。これではいくら偉くなったとしても、人間として尊敬されない。いつかいってやろうと思っていたのが、機会を得て、ほとばしり出た。

「おめがいぐら学問があっても、人がらもの借りるかぎり、おれはおめを尊敬でぎねぇ」

小林の言葉は、さすがに英世にこたえた。いくら不義理を重ねても、偉くなりさえすれば人々は感心して見逃してくれる、そう、たかをくっていたのが、そうでない男がいた。しかもそれが、「父上様」などと、大袈裟な表現をしてきた小林校長である。

「申し訳ありません」

英世は素直に頭を下げた。

「自分自身がいだんねのに、他人の力を頼りにするのは間違いでした。渡米旅費のごどは、もう一度初めがら貯えで出直します」

「おめはまだ若げぇ、これがらチャンスはなんぼでもある」

小林の励ましに英世はうなずいたが、それで英世の性格が根本から直るかどうかは、また別の問題であった。

三

会津から東京へ戻ってから、英世は小林栄に約束したごとく、自力で渡米旅費を調達することを考えた。当時、横浜からホノルル経由でサンフランシスコまで十六日間の船賃は、三等に乗ったとして六十円であった。これにアメリカ大陸横断の汽車賃、さらに着いた当座の生活費などを考えると、二百円前後の金が必要になる。

この金をどうして得るか。考えたところで、英世に具体策はない。

大体、英世は小さいときから、自分で働いて金を得たことのない男であった。

ある伝記によれば、「磐梯山の麓の貧しい農家に生まれ、小さいときから猪苗代湖で、しじみ貝を採り、それを売り歩いて……」といった貧乏物語が延々と述べられているが、英世がしじみ貝を売った、という事実はないし、もちろん土のかけらもいじったことはない。手は不具だが頭は賢い、ということで、母のシカは、英世を勉強一筋に向わせた。たしかに生活環境は貧しかったが、勉学だけしていればよかった。その意味では、英才教育を受けたともいえる。

物心つき、小学校から高等小学校、さらに上京しても、常に他人からの援助で学問を続けてきた。勉強する代償として金を与えられた。人から与えられる、という屈辱さえ、乗り切ってしまえば、こんな恵まれた環境で、勉強してきた男も珍しい。

この甘やかされた環境が、海港検疫所に勤め、牛荘で高給をとろうとも、金を残せなかった原因の一つであった。小林栄に誓ってはみたものの、結局、誰かから金を出してもらうことを考えるより手段がない。

誰がいいか、思い巡らすうちに、また小林栄の言葉が甦る。

「人に頼ってはなんね」

そうか、と思い反省するが、またすぐ、スポンサーを見付けることを考える。

どう改めようと思っても、自分から汗水垂らして働く方策が浮ばない。まこと、英世が「男芸者」と陰口を叩かれたのは的を射ていた。

そうこうするうちに一ヵ月が経ち、気がつくと、手許には一銭もなくなっていた。牛荘から帰ってきたとき、百円近くあった現金が、一ヵ月であとかたもなく消えていた。

それでも、故郷へ帰ったり、東京に一ヵ月余いて、百円だから、英世にしては、長もちしたほうである。金が失くなって、さてと考えて、行くところは結局、血脇守之助の家しかなかった。

当時、守之助は神田三崎町にいた。ここで治療所と住宅を一緒にして住んでいたが、この跡は現在の三崎稲荷神社の所在地と一致する。

「また来たか」

守之助にとっては、「窮鳥再び舞い戻る」といった感じである。

「なにか、勤め口はないでしょうか」

半年前、清国行きに先立って、神戸までの旅費もなく、守之助が工面した五円を借りていったことなど、もう忘れた顔である。

「変りばえしないが、東京歯科医学院の講師でよければ、なんとかしてやるが……」

このとき、かつての高山歯科医学院は、神田へ移り、東京歯科医学院と名前が変っていた。

「それで結構ですから、明日からでも勤めさせて下さい」

「しかし、清国の国際予防委員会に招待されたほどの君が、なにも僕のところに勤めなくてもいいと思うが」

守之助の疑問は無理もない。清国派遣の医師団は、いずれも優秀な伝染病医学の権威者であった。帰ってきても、大学や研究所へ戻る気になれば、簡単に戻れるはずだった。

だが、この世界のボスである北里柴三郎は、英世が一旦、退職しているのをいいことに、一言も声をかけなかった。英世がもはや日本で勤める気はなく、アメリカへ行く、と豪語していたことにも原因がある。一人で行くといっている者を、こちらから援けてやる必要はない。それに牛荘での英世の悪評が、かなりあくどく北里の耳に入っていた。

英世はたしかに中国語をあやつり、牛荘衛生本部で一生懸命働いた。最後には、国際衛生局から感謝状までもらったが、同行した日本人医師団内部では顰蹙(ひんしゅく)をかっていた。

仕事に熱心ではあるが、抜け駆けが多すぎる。同行団では大学を卒ない、医術開業試験上りの最下位であるのに、語学ができるのをいいことに、中心人物のように振舞った。さらに牛荘の警察、知事といった高官と付き合って、自分を売り込むことに専念する。はては連夜遊び歩き、借金を踏み倒す。要するに、身の程を弁えず出すぎたのである。

以前から、仕事熱心だがくせがある、と睨んでいた北里は、帰国後の英世を徹底的に無視した。向うからくるなら、食べていく程度の仕事は与えてやるが、それ以上は構わず、といった態度である。

英世はもちろん、そのあたりの空気を知っていた。

退職し、帰ったらすぐアメリカへ行く、などといったのは、いい過ぎであった。金を貯められない己れの性格を知っていれば、もう少し控え目にしておくべきだった。

ともかく、伝染病学界の大ボスである北里柴三郎に睨まれたのでは、どうしようもない。一旦、糊口をしのぐとしたら、東京歯科医学院しかない。清国で一時は三百両の高給を食んでいた英世は、いま再び、東京歯科医学院の二十円そこそこの給料に甘んじることになった。

四

神田三崎町の東京医科医学院に舞い戻った英世は、再び歯科医学生を相手に講義をはじめた。

英世は東北会津の出身だけに、生涯、その言葉には色濃く会津訛りが残っていた。東京の学生達は、英世のこの訛りをきいて、ずいぶん笑った。

なかでも、「此処（ここのところ）……」というのを「ここんとり……」というのが有名で、生徒達はよく真似、なかには「ここんとり先生」と呼ぶ者もいた。英世が外国語に堪能になった一つの理由は、この方言へのコンプレックスもあった。

ともかく、東京歯科医学院で働きながら、英世が狙っていたのは、あくまで渡米である。

だが、現実に、金策の目途はまったく立たない。

牛荘（ニュウチャン）から帰った当初、もっていた小銭はとうに費（つか）い果し、学校からの給料では、その日その日、暮していくだけで精一杯である。

焦りながら日ばかり過ぎていく。

たまりかねた英世は、またまた血脇守之助の前に出て、渡米旅費の調達を依頼した。どう考えても、結局、頼るところはここしかなかった。だが守之助に、そんな大金があるわけがない。当時の守之助は、東京歯科医学院を引き継いだばかりで日も浅く、少ない生徒達に対する経費のやりくりで追われていた。

「困ったな」

ありありと困惑の表情を浮べながら守之助は真剣に考える。このあたりが、血脇守之助の偉いところで、借金魔がまた借金を申し込んできたからといって、一概に退けない。英世にとって、それが必要な金か否かを見きわめる。

たしかにこのまま東京歯科医学院で埋もれていたのでは、英世の学者としての生命は、中途半端に終ってしまう。これまでの努力が水泡に帰す。帝大を出ず、しかも奇行の多い英世では、もはや日本では受け入れられそうもない。このあと大成するとしたら、外国へ行くより方法はない。守之助はそこまで見通していたから、英世の願いが、突飛なものとは思わなかった。

日常の遊ぶ金はともかく、今度の金だけはなんとか工面してやらなければならない。実際、そうでもしなければ、いままで英世に注ぎ込んできた守之助自身の金も、無駄金になってしまう。

考えた末、守之助は諸外国の事情にくわしい日本医事週報社社長の川上元次郎に相談した。

川上は野口の癖のある性格も、金のないことも知っていた。由緒正しい医学者連中から爪はじきされていることで、当時の英世はかなり有名だった。

「あいつは、どうせドイツ、フランスといった、まともなところにはむかん。大体そういうところへ行く金もないし、組織のがっちりしたところでは無理だ。いっそのことロシヤにやったらどうだ」

「ロシヤですか」

「そりゃ独仏にはかなわないが、結構偉い学者がおる」

「でも……」

いくら金のない異端児といえども、シベリアのイメージの強いロシヤにやるのでは、いかにも可哀相である。

「本人はアメリカに行きたいと、いっているのですが」

「アメリカなど、ヨーロッパからみたら医学の植民地だ。行ったところでなんの役にも立たん」

当時の日本医学界の観方は、なにごともドイツが一番、次いでフランス、イギリスなどヨーロッパ、アメリカは数段下というのが一般的な観方だった。

「たしかに、そのとおりかもしれませんが、これから伸びていくという意味で、アメリカも面白いんじゃありませんか」

「伸びたとしても知れてるが、ロシヤがいかん、ということになると、アメリカしかないな」

川上は消極的にアメリカ行きに賛成した。それで行き先は決ったが、肝腎の金は川上も持っていない。

「それでは金杉英五郎に会ってみてはどうか。彼なら出してくれるかもしれぬ。私から手紙を書いてやろう」

この金杉英五郎という人は、のちの慈恵医大の初代学長で、日本の耳鼻咽喉科学の草分け的存在になった。当時は東京慈恵医院医学校の教授をやっていたが、剛直で世話好きな人だった。

川上は早速、金杉宛に野口英世の渡米旅費工面方の依頼書を書いてくれた。守之助はそれを持って金杉宅に行く。

金杉は手紙を見ると、

「昵懇（じっこん）にしている川上君からの頼みだから、断われないが、野口君が北里門下なら、北里に相談するのが先だろう。そこで彼が半額出そうというなら、自分もあとの半額を出してもよい」と答えた。

川上元次郎は英世に二、三度会ったことがあるだけで、個人的にはなにも知らない。金杉に至ってはなんの面識もない。そんな男の渡米旅費だが、知人を介して頼まれた以上断われない。恩師の北里が半分もつなら自分も半分はもとうという。明治という時代は、さまざまな貧しさがあったが、一面、こうした鷹揚な、人生意気に感じるという人も多かった。

だが、この計画は結局失敗に終った。このあと、守之助は北里博士を訪ねて、金杉の意向を伝え、資金援助を頼んだが、北里はにべもなく断わった。

「金杉君個人が出すのは勝手だが、私は出しかねる」

北里が難色を示すことは、ある程度想像できた。牛荘から帰国以来、北里は英世を無視しきっていた。同行の医師達から、彼地での英世の独走ぶりをきかされて、不快に思っていたのである。英世としても、すぐ謝りに行けばよかったものを、放っておいた。

そんな無作法な男に、北里が簡単に金を出すわけはなかった。

断わられた守之助は、再び金杉英五郎を訪れ、全額醵出(きょしゅつ)方を依頼した。

だが、金杉は、「恩師の北里が信用していないような男に、私が出すわけにはいかない」といって、断わった。

この一連の経過をきかされたとき、英世は堅く唇を噛んだまま、天井を睨んでいた。己れの不徳のいたすところとはいえ、これで医学界を背景とした醵金に頼ることは、まず不可能に近くなった。

「ちくしょう」歯嚙みしたところで仕方がない。

「日頃尽すべきところに尽し、信用をえておかないからだ」

守之助が初めて小言らしい小言をいった。

絶望から次に英世が考えたことは、船医になって外国へ行くことだった。

このころ、英世が小林栄宛に書いた手紙に、この間の事情がよくうかがわれる。

謹啓只今御芳墨難有奉拝誦候(ありがたくはいしょうたてまつり)

偖而(さて)御老母様の摂生法中の要領に就き御下問被下候処、牛乳、鶏卵は場合によっては却而(かえって)牛肉、牛肉エキスなどより有効の滋養品に候、殊に牛肉等は歯牙健全なるの際有効なるも、老体にはあまり適当せず、(勿論歯牙壮健なればよろしきもの也)牛乳、鶏卵等を食し動脈に石灰分沈澱などとは無稽荒唐の説耳をかたむくるの必要無御座候間決して御心慮を煩はさるゝなき様願上候六角氏之御厚意は奉深謝候、此事に就きては小生が帰京（故郷より）之当時、横浜に参り態々、六角氏を訪問し（土産持参で）帰朝の旨を話し且つ漸次小生の希望を吐露せんとて早々氏の門を叩き候も折悪しく不在に而面会せず名札と土産のみ置き帰京せしが、其後未だ機を得ず其儘と致置候。勿論外国船の医師とし而傭ふ会社（外国の）は大抵六角氏の手によるとの事なれば、小生の親友にて六角氏と旧交ある人が小生の意を通じ周旋を依頼し呉るゝとの都合に相成居候、此かる折柄なれば六角謙吉氏の手紙は非常に好都合に御座候、何れ二三日中に罷出可申候

国の六角氏は本日御礼状可差上候、猶御会合の折はよろしく御願申上候其他に小生は血脇氏の協力にて日本郵船会社の重役連に口をかけ置申候、是は第一初めに欧洲航路に移ることに御座候、尤も最終手段なりしが、今日は其必要を認めず候（下略）

この手紙にある、日本郵船の重役というのは、当時東京歯科医学院の講師であった藤島太麻夫氏の叔父のことである。英世は藤島の叔父が、日本郵船の船医採用嘱託試験医であるのをきいて、直接交渉に出向いた。

だが船医は彼地に着いたら降りるというわけにいかず、帰りも乗ってこなければならない。いわゆる片道船医は許されないと報らされてあきらめた。

しかし、この交渉のためにいままで資格だけとって実際に手にしていなかった医術開業免状をはじめて受けとった。いま考えると暢気な話だが、当時は免状交付に当って必要なわずかの手数料を惜しんで、そのままにしている人がかなりいた。

英世もその一人だったが、船医の交渉に必要ということで、金を工面して交付してもらったのである。したがって、英世の医術開業免状の正式下付日は、明治三十三年九月十三日となっている。

こうして折角とった免状も、外国へ行けないとあって、無意味なものになってしまった。

五

この年の秋、守之助は英世を連れて、数日、箱根塔の沢温泉に遊んだ。表向きは紅葉見物であったが、実際は、外国行きの望みが絶たれて失望している英世を慰めてやろうという親心から出た旅だった。

ここで血脇らは、同じ宿に泊っていた、東京麻布に住む斎藤弓彦氏一家と知り合った。

この斎藤夫人は四十間近の気品のある人だったが、たまたま英世の部屋が深夜遅くまで灯がついているので不思議に思い守之助に尋ねた。

「あの男は、わたしの学院で、講師をしている野口英世という男ですが、アメリカ留学のため、ああやって毎晩勉強しているのです」

「こんな温泉宿にまで来て、学問しているのですか」

「あいつは、勉強しだすと狂ったようにする性質で、真夜中まで咳払いしたり、洟をかんだり、うるさいことです」

守之助が苦笑すると、夫人はうなずいた。

それから十日後、東京へ帰った守之助宅へ、突然、斎藤夫人が現れた。夫人は丁重に一別以来の挨拶をしたあと、突然、自分の姪を英世にもらってもらえないかといい出した。

「お見かけしたところ、真面目で学問一筋の方のように思いましたが」

「それはありがたいのですが……」

英世の遊ぶのを知っている守之助は、ひたすら恐縮する。

「姪は、決して美貌とは申せませんが、二十歳で、婦人としての躾も充分いたしているつもりです」

「ご好意は、ありがたいのですが、こうしたことは所詮本人同士の問題、はたからとやかくいってもはじまりません。あの男にも話した上で、いずれ御返事申し上げます」

丁重にその場は逃れたものの、放っておくわけにもいかない。翌日、守之助は学院へ行くと、英世を呼び出して、結婚する気の有無をきいてみた。

英世は、解せぬといった顔をして守之助を見ていたが、やがて用心深そうに、

「あなだは、わだしを結婚させて、アメリカ行きを断念させようというのですか。そんな手には、わだしはのりません」

「いや違う。実は塔の沢で会った斎藤夫人が、是非君に姪御さんを世話したい、といってきたので……」

「なんであれ、わだしのいまの望みは、外国へ行くごどだけです」

守之助も英世の気持は、よくわかる。

英世にいわれたとおり守之助は再度訪れてきた斎藤夫人に断わったが、夫人は一向にあきらめる気配はない。さらに訪ねてきて、守之助では埒があかぬと知ったのか、今度は、東京歯科医学院に現れて、直接英世を口説きにかかった。

このころ、夫人は人伝てに英世が大変な遊び人で、かなりの借金があることも知っていた。だが夫人は、温泉にまで来て、深夜狂ったように勉強する英世の姿が忘れられなかった。風采あがらず、手が不具とはいえ、将来なにか成しとげる男だと思う。その見方はたしかではあったが、それにしても大変な気の入れようである。

だが、英世には結婚する気なぞ毛頭ない。自分一人さえアメリカに行けないでいるのに、この上、結婚などしたら永遠にチャンスは失われる。英世が辞退すると、夫人が思いがけないことをいった。

「それでは、結婚の条件として、わたしのほうで、あなたがアメリカへ行く旅費を工面いたしましょう」

一瞬、英世は、信じられぬように夫人を見た。

「早くいえば、持参金ということですが、それでお約束いただけますか」

「本当に、旅費を出してくれるのですか」

「わたしの口から申し上げる以上、偽りなど申しません。そのかわり、あなた様のほうでも、結婚のお約束は、たしかに守っていただかなければ困ります」

「…………」

「よろしいですか」

「少し考えさせて下さい」

さすがに一人で判断しかねる。英世は夫人と別れるとすぐ、このことを守之助に相談した。

「婚約だけして、行こうがと思うのですが……」

英世はすでにのり気だったが、守之助は腕を組んで考えこんだ。

「そんなうまいわけにいくかな。とにかく金を受け取ったら、もう逃げられないぞ」

「でも、結婚は帰ってきてからでもいいわけですがら」

「そうなれば、あまり長く向うに行っているわけにはいかなくなる」

「長くなったら、向うに呼べばいいでしょう」

「そんなことは、親御さんが許すわけがない」

当時の距離感からいうと、娘がアメリカに行くなど、一生ほとんど会えぬと同じことだった。

「いま目先の餌につられて結婚するのは、間違いじゃないかな」

「間違いであろうとながろうと、そうしなければアメリカへは行けません」

そういわれると、守之助としても一言もない。

「とにかく、わだしはこの話を受けるつもりです」

「本人の君がそういうなら、仕方がないだろう」

守之助も渋々納得した。

このときの、結婚相手の女性は、元は東京麻布に住む斎藤弓彦氏の姪であったのを、のち養女として斎藤家に引き取った娘であった。したがって姪というのは誤りで、正しくは養女というべきだった。

斎藤家は紀州の出で、元士族ではあったが、さして高禄を食んでいたわけではない。後年、英世が帝国学士院恩賜賞を得て帰国したとき、紀州公に会う仲介をしたのが、この弓彦氏であった。一応士族出身とはいえ、当時は一介の公務員で、二百円の金は、かなり無理をしてつくった金だった。

ともかく、これで話は成立し、改めて守之助が斎藤家に結婚を申し込むことになった。そのとき、約束として、英世は渡米旅費二百円を受け取って渡米したあと、できるだけ早く帰国して結婚する、という条件であった。英世は納得し、斎藤家でも異存はなく、婚約はすぐその場でまとまった。


この一週間後、英世は再度、会津へとって返す。渡米決定の報告と、両親、恩師らへ別れを告げるためだった。

「野口んどごの清作が、この暮にアメリカさ行がれんだってよぉ」

この噂はたちまち、狭い三城潟に拡がった。

「ついに外国さ行がれっか」「偉えごどだなぁ」「外国語を、三つも四つもぺらぺらだど」

村人の驚異と尊敬の眼差しのなかを、英世は実家から小林宅、八子弥寿平宅などを訪れた。外国への出立の挨拶だが、もちろんそれだけではない。

このとき、小林栄から百二十円、八子弥寿平から百円の餞別を受けとった。

弥寿平はかねてから、外国行きのスポンサーになる、といっていたのだから、よしとして、可哀相なのは小林栄であった。地元小学校の校長とはいえ、少ない給料と、夫人が養蚕で貯えた金を、喜んで差し出した。

百円といえば、当時では土地つきの結構な家を一軒買えた。それを栄のみならず夫人まで出すことに賛成した。小林夫婦にしてみれば、外国へ行くといっても、英世のことだから金はないのであろう、長い別れの餞別として、これくらい仕方がないという気持であった。

だがそれ以上に、いまこの男に尽しておかなければ悔いを残すといった追われるような気持もあった。それは弥寿平も、少額ながら、十円、二十円と出した旧友や親戚も同じだった。調子のいいことばかりいう借金魔だと知りながら、憑かれたように、みなが吸いとられていく。いま出しておかなければバスに乗り遅れる。英世にはそんな、人々を駆り立てるような不敵さと無気味さがあった。各戸をまわり、ほぼ三百円近い金を懐にした英世は、勇躍、故郷を発った。

「おっか、元気でな」

翁島の停車場まで送りにきたシカの手を英世はしっかりと握った。

「アメリカ行って、しばらく金も送れねぇけど我慢してくれなぁ」

「なあに、家のごどは心配(しんぺえ)ねえがら、思いっきり勉強(べんきょ)して、もっどもっど偉ぐなって帰ってこう」

シカは皺(しわ)だらけの堅くなった掌で、息子の掌を握り返した。

だが、このとき、野口の実家は相変らず貧窮のどん底にあった。父の佐代助の酒びたりは一向になおらず、足腰の衰えとともに、荷物運びなどで得ていた収入もなくなっていた。さらに祖母のみさは長年のリウマチで廃人同様である。こんなとき、長男が、家を放って異国になぞ行けるものではない。

しかし英世は、見て見ぬ振りをした。

一般の常識からいえば、英世は単純に偉いとはいい難い。孝養を尽し、母を大切にしたといっても、それは後年のいっときで、大半は不孝のし放しだった。単に親孝行という点では、素直に家に残った長女のイヌや、のちに出奔はしたが弟の清三のほうが上である。英世は口でこそ、「済まね」「おっかに悪い」というが、具体的にはなにもしなかった。一本の草を採ることも、一片の土を耕すこともしない。家の惨状を知りながら、また自分だけの世界へ帰っていく。エゴイストといえば、これほどのエゴイストはいなかった。

第九章　旅立ち

一

会津から帰京した英世は、アメリカ行きの準備に追われた。

そのころアメリカといえば、太平洋のはるか彼方の国というだけで、実際に行ったことがある者はほとんどいなかった。旅行記もないし、どこからどこへ鉄道が走り、どれくらいの旅費がかかるものか、それさえよくわからず、ましてや一ヵ月、いくらくらいの生活費がかかるものか見当もつかない。英世は外務省やアメリカ大使館に行って、そのあたりの知識をつめこみ、さらにパスポートの交付申請、持っていく衣服や下着、旅行鞄なども整えなければならない。大抵の男なら、一人で行くのが心細くて尻込みするところだが、英世は意気旺(さか)んに準備に走りまわった。

十一月の半ば、英世渡米の話をきいた奥田、秋山、六角ら、東京在住の同郷人、十余人が集まって、英世の送別の宴を開いてくれた。場所は九段坂上の〝玉川堂〟という筆屋の二階であった。いずれも三城潟や会津若松以来の友人達ばかりである。みな金がなく、とぼしい金を出しあっての質素な宴であっただけに、英世も他の友達もほとんど酔わず、おかげでこの日は馬鹿騒ぎをすることもなく済んだ。

この三日あと、麻布の斎藤家から結婚を条件とした支度金二百円が、血脇守之助をとおして、英世にとどけられた。

「向うが誠意をこめて整えてくれたお金だ。この好意を無にしないように頑張ってきてくれ」

守之助の励ましに、英世は改まって両手をつき、

「先生には本当(ほんど)にお世話になりました。このご恩は一生忘れません」と、深々と頭を下げた。

だが事件は、このすぐあとにおきた。不運なことに、斎藤家から二百円を渡された日から、日本出発の日まで、五日の期間があった。

斎藤家から金をもらった翌日、英世は横浜に出かけた。もとの検疫所の仲間に別れを告げ、ついでに、渡航について便宜を計ってもらうためである。検疫所の連中は英世を迎え

て、それぞれに励まし、前途を祝してくれた。そこまでは問題はなかったが、ここで調子にのった英世が、

「どうだ、もうこれでしばらくみんなとも会えない、これから一つ別れの宴でもやろうじゃないか」と自分からいい出した。

「よし、それは結構だ。送別の宴をやる以上、われわれが金を出し合って開こう。たいしたこともできないが、どこか近くの料理屋でいいだろう」

「いや、みなにはこれまで世話にばかりなってきたから、今日は俺がもつ。任してくれ」

英世は大きく出た。もっとも、この横浜海港検疫所時代の仲間には、英世に金を貸したまま、踏み倒されたものがかなりいた。牛荘(ニュウチャン)から帰ってきたときの金や、会津から集めてきた金でほとんど返してはいるが、すべて返済というまでには至っていない。

「一生に一度の洋行の送別宴だ。もっと派手なところでやろう」

例の、金をもつと気が大きくなる癖がでて話はさらに大きくなり、長浜措置所から検疫所の職員にまで案内状がまわされ、その三日後、総勢二十数人が〝神風楼〟にくりこんだ。

この〝神風楼〟は、当時、神奈川随一といわれた料亭で、いまの伊勢佐木町のあたりにあった。外観は三層の楼閣を成し、周辺の三業地を圧する外観を誇っていたが、ここで芸

者を揚げ、無礼講の大騒ぎが始まった。

一度、酔い出すと見境いのなくなる英世である。それにアメリカ行きで、気勢があがっている。

「これは相当の額になるが大丈夫ですか」

途中で措置所の事務官が心配してききにきたが、英世は相手にしない。

「かまわねかまわね、金のことなら心配すんな、ここにたっぷりある」

だが宴も果て、女との一夜も明けて、翌朝請求書を見せられたとき、英世は仰天した。初めの予算から百五十円もオーバーしている。自分が誘って派手にやろうといい出した以上、払わないわけにもいかない。

幸い、斎藤家からの金など三百円を越す額を持ってはいたが、払うと、三十数円しか残らなかった。

子守りの、一ヵ月の給金が、五、六円といわれた時代である。まさに凄絶な浪費である。

払い終って、英世は初めてことの重大さに気がついた。実のところ、衣類も鞄も、まだ買っていなかった。それどころか、これでは到底、アメリカなど行けない。

だがアメリカ行きの船の出航は、三日後に迫っている。驚き慌てて、行きつくところは、またも守之助のところしかない。それでも一日考えあぐねた末、おずおずと守之助の前に出ると、英世はぺたりと額を畳につけた。

「大変などをしてしまいました」

「なんだ」

守之助が身をのり出すのを上目づかいに見て、

「昨夜、横浜で友人と送別の宴を張りまして、その際、斎藤家からいただいた金を、すっかりつかってしまいました」

守之助はなにもいわない。実際、いう気力もなかった。

正直、守之助は怒るより情けなくなった。これで一人前の医者だといえるのか。守之助は断固、英世の渡米をあきらめさせようと思った。これではいつまでも、他人に迷惑をかけるばかりである。渡米をあきらめて、この際とことん苦しめばいい。

だがそうは思いながら、守之助のほうにも弱味があった。斎藤家との婚約を仲だちしたのは、守之助自身である。なにも知らない斎藤家では、支度した二百円の金で、英世は数日後に出帆するのだと信じこんでいる。

こんな時、芸者を揚げて一夜で費ってしまったとは、とてもいえない。三日後の出発はともかくとして、一ヵ月以内ぐらいには、どれかの船便で行かせないことには恰好がつかないが、といって二百円もの大金を、おいそれと都合できるわけもない。

「弱った……」

懐手（ふところで）した守之助は途方にくれる。

「みんなが送別の宴をしてくれるというんで、ほんの少しのつもりだったんですが、こんな大金を費う気など毛頭なかったんです」

英世がいくらいいわけしたところで、消えた金は戻るわけもない。

「とにかく、このままではいかん」

金を受けとって、アメリカへ行かないとなると、詐欺師と同じである。このことが斎藤家にわかれば、向うでは返済を求めてくるか、即、結婚を強要してくるに違いない。守之助がいま方々に頭を下げて歩けば、二百円の金は、なんとか集まるかもしれなかった。守之助には、その程度の信用はある。だがその理由が、英世の渡米旅費の穴埋めだと知れたら、英世の悪名は拡がるばかりである。

「どうしたものか」

放蕩息子同然の英世を前に、守之助は溜息をついた。

とにかく名案はない。そのまままたちまち日が過ぎて出帆予定の日がきた。

結局、金はできず、切符も買えない。斎藤家からは早速、出発をどうして延期したのかと問合せがきた。

「本人が少し風邪気味で、半月後にでる船にしました」

守之助はそういって、当面をつくろう。

その夜、英世が再び守之助の家にきて、両手をついた。

「先生、なんとか私を行かせてください、お願いです」

いいながら、ぽろぽろと涙を流す。それほど行きたいものなら、遊ばなければよかったものを。だがこの理屈は英世には通用しない。そのときはそのときで、いまはいまなのだ。

「一生のお願いです」

なんとも、一生のお願いの多い男だが、そうはいわれても、守之助にも金はない。

「助けてください」

恥も外聞もなく、英世は守之助の前に這いつくばる。

「止めなさい」

見かねて守之助が叱った。

「お金はなんとかしよう」

「本当ですか」

「本当も嘘も、そうしなければ、君はもう日本では生きていけなくなるだろう」

守之助は吐き捨てるようにいうと立ち上った。

そのまま守之助は高利貸のところへ駆けつけた。馬鹿げているが、どう考えたところで、その手段しかなかった。このとき、守之助は衣類から家具一切を抵当にいれた。家もといわれたが、それだけは信用で許してもらった。

こうして大枚三百円の金が出来上ったが、さすがにこりた守之助は、すぐ金を英世に渡さず、まず先に船賃を払って切符を買った。さらに必要な衣類を、その都度買って渡し、英世に現金は持たせなかった。

かくして、ようやく十二月五日、横浜出帆の「亜米利加丸」で行けそうになって、英世は北里博士のところへ挨拶に行った。以前、渡米旅費の調達をことわられたとはいえ、恩師は恩師である。

「そうか、いよいよ行くのか」

北里はうなずくと、新調のスーツに身を包んだ英世を珍しそうに眺めた。

「それで、向うではまず、どこに行くのだ」

「フィラデルフィアの、フレキスナー教授の許へ参ります」

「教授とは連絡はついているのだね」

「はい、是非来るようにと、お招きをいただいています」

「お招きをね……」

北里はかすかに笑った。

東洋の島国の一医学徒に、高名な教授が、是非こい、などと、声をかけるものか。日本滞在中通訳をしてもらって世話になったくらいで、面倒を見ようなどというだろうか。すでにドイツからヨーロッパ留学をして、外国の医学界では、口先やお世辞だけでは通用しないのを北里は知っていた。いくら偉そうなことをいっても、要はその人物の業績である。いい仕事をし、いい論文を書いたものしか認めない。

その点、野口にはまだ、世界の医学界で通用するような、論文は一つもない。順天堂の医学雑誌に発表したものも、諸外国の文献の紹介とか、病状の臨床報告にすぎない。オリジナリティのある仕事など一つもしていない。そんな男を、遠い太平洋の彼方から、わざわざ呼び寄せるだろうか。

この北里の危惧は当然だった。実際、その点では英世も不安があった。アメリカに行くと吹聴して歩いても、肝腎の受け入れ側から、なにかいってきているわけではない。

「小生、資金を貯め、必ずや貴国へ行って、医学の勉強をしたい所存であります。その折はよろしく、御指導御鞭撻下さいますよう、伏してお願い申し上げます」そんな内容の手紙をフレキスナー教授に送っても、なんの返事もこない。

このあたり、北里研究所や東大から派遣されていく医師の場合と、まったく違う。官費で留学する連中は、あらかじめ行き先がきまり、滞在期間も、指導教授もきまっている。そこで、なにを教わり、なにを学ぶかということまで約束ができている。

日本国政府と大学から、公式のルートを通じて、正式に依頼され、向うからも受け入れる旨の返事がきてから出発する。もちろん彼地での滞在費も、帰りの船賃も保証されている。

だが、英世の場合は、これらの保証がまったくなかった。要するに行き当りばったり、あとは当って砕けろ、というやり方である。

だが、北里は不安を感じながらなにもいわなかった。実際勝手に行くという者へ、とやかくケチをつける必要もない。しかしさすがに不憫と思ったのか、フレキスナー教授他、滞欧中に知りあった北米にいる二人の学者宛に添書だけ書いてくれた。

「一人では大変だろうが、行く以上は、しっかりやってきたまえ」

最後に北里は自分から手を差し出して握手をしてくれた。

二

明治三十三年十二月五日、英世がようやく日本を発つ日がきた。

その日、彼は新調の紺の上下の背広を着て、新しく買ったバッグを右手に提げた。他に衣類や着物の入った二つの行李は友人達が担いだ。

新橋駅頭には、血脇守之助夫妻はじめ、秋山、六角等、旧友、それに検疫所、北里研究所時代の知人など十数人が見送った。そのなかには許婚者の斎藤ます子もいた。叔母である養母と並んで、黒紋付の正装で、控え目にホームのうしろに立っていた。もちろん母娘とも、今度の切符が、守之助の借金で買われたなどとは思っていない。照れてか、英世は許婚者のほうにはほとんど振り向きもしなかった。婚約は守之助と養母のあいだですすめられただけで、英世としては許婚者に愛情を覚えるほどの親しみはなかったし、さらに金をもらっていることが、負い目にもなっていた。

新橋駅を発つとき、英世ははじめて、斎藤母娘の前にきて、「それじゃあ、行ってきます」と、一言だけいった。

この日、横浜港から「亜米利加丸」で出発する人のなかに、守之助の知人の小松緑という外交官がいた。彼は米国公使館書記官として、赴任する途中であった。守之助は、この人に、英世のことを呉々も頼んだ。いままで、苦労をかけられどおしであっただけに、いざ手放すとなると心配でたまらない。

「いいか、小松氏はワシントンまで行く、途中、船のなかから、彼地に上陸しても、彼の横を離れるな。かたときも離れず、いろいろ教えてもらって、万事、間違いのないようにやるのだぞ」

苦労をかけられた子ほど可愛いというが、いまの守之助の気持は、まさにそれと同じだった。小松氏は二等船室だったが、英世は下の三等船室だった。ドラが鳴り、見送り人の下船が告げられたとき、守之助は三等船室の甲板で、いままでおさえにおさえてきた不満を一気に吐き出すように、英世の欠点を指摘し、強く訓戒した。そして最後に、

「いいか、向うへ着いたら、どんなに辛くとも頑張るのだぞ。きっといい仕事をして、帰るときには、立派な学者になって帰ってこい。そうすることしか、これまで君にまとわりついた汚名をそそぐ手段はない。間違っても中途半端で投げ出したりするな。今度こそ、君が本当の秀才であったか、一部の者達がいう背徳漢であったか、それが試される時だ。わかったな」

そのまま守之助はしっかりと英世の手を握った。

「きっど、頑張ります」

二人は手を握りしめながら、英世より守之助の眼が涙で濡れていた。

やがて出発のドラが鳴り、デッキに出た船客から一斉に紙テープが投げられた。赤、青、黄、さまざまなテープが交叉するなかで、英世一人、デッキの端に立って手を振っている。

そのなかで横浜まできて見送るのは、守之助と東京歯科医学院の学友が一人、見送り人わずか二名という淋しい船出であった。

このとき英世は二十五歳、いまの数え方でいうと、満二十四歳と一と月の若さであった。

第十章　フィラデルフィア

一

横浜を出港した「亜米利加丸」の第一碇泊予定地は、ハワイのホノルルだった。当時、横浜からホノルルまで、十二日間の行程である。

英世は三等切符であったが、同行の小松外交官の口添えで、二等船室に切り替えてもらった。三等は船底の畳敷きの大部屋だが、二等は一段上で、十人前後のコンパートメントにわかれていた。

船は外海に出るとじきに、強い嵐に見舞われ、はじめの三日間は激しく揺れ続けた。三日目はとくにひどく、船室の小窓の一部が割れ、甲板に繋留されていた救命ボートの一隻が波に流された。乗客達は船酔いに悩まされ、あちこちで吐き、蒼い顔で横になる者が続出した。

だが英世はほとんど船酔いにかからなかった。

「タフな人ですね」小松は英世の強さにあきれたが、同時に、鈍重な男だとも思った。

この嵐のあいだも、英世は思い出したように、鞄から英文のシェクスピアを取り出して読んでいた。

「そんな古いものを読んでも仕方がないでしょう。アメリカに行くのですから、もっと現代的なものを読んだほうがいいですよ」見かねて小松がいうと、英世は首を振って、

「古くても、シェクスピアは英語の古典です。なにごとも、まず古いものから読んでいくというのが順序です」といって受けつけない。

アメリカへ初めて行くというのに、先輩の意見をききいれようとしない。英世にはこういう頑固なところがあった。

やがて十二日目に、船は予定どおりハワイへ着いた。ここで一日碇泊するが、三等船客は上陸を許されない。それを英世は、小松の従者という名目で上陸し、一日、ホノルルの街を見た。

英世にとって、初めて目にするアメリカである。異国の風景に臆するかと思ったが、例の好奇心と大胆さで、早速、店員や道行く人に話しかける。「天気がいいな」「これは面白

い、いくらだ」その程度の会話だが、よく通じるので、英世はご機嫌だった。

ここで英世はアメリカ案内のカードを一組買った。懐中乏しい英世が、ハワイで求めた、ただ一つの買物である。

翌日、ホノルルからサンフランシスコへ、再び船旅がはじまる。この間六日。十二月五日横浜を発って、到着が十八日後の十二月二十二日であった。ただちに入国管理手続きと検疫を受けたあと、英世は夜遅く、港に近いパレスホテルに泊った。小松も一緒である。ホテルに入って、英世は血脇守之助に宛てて礼状を書いた。


サンフランシスコで一日、休息をとった英世達は、翌日、フィラデルフィアへ向けて大陸横断鉄道に乗る。サンフランシスコから四日半の行程である。小松と英世は、別々の車室だったが、食事の度に、小松は英世を誘いに行った。

「いえ、わだしはまだ腹が一杯です」朝と昼、英世はきまって断わる。素直に従うのは夜だけである。

「君は腹が空かないのかね」不思議に思って小松がきくと、英世は「わだしは、陽の明るいうちは、食欲がおきない性質なのです」と平然としている。

英世が懐中乏しいために、一日一食にしていたのを、小松が知ったのは、ようやく三日目であった。

「食事代くらい、わたしがもつ。一緒に行こう」

三日目の朝、小松が誘うと、英世はにっこり笑ってついてきた。

食堂車に行くと、ハムエッグ、トーストから、さらにスパゲッティまで二人分を軽く平らげ、それ以来、ワシントンに着くまで、小松はずっとおごり続けた。

この横断鉄道に乗っているあいだ、英世は暇さえあれば、ホノルルで買った絵入りのカードを見ていて、沿線の景色や風物にはほとんど目を向けなかった。

「少しのんびり、まわりの景色でも見たらどうかね」

見かねて小松がいうと、

「このカードには、有名な場所の景色と案内が一緒に書かれていますから、こちらを見ているほうが便利です。風景だけみでも、説明がなければ、見たことにならないでしょう」

なんとも変った男だと、小松は黙ってしまった。

四日目の朝、列車はワシントンに着き、小松はここで降りた。

「なにか困ったことがおきたら連絡したまえ」

小松はワシントンの住所と電話番号を書いた名刺を渡すと、英世ははじめて心細そうに小松を見て礼をいった。

ワシントンからフィラデルフィアまでは汽車で半日の行程である。

二

かくして十二月二十九日の朝、英世は目的地のフィラデルフィアに着いた。十二月のフィラデルフィアは、かなり寒い。雪は降っていないが、朝靄(あさもや)のなかに霜が降りていた。英世は行李と鞄を両手に持つと、六本の円柱で支えられた中央ステイションのホールを抜けて表に出た。

駅から出た人の列が広い路を渡り橋のほうへ行く。街の中心部は、その橋の先のほうらしい。途中、カードで勉強してきたとはいえ、はじめての街である。地図を見たところで、大学がどの方角か見当がつかない。

フィラデルフィアは、大西洋岸のデラウェア湾に注ぐデラウェア川の西岸にあり、河口から一二〇キロ上流に位置している。背後にペンシルバニア炭田と油田をひかえ、交通の便もいいところから工業都市として栄えたところで、現在は人口二百五十万をこえ、ニューヨーク、シカゴ、ロスアンゼルスに次ぐ、アメリカ第四の都市である。

だが、この街の歴史はさらに古く、一六三六年、スウェーデン人の植民地集落として開かれ、一六八二年、ウイリアム・ペンにより、クエーカー宗徒のペンシルバニア植民地の首都となって、街の体裁が整った。街はデラウェア川と、この支流であるスクールキル川にはさまれた地域が、最も賑やかなところで、ウイリアム・ペンの発案で、ブロード街とマーケット街という、二つの直角に交叉する路を中心に、碁盤の目状に区切られている。一七七六年七月四日、アメリカ合衆国の独立宣言が、この街のインディペンデンス・ホールでおこなわれ、自由の鐘が鳴ったのは周知のとおりである。当時から一八〇〇年までは、連邦政府の首府となり、合衆国最大の都市であった。

フレキスナー教授のいたペンシルバニア大学の創立も古く、一七四〇年、ベンジャミン・フランクリンによって創設され、市の北西部五十万平方メートルの敷地にあり、医科・歯科・工科・理科などの各部があった。英世が行った一九〇〇年には、中心地のマーケット街に電車が通っていただけで、他は荷馬車が走っていた。

駅頭に降りた英世はしばらくあたりを見廻し、それから駅前に止っていた荷馬車を呼んで、ペンシルバニア大学へ行ってくれるように頼んだ。

車夫はいっとき、不思議そうに英世を見た。小柄でさえない東洋人が、行李と大きな鞄をぶら下げている。喋ることは一応わかるが、なにやらあくの強い英語である。しかも左手はズボンのポケットにつっこんだままである。

「大学のどこですか」

「医学部の、フレキスナー教授のところへ行きたいのだ」

そういわれても、車夫に教授のことなどわからない。とにかく荷物をのせて医学部へ向った。

当時、フレキスナー教授の研究室は医学部のローガンホールという建物にあった。これは別名メディカルホールとも呼ばれ、四階建ての独立ホールで、病理や解剖など、基礎医学の研究室が集まっていた。この建物は現在も残っていて、がっしりした左右対称の、コンクリート造りで、中央の階段と、三角形のトンガリ屋根が特徴的である。荷馬車をこの正門で降りた英世は、十五段の階段を、行李と鞄をもって昇り、正面受付でフレキスナー教授の在否をたずねた。

まだ朝の九時を少し過ぎたばかりだったが、教授はすでに出てきていた。

まことに運がいいとしか、いいようがない。もしフレキスナー教授が外国か、旅行にでも出ていたら、英世の運命は大きく変ったかもしれない。

英世の突然の来訪に、フレキスナーは仰天した。

正直いって、フレキスナーは目の前に立っている男が、誰なのかわからなかった。日本から来た、ドクター・ノグチときいて、はじめて、東京へ行ったとき通訳してくれた小男だと思い出した。

「お約束どおり、先生の下で勉強するため、日本からやってまいりました」

そういわれても、フレキスナーに約束した覚えはない。たしかにアメリカへ来い、といったかもしれないが、それは外交辞令で、本気でくるとは思っていなかった。もしくるとしても事前に連絡をよこすか、一応の了解をとるのが礼儀である。それが大きな荷物をもって、一方的に押しかけてきたのである。

「一生懸命働きますから、助手に採用してください」

いかな教授といえども、大学本部に相談せず、助手を雇うわけにいかない。

「あなたが突然、こんな形でくるとは、わたしは思ってもいませんでした」

「何度かお手紙を出したのですが、なんとかここで使っていただけないでしょうか」

「ここの大学の研究生は、みな自費で勉強しているのですが、あなたはその費用はあるのですか」

「残念ながら、それはありません」

「じゃあ、どうするのですか」

「ここで働かせてもらいながら勉強したいと思います」

「突然そんなことといわれても無理です。すぐ採用するわけにはいきません」

「わたしはなんでもしますから、なんとか頼みます」

フレキスナーは露骨に困惑の表情を見せたが、英世も必死である。ここで追い返されたのでは、なんのためにアメリカに来たのか、わからない。このときの困惑を、後年、フレキスナー教授は、英世の思い出として、

「まったく、あのときは驚いて、日本から本当にきたのか信じられなかった」といっている。しかし日本からはるばる来たものを、すぐ追い返すわけにもいかない。

「ここでこうしていても仕方がない。宿はとりましたか」

「どこがいいか、わたしはよくわかりませんので、安いところを探していただけませんか」

フレキスナーは、英世の図々しさにあきれながら、ともかく心当りのところに電話をかけてくれた。何ヵ所かに電話をかけてようやく見つかったのが、大学の近くにある二階建ての下宿の、古ぼけた屋根裏の一室であった。もちろんフィラデルフィアで最低の下宿である。ともかくこれで宿はきまったが、職のほうは、そう簡単にはいかない。

その日からフレキスナー教授は、学長や病院長へ話してみたが、やはり恰好な仕事はなかった。実際に日本からぽっとでてきて、英語も不自由な若い男を、採用するもの好きな者はいない。

「いろいろ探してみたのですが、医学に専心できるような働き口はないようです」

「それではわたしは困ります。命じられたとおりなんでもいたしますから、ぜひ働かせてください」

このあたり、日本なら泣きの一手でなんとかなったかもしれないが、合理主義のアメリカでは、そうはいかない。三日後、フレキスナー教授は最後の断を下すようにいった。

「やっぱり、いまのところ外国人を雇う目途はありません。残念ながらあきらめて下さい」

いささか冷たい宣告だが、偏屈のフレキスナーにしては、これでもよく面倒をみたほうである。フレキスナーを知る人達は、英世の下宿を探したことさえ、よく世話をやいたと感心したほどだった。それはともかく、英世はまったく進退きわまった。あるいは、と思っていた悪い予感が現実となっていた。

英世はあてもなく、ぼんやり異国の屋根裏から外を見下ろす。枯木の先に、十二月の冷たい空が広がっている。懐中には、あと二十三ドルしか残っていない。これでは幾日かの生活を支えるだけで、どこにも行けない。得意の借金作戦も、外人相手ではうまくいかない。

誰かいないか……考えて真っ先に頭に浮ぶのは、いまワシントンにいる小松緑であった。この広い異国で、一度でも面識があるのはフレキスナー教授をのぞけば彼しかいなかった。英世は早速、ワシントン領事館の小松氏へ宛てて手紙を書いた。だがこの手紙が少しおかしかった。

「無事フィラデルフィアに到着。早速ペンシルバニア大学に近いホテルに居を定め、勉学にとりかかりましたが、ここの英語は訛りがあり、いささか通じにくい欠点があります。これ以上この地にとどまっていても、あまり有効とは思えませんので、一旦ワシントンかニューヨークへ出たいと思っています。御地の公使館あたりで働き口でもないものか、探していただけないでしょうか。それについて、まずニューヨークへ出たいと思いますので、誠に申し訳ありませんが、その旅費をお送り下さいませんか」

まことに奇妙というか、不思議な手紙だが、これには英世なりの考えがあった。

まず、アメリカへくる途中、フレキスナー教授に招かれて行く、といっていた手前、大学を追われたとはいいにくい。そんなことをいっては小松から日本の血脇守之助にまで嘘がばれてしまう。大学に籍はおいたが、一時、ニューヨークへ行くという形にしたい。しかし早急に働かなければ干上ってしまう。そんな配慮が、この奇妙な手紙を書かせる結果となった。

ところで、これを受け取った小松は、また変に解釈してしまった。彼は、英世が気まぐれで、ニューヨークへ遊びに出たい、といっているのだと思った。

「前略、お便り拝見しました。お元気な様子なによりですが、お申しこしの件は、少し異論がございます。フィラデルフィアの英語は訛りが強いとのことですが、わたしは特にそうとも思えません。フィラデルフィアで通じないなら、おそらくニューヨークでも駄目ではないかと思います。いずれ学業成って、ニューヨークに出られると仰言るなら、旅費など工面いたしますが、いまのところは、しばらく馴れるまで、御地で勉学されたほうが得策ではありませんか」

英世の強がりが裏目に出てしまった。

フレキスナー教授と小松緑と、二人に振られて、英世は途方に暮れた。このままでは餓死するか、不良入国外人として日本に強制送還されるかのいずれかである。もはや出歩く気力もなく、仰向けに倒れたまま、天井だけを見詰めている。

このとき、英世が描いたという絵が残っている。輝く星の下に波が逆巻き、そこに骸骨が横たわっている。波濤をのりこえて、飢え死にきた、という意味でもあろうか。

進退きわまったとはいえ、英世は完全にあきらめることはしない。

駄目とは知りながら、なお、連日、フレキスナー教授のところへ行って頼みこむ。このあたり、東北人特有のねばり強さを発揮した。

もっとも、他にといって英世にやることはなかった。一日中、家にいて天井を睨んでいるだけでは気が狂いそうになる。それにしても、あれほどはっきり断わられたのを、さらにのこのこ出かけていく心臓も大変なものである。普通の人間なら、このあたりでホームシックにかかり、ノイローゼになるかもしれない。

日参してくる小柄な東洋人をみて、さすがにフレキスナー教授も気の毒に思った。大晦日の午後、フレキスナーは研究を終えたあと、英世を部屋に呼んだ。

「君は、毒蛇についての知識がありますか」

きかれた瞬間、英世は目を輝かせた。毒蛇など日本にいない、沖縄に行けばいるらしいが、本土から離れているせいもあって、本格的に研究している者は少ない。

「いま、われわれの仕事の一部として、蛇毒の研究をしているのです」

英世はふと、北里研究所で、先輩の守屋という医師が、ハブについて研究しているときいたことを思い出した。もちろん英世はそのハブを見たこともないし、研究の内容も知らない。だが、ここで知らないといっては、終ってしまう。どうやら教授はそのことについて、仕事をくれようとしているらしい。

「こちらの毒蛇については、あまりよく知りませんが、まむしやハブについてなら、よく知っています」

「そうか、それは好都合だ」

教授はうなずくと、

「この蛇毒の研究のほうで、ちょっと人手が足りない。もしよかったら、そちらのほうを手伝ってくれないか」

「喜んで、お引き受けします」

「しかし、大学の助手ではなく、私の個人的な助手ということだから、正式のサラリーは払えない。私のポケットマネーから、月八ドルしか払えないが、それでもいいか」

「もちろん結構です」

「八ドルではやっと食べていくだけで、下宿料や衣類の費用は足りないから、不足分は国のほうから送ってもらわなければならないだろうが」

「大丈夫です。とにかくお願いします」

毒蛇の仕事だろうが、八ドルだろうが、かまっていられない。とにかく、いまはここにしがみつくより方法はない。

「それでは、来週から、私の個人的な助手ということで、通ってきてください」

「ありがとうございました」

「明日からは、ニューイヤーの休みなので、仕事は四日から始めてもらいます」

「わかりました」

英世は深々と頭を下げた。

とにかく、これでいましばらく、アメリカにいられそうだ。教授の部屋を出て、英世は「やった」とつぶやき、東の日本の方角をみて、「ついに研究所に残ることになったぞ」と叫んだ。

だが、仕事はなま易しいものではなかった。

当時フレキスナー教授は、毒蛇から蛇毒を抜き、それの血清学的研究をすすめていたが、蛇を摑まえ、介助する助手が少なかった。これの係は、すべて黒人だったが、気味悪さと危険のため、なかなかなり手がいない。これに英世を充てようというのである。

何も知らない、しかも手の悪い東洋人にいきなりそんな役をやらせて可哀相といえば可哀相だが、勝手にとび込んできた英世のほうが悪いことはたしかだった。それも、なんとかいまのメンバーで間に合うのを、フレキスナー自らのポケットマネーで雇おうというのだから、教授の好意であることに変りはない。

毒蛇は怖いが、とにかく教授の許にいられそうだ。不安と期待の交錯するなかで、英世は一人、布団にくるまって、一九〇一年の元旦を迎える。この時明治三十四年の正月である。

三

明治三十四年一月三日付の、英世の血脇守之助宛の手紙のあらましは、次のようになっている。

先頃は非常に苦悶の手紙差上、実に恐縮に奉存候、（中略）教授の親切なるには驚入申候。本日公使館行の事申上置候処、無効の由（中略）申来候間、華府（ワシントン）行は見合せ有らましを教授に話候処、遂に教授は意を決して金子（きんす）の国元より来るまで、一切引受勉強せしめ呉るる旨申出だし、且つ明日より研究室に出勤の事に御座候。就ては云々。

粘りに粘った末、フレキスナー教授から、蛇毒の研究助手として雇うことにしようといわれた、その直後の手紙である。

「先頃は非常に苦悶の手紙差上……」というのは、教授から採用はできないといわれ、途方に暮れたときのことである。「教授の親切なるには驚入申候」とあるが、フレキスナー教授にとっては、親切というより、強引で哀れな日本からの押しかけ助手の処置に窮しての結果ともいえる。

「本日公使館行の事中上置候処、無効の由……」は、小松緑氏の許へ転がり込もうとして、断わられたことだが、「無効の由」とは、手のこんだ表現である。「華府行は見合せ有らましを教授に話候処……」も、断わられて行くに行けず、進退きわまっていたのが、これではまるで、自分から見合せたようにきこえる。

「教授は意を決して金子の国元より来るまで、一切引受勉強せしめ呉るる旨申出だし……」とは、なんと図々しいことか。たしかに教授から、雇ってもよい、といったとはいえ、喜んでいい出したわけではない。申出とは、言葉のニュアンスが大分違う。おまけに、「金子の国元より来るまで」とは、いかにも巧妙である。フレキスナーの言葉を借りて、このあと借金の督促をしている。

これに対する守之助の返書は、一応、教授の好意で研究室に勤めることになったことを喜び、だが東京歯科医学院経営当初で、経済的余裕が少ないことを述べたあと、これが最後の送金で、これ以後は君自身の力でやり給え、成功か失敗かは、ひとえに君自身のあり方にかかっている、と訓戒を垂れている。

しかし文句をいいながら、今回もまた百円の為替を送った。

血脇守之助は、後年子息の日出男氏に、「男にだけは惚れるな」と述懐したという。（野口英世記念会・関山英夫氏）

惚れて女に注ぎこむ金はしれている。しかし男は怖い。一度吸われたら、どこまで吸いとられるかわからない底無し沼である。女は適当なとき、愛想づかしや別れもあるが、男はそうはいかない。一生、金をくいつぶす。年頃になったばかりの息子への言葉としては意外だが、英世に吸いとられ尽した守之助の言葉として考えるとき、いかにも実感がある。

守之助が英世に与えた金はどれくらいの額にのぼるか、当時の金で、一万円とも、数万円ともいわれる。それも、惚れた弱みである。

いかんいかん、と思いながら、奪られていく。

ところが、この送金された百円には後日談がある。異国でようやく得た百円の、あまりの嬉しさに英世は興奮して、これを紛失してしまう。大切に、何度もたしかめるうちに落したのである。さすがにこのときは紛失したからまた百円送れとは、いいかねた。

「去る二十日御恩送の金子五十弗(ドル)到着、無事に拝受仕候間何卒御放神是祈上候。知らぬ他郷に在りては殊更に有がたく、轍鮒(てっぷ)之水にも癒(い)やまして、辱(かたじけな)く拝し奉り候」

礼状の文面はともかく、心は泣いていた。もっとも、この金はのちに、郵便局と交渉して受けとることができたが、しばらくは、フレキスナー教授のポケットマネーから渡してくれる月八ドルで生活するより仕方がなかった。

いかに物価の安かったころのアメリカとはいえ、当時、独身の男性一人が生活するには、最低月二十ドルは要るといわれていた。生活のレベルの低かった黒人労働者にしても、十五ドルは必要だった。このときの英世の下宿は、文字通り物置用につくった三階の屋根裏で暖房もなかった。犬が残飯をあさるように、母屋の人々の食べ残しを喜んでもらう。そうするより生きていく道はなかった。

このころ、英世はローガンホールの研究室の一隅に籠りきりで、夜遅くまで帰らなかった。のちには寝袋を持ちこみ、それにくるまって、夜を過すこともあった。

「お前は一体、いつどこで眠るのか」と研究所員があきれてきいたが、英世はただ笑っていた。英世にしてみれば寒い下宿より、研究室のほうがはるかに寝心地がよかったのである。

それにしても、英世に与えられた仕事はかなりひどいものだった。「研究室に出勤の事に御座候」と、守之助の手紙には書いたが、現実に研究室でやることは、毒蛇の飼育と、蛇毒をとり出すことが主だった。

普通の人間なら、檻(おり)のなかにいる毒蛇の群を見ただけで逃げ出してしまう。とぐろを巻く無気味さに胆をつぶす。もちろん英世も怯えた。出来ることなら逃げだしたい。だが、英世に逃げ道はなかった。

先輩の黒人助手サムから見よう見真似に教わり、ゴム手袋をはめ、そろそろと檻のなかに手をつっこんだ。しかし英世の左手は火傷で自由がきかない。太目の試験管を、辛うじて持ちこたえられるだけである。毒蛇をおさえるには心もとないが、毒蛇を扱ったことがあると、フレキスナー教授にいった手前もやらないわけにはいかない。

この研究室の動物飼育室には、アメリカ、中南米諸国などから捕獲してきた毒蛇が十数種類いた。これら毒蛇は一般的に、頭部が三角形で体が太く、尾部は短いのが特徴である。毒腺は脊椎動物の唾液腺に相当するもので、そこから輸毒管によって上唇部から毒牙の基根部に開口している。

蛇毒は、大きく分けて血管毒と神経毒の二種類があり、血管毒の場合は、咬まれるとすぐ、局部に斑状の出血がおき、まわりはたちまち暗紫色になって膨張し、痛みが激しく、淋巴管炎をおこして淋巴腺が腫れてくる。同時に熱が出て痙攣が現れ、出血が続き、やがてしきりに眠たがり、一週間くらいで死ぬことが多い。神経毒のほうはさらに症状が激烈で、咬みつかれてなんの手当もしなかった場合、ほとんど痛みはないが、一時間前後で死亡する。

前者の血管毒に属する蛇毒をもっているものの代表は、まむし、ハブなどで、後者の神経毒の代表格はコブラ、雨傘蛇などである。

この毒蛇に咬まれた場合の手当法としては、直ちに、その上部を紐かゴムできつく縛り、血行を止めて、咬まれた部分を切開し、毒が入った血を流し出す。さらに蛇毒を消すには、三パーセントの過マンガン酸カリの溶液で拭くのがよいとされている。しかしこれらはあくまでも応急的なもので、根本的には、蛇毒を中和させる抗毒血清の注射が最も有効である。

当時すでにこの抗毒血清はつくられていたが、蛇に咬まれるのは山奥の、しかも深夜が多く、この血清が間に合わないことが多かった。アメリカの一部や、中南米では、この予防が、重大な問題であった。

フレキスナー教授のところでやっていた研究は、この蛇毒の治療対策はもちろんだが、同時に、この各種の蛇毒による抗原抗体反応を調べることから、免疫学のメカニズムを解明しようという目的も含んでいた。

それにしてもこれは危険な研究で、大体コブラ一匹からとり出される毒で、モルモット一万数千匹、鳥なら三十三万羽を殺すことができるといわれている。

この毒蛇に、英世は立ち向った。

檻のなかに手をつっこんだ途端、血に飢えた毒蛇は鎌首をもたげる。これを別の手に持った針金で巧みに誘導しながら、うしろから素早く首根っこをとらえる。そのまま檻から引き出し、両頰の唾液腺の部分をおさえ込み、たまっている蛇毒を吐き出させる。ジャングルを跋渉し、蛇には馴れている黒人たちもこの作業には辟易する。まして毒蛇など少ない日本内地に育った英世にとってこれほど怖ろしい仕事はなかった。

だが、英世は逃げなかった。実際逃げようにも逃げる道はなかった。初めは捕えそこなって咬まれそうになったり、悲鳴をあげることもあったが、数日も経つとどうやらつかまえられるようになった。それでもときどき失敗する。研究熱心で小器用な英世は、捕えるこつを覚え、巧みに蛇毒を吐き出させた。

毒液は淡黄透明でかなり粘っこく無味無臭の液体である。そのまま乾燥すると水分が消え、淡い黄色の粉末になるが毒性は失われない。研究には、この粉末が保存されて使われる。

四

英世が怯えながらも、毒蛇に立ち向うことになって一ヵ月後に、フレキスナー教授は、サンフランシスコに発生したペスト患者対策のため、出張することになった。

ようやく落着きかけていた英世にとっては、フレキスナー教授の不在は心細い。だが、教授は出立に先立ち、蛇毒研究の第一人者である、ミッチェル博士に宛てて、野口をよろしく指導願いたい旨の紹介状を書いてくれた。

このサイラス・ワイア・ミッチェル博士は、ペンシルバニア大学神経病理学の教授として長年勤めたあと退職して、大学評議員とともにフィラデルフィア医学会会頭の要職を占めていた。いわば、フレキスナーの先任教授であり、父がやはり病理学者で蛇毒の研究をしていたところから、そのあとを引き継いでいた。

「ミッチェル博士は曾て大学教授の席にあること四十余年、今は老退して当大学評議員の上席、当処医学会会頭の要位を占め居申候、同博士は神経病学の泰斗にて幾多の発見有之世界に知れ渡りたる人に御座候、昨春世界漫遊中日本に立寄られ候節は、大学教授連中、北里博士一門、海陸軍の偉傑、立野博士等一決して同氏の歓迎会を催したりし同席上にて、北里博士も歓迎演説を致され申候こと有之申候」

後年、英世は会津の小林栄へ手紙で、ミッチェル博士のことを、こんなふうに伝えている。

北里博士等が歓迎演説したほどの大物に、自分は直接指導を受けていることを自慢したかったのであるが、それにしてもこれほどの大物に、フレキスナー教授が、サンフランシスコ出発に先立ち、自ら紹介状を書いた、というのは、いささか眉唾である。

いかに親切なフレキスナーでも、日本から押しかけてきた、蛇係の私設助手のために、わざわざ紹介状を書くとは思えない。たしかに書くには書いたが、英世に強引に頼まれて仕方なく、と解釈するのが自然であろう。

英世はこのときすでに、日本来訪によってミッチェル博士の名を知っており、機を見て、いつか近づきたいと思っていたのである。

その間のいきさつはともかく、フレキスナーが出発すると、英世は早速、紹介状を持ってミッチェル博士の許を訪れた。

突然の小柄な東洋人の来訪に、ミッチェル博士は驚いた。普通なら会わぬところだが、フレキスナーの紹介状を持っているのでは、追い返すわけにもいかない。

「私は北里先生の下で細菌学を研究し、推されてフレキスナー教授の下に勉強に参ったノグチというものです」

英世は有効に北里の名前も使った。

「今度、教授の下で蛇毒の研究をはじめましたが、神経病学の権威でいらせられる博士の御意見も伺っておきたいと思いまして」

日本ではかなり上手だと思っていたが、現実にアメリカへ来ると、英世の英語は、まだまだ心もとなく、少しこみ入った話になると通じなかった。だが、この下手な英語が、この場合はかえって好都合であった。一歩つっこんだ学術的な話になると、蛇毒についてなにも知識がないのがばれてしまう。

英世がミッチェル博士に会おうと思ったのは、なにも直接指導を受けるためではない。実際、六十を過ぎた老博士が、一介の私設助手に手をとって教えるわけもない。この訪問は、日本式の顔つなぎ、いわゆる表敬訪問とでもいうべきものであった。

ミッチェル博士は、この得体の知れない異国人に驚きながら、ともかく、「蛇毒をとおして、免疫学をいま一度、基本から洗いなおしてみるように」と述べた。

北里博士も一目おいた医学者と、膝つき合せて話ができたことに英世は感激した。

「きっと、免疫学に新しい分野をきり拓いてみせます」

例によって、英世一流の大言壮語を抜け抜けと吐く。

だが、英世は、大きなことをいうことで、自らを縛っていたともいえる。北里に、フレキスナーに、そしていままたミッチェルに、法螺を吹くことで自らのなかに新しいファイトを燃え上らせる。法螺を単なる法螺に終らせず、改めてその目的へ向って努力するところが、英世の偉大さであり、才能でもあった。

かくして英世の猛烈な蛇毒への勉強がはじまる。

蛇毒採集以外の時間、英世は大学医学部の図書館にこもって、蛇毒に関する英・独・仏各国の文献資料を漁り、片っ端から読破した。さらに重要な部分は、念入りに書き写しメモをとる。表向きは蛇の飼育係でも、気持は一流の研究者である。仲間のサムは、仕事が終れば酒を飲み、陽気に遊び歩いているのに英世は図書館に通う。朝から晩まで、さらには閉館日も頼みこんで勉強を続けた。

「あの小さな日本人は、よく勉強する、凄い野郎だ」研究所のスタッフは驚きあきれた。

勉強はするが貧しい英世を見かねて、サムはときどきパンを持ってきて分けてくれたし、守之助の紹介で知った同じ大学のカーク教授は、ときどき自宅に呼んで夕食をご馳走してくれ、さらに徹夜で勉強したいときには、家をつかえともいってくれた。もし日本の大学で、素姓もわからぬ一介の動物係が、こんなことをしたら、かなりの顰蹙をかうか、下っ端のくせに、出すぎた真似をするなと叱られるのがおちかもしれない。

だが、アメリカ人はその点、明るく寛大であった。出る釘を打つ前に、力は正当に認めていく。

それにしても、このころの英世の生活は苦しかった。月八ドルでは、着るものなど一切買えない。研究所の職員からもらった白衣の裾を切って背丈に合せ、袖をまくりあげ、食事といえばパンと水だけである。カーク教授宅での食事が唯一の栄養源だが、それも毎日というわけにはいかない。

以下は二月二日付、血脇守之助に宛てた手紙である。

謹啓其後は甚敷御無音に打過奉恐謝候。于時御華堂皆々様御機嫌克御座被為遊候御事と奉遥賀候。多分今頃は恩師の最も御多端の御時ならんと乍陰奉恐察候、（昨年中に御転宿被遊候事とは存居候得共、其後は如何に御座候哉奉伺上候）

次に小生儀過般申上候通、教授の厚意にて当分は無事に日々を勉学罷在候間乍憚御放慮被成下度是祈候。

小生の研究は蛇毒に就てに候、朝より夕まで忙はしく寸暇も無御座候、殊に多数の参考書（英・仏・独共に）を要し候事とて、随分骨が折れ申候（呵々）、夜に入れば其日の実験記事（極めて詳細を要し候）に暇をつぶし居申候。

得意の英語は半分も不通実に閉口此事に御座候、毎夜小時間宛下宿屋の神さんや娘さんに稽古を頼み居申候。米国の風習は実際上拝金主義に候。併し小生は「ペンニーレス」に候得共、別に軽視せられる事なく、却て好遇を受け居申候。

小生の大学に於ける席は特別実験室にて、小生のために須要の材品は悉く供給し呉れ申候。普通北里博士の研究所にて共有物なる高価のものなどは皆専有に候。一週間程前に教授フレキスナー氏は政府の命にて桑港(サンフランシスコ)に出張せられ候（ペスト患者の疑い歟(か)）、其際大学の仕事（責任ある）の一部を小生に与へられ申候、恐くは或位置（有給の）を与ふる前触れかと存申候も、何れ浮沈は世の慣ひ、決して当てには不致候も、一寸御報申上置候。

噫(ああ)思出せば亜米利加丸甲板上にて頂きし御餞言は、小生をして如何に大胆ならしむることよ、実に人生を咀嚼(そしゃく)せし金言に御座候。（下略）

来る三月には元当大学生理学教授ドクトル・ミッチェル氏渡日せらるるよし、此間面会の際申居られ候。同氏は蛇毒研究者として世界にて有数の人に候。其他神経病学者に候。且つ晩年に到りては文学を嗜(たしな)まれ、著述頗(すこぶ)る多く、名声当市（否(いな)米国医界）に嘖々(さくさく)たる人に候。時として同氏より紹介を求められ候節は、恩師へも御紹介可申上候間、宜敷願上申候。時節柄御自愛専一奉存上候

匆々頓首

二月二日夜

英世

血脇恩師
同御奥様
My address: 3328 Walnut St., Philadelphia, Pennsylvania, U. S. A. or c/o Prof. Flexner, Medical Hall, University of Phila., U. S. A.

ここにはもはや、渡米当初のような、差し迫った焦躁感はない。苦痛は苦痛なりに、一応落着いてはいる、それにしても、英語にはさすがに参って、「呵々」と、溜息をついたのは、あとにも先にもこの手紙だけである。

「ペンニーレス」だが、軽視されない、というのも、いかにも勝気な英世らしく、実験について、北里研究所では共有であったものが、ここでは自分専有だと威張りながら、北里研究所への皮肉を書くことも忘れなかった。

ともかく、こうして最初の三ヵ月が過ぎる。

やがて四月の半ば過ぎ、フレキスナー教授がサンフランシスコから帰ってきた。このとき、英世は教授不在のあいだに、蛇毒に関するあらゆる文献をまとめた二百五十ページにおよぶ文献を提出した。

これには、フレキスナー教授も一驚した。

「これをすべて、君一人でやったのか」

「もちろんです」

教授は英文で書かれたページをめくり、改めて信じられぬ顔で英世を見詰めた。アメリカ人でさえ、三ヵ月の短時日では到底できない。

翌日、フレキスナー教授は英世を部屋に呼んで、月額手当、二十八ドルを与える旨を告げた。

「ありがとうございます」

英世は日本式に頭を下げたまま教授の手を握った。

このあと英世が死に至るまで、アメリカでも稀な一心同体の師弟といわれたフレキスナーと英世の強固な師弟関係は、このときまさにその第一歩を踏み出したといえる。

五

野口英世が生涯取り組むことになった「免疫」の語源のイミュニティは、元来、租税その他の公的な負担から特別免除されることを意味したインムニタスからきている。中世以後では行政、司法、財政上など、国家権力の強制から自由である特権、一種の治外法権

（イムニテート）をさすようになり、近世になって「厄のがれ」といった意味をもつようになった。この意味が医学の分野に入ってきて、感染病から免除される、あるいは受け付けない状態をさすようになった。

ところでこの免疫には自然免疫と獲得免疫とがある。このうち自然免疫とは、人間が生れながらに備えている免疫で、たとえば牛疸に人は絶対にかからない、といった類いのものである。これは種属による特性でもあるが、年齢や性、種族などでも特性が認められている。

これに対して獲得免疫というのは、人間が生後、環境への抵抗の結果、持ちえた免疫で、たとえば、「はしか」や「おたふく風邪」にかかった児が、二度とそれにかからないといった類いのものである。

この獲得免疫は、病気にかかることによって得られるが、予防接種によっても可能である。このことはジェンナーの種痘で一躍有名になったが、パスツールの炭疽病に対する予防接種などで、さらに研究がすすめられた。

ところで、ジェンナーやパスツール等が試みたのは、いわゆる「弱毒生菌免疫法」という方法で、人間に病気をうつさない程度に弱めた病原菌を植えるやり方である。しかしこれではときに、本格的に発病する危険もあるところから、菌から出される毒素を熱処理で弱くしたり、殺したり、あるいは無毒化したりしたものを注射する方法もある。またジフテリアや破傷風のように、その菌の毒性をなくしたトキソイドを注射し、血清のなかに一度に大量の抗毒性を産生させ、その血清を人間に注射して間接的に免疫を獲得させるというやり方もあった。

いずれにせよ、生体は自分に不利なある毒性が入ってきたとき、一時的に抵抗し混乱するが、それに打ち克つと、やがて体内にそれに対抗する抗体をつくり出す。こうなると二度目に菌が侵入してきても、混乱せず外敵を打消すことができるようになる。これは生体の基本的な防衛機構でもある。

英世がアメリカへ渡った一九〇〇年初頭は、一八八〇年代のパスツールの狂犬病、炭疽ワクチンの完成により免疫学の基礎が開かれ、一八九〇年にはベーリングや北里柴三郎によりジフテリア抗毒素が発見され、治療血清に道が開かれるとともに、免疫現象が試験管内で認められるという画期的な進歩があった。これにより、さまざまな細菌や毒素に対する抗体が血清中に確認され、これを精製分離して、その化学的な本態を追究するところまですすみかけていた。

だが、より基本的なところ、すなわち馬がどうして抗毒素をつくるか、そして抗毒素がいかにして毒物を中和するか、というメカニズムになると皆目見当がつかない。エールリツヒ以下、多数の学者がこれに諸説をたててはいたが、いまだ決定的なものではなかった。

ところでこのころ、ベルギーのボルデー教授が細菌のかわりに、ある動物の赤血球をほかの動物に注射すると、受け入れた動物はその赤血球を溶解するという事実を確認して話題となった。この溶解作用は生体に入ってきた毒を溶かすのであるから、一種の免疫である。当然、この機構の解明が問題になったが、当時、この溶解現象に取り組んだのはヨーロッパの学者が主で、アメリカでこれを研究テーマにしている者はまだいなかった。

しかし毒蛇の毒も血球を溶解するという事実はミッチェル博士らによって、すでに知られていた。すなわち、人が毒蛇に咬まれると、その人の血液はかたまらず血球が変化する。この変化と、ボルデーのいう溶解現象のあいだに、なんらかのつながりがあるのではないだろうか。当然ながら、ミッチェルはこのことに着眼した。

ミッチェルからフレキスナー、そして野口にいたる一連の蛇毒の研究は、こうした推論の延長において成されたわけである。

ミッチェルは医学者であるとともに小説も書いたという人だけに、その記載したものにはなかなか面白いものがある。たとえば蛇毒が血球を溶解するメカニズムを解明するヒントとして、「ノース博士とその友人」の章で、博士は、ある夜帰宅したらドアの前に敷いであるマットが、一瞬、蛇がとぐろを巻いているように見えた。それは黒糸と黄色糸が交差して織られていたが、そこから、蛇毒は一つでなく二つの要素の比率によって毒性が違うのではないか、と思いついたと述べている。

この発想はたしかに当っていた。

ある動物の血球が他の動物の血球によって溶解されるに当って、二つの要素があり、一つは双摂体といい、もう一つは補体といわれる。この一方の双摂体だけでは血球を溶解せず、補体をくわえてはじめて溶解する。この点から、蛇毒が血球を溶解する場合、それは双摂体として働くのか、補体であるのか、あるいは両方なのか、さもなくば全然関係はないのか、という疑問がでてくる。

英世が関係した研究は、具体的にいうとこの実態を解明するという作業であった。

このころの英世の研究生活はいまでいう猛烈社員そのままのエネルギッシュなものではあったが、また同時に彼らしい強引さと、向うみずなところもあった。たとえば血清をつくるため、動物から大量の血をとる作業のとき、大きな犬などなら殺さずに、肋骨のあいだに注射針を刺し込んで心臓から直接とり出すことができる。

だが英世はこの比較的簡単な作業でも、よく失敗した。針が心臓をそれて肺に刺さったり、深く刺しすぎて心タンポナーデを起して殺してしまったこともあった。

初めは英世が日本人で、手が不自由なこともあったので、研究所のスタッフも大目に見ていた。

だが黙っていると何度でも失敗する。失敗するのはいいとして、何故失敗したかを考えずに、ただがむしゃらにつきすすむ。同僚のゲーはさすがに見かねて、「少し考えながらやってはどうか」と注意したが、英世は一瞬うなずくだけでまた失敗を繰り返した。

採取した血液は遠心沈澱器にかけ、上層の血清と底に残る血球部分に分離する。これから上澄を捨て、血球部分に食塩水をそそぎ、最後に洗って稀釈していく。各倍数毎に稀釈した液に、これもいろいろの程度に薄めた毒液を注ぎ、その反応を肉眼と顕微鏡で調べていく。長く根気のいる仕事であったが、英世はこの仕事をしながら、遠心器から試験管の並ぶ実験台のあたりまで、煙草の吸殻でいっぱいにした。

日本にいるころから、英世はかなりのヘビースモーカーであった。ゲーの机は窓側にあり、英世のは室のほぼ中央にあったが、英世のほうは雑然と本が積みあげられ、ところかまわず吸殻や紙片などが捨てられ、汚なく、きちんと整頓されたゲーのそれと対照的だった。

実験をしながら、英世はもちろん手の不具を気にしていた。なるべく見られないようにしてはいたが、試験管を持つ仕事は手を隠すわけにいかない。拇指と人差指がチビた形で寄り添っていたが、この間に試験管を一本だけはさむことができた。だが忙しくなると一本持つくらいでは間に合わない。慣れてくると各指のあいだに四、五本はさむ人もいる。英世もあとでは右手にピペットを持ち、左手に四本の試験管を持って稀釈していけるようになった。が、そうすればするほどチビの左の指が目につく。だが同僚達は極力見て見ないふりをしていた。ゲーはのちに、「ノグチの手は少し変ではあったが、どこがどうなのか、具体的には見たことがない」といっている。

それにしても英世が最も苦労したのは、蛇の扱いであった。

蛇をおさえつけるには、まず輪のついた針金の先端に特別の布切れをつけ、そちらに蛇の関心を惹きつけ、そこにとびかかろうと首を擡げた一瞬、素早くうしろから後頭部をとらえる。そこを持って左右から毒腺を締めつけ、時計皿の上に蛇毒を吐き出させる。緊張の一瞬である。

こんなとき英世の眼は異様な輝きを見せた。同僚のゲーは、「ノグチはああいう怖いことをするのが好きなのではないか」といったが、たしかに英世には、ややサディスティックな性向があった。がむしゃらな仕事のやり方や、理非はともかく相手を論破する執拗さなど、その一種の現れともいえた。

この蛇毒の採取とともに、蛇に餌を与えるのも憂鬱なことの一つであった。蛇毒は食後のほうが採取しやすい。生きたものを与えるために、毒蛇の檻に兎を入れてやる。そのまま、英世は部屋の隅でじっと待っていると、「キイッ」と、兎の悲鳴のような声がきこえてくる。

英世はこの、兎が食べられている間、待っているのが一番辛かった。

やがて食べ終ったと思うころ、そっと檻を覗く。兎が一羽減っていれば、一羽食べられたわけである。兎を食べた蛇は腹のふくれ具合ですぐわかる。

満腹の蛇は決して余計に食べないが、蛇の間にはさまれた兎は、恐怖ですでに失神状態になっている。

四月初め、英世ははじめて学内の病理学会の集会で、蛇毒に関する研究報告をする機会を与えられた。

英世は勇躍教壇に立ち、図を示しながら喋った。

四月二十一日付、血脇守之助宛の手紙には、「(前略) 且つ小生は蛇毒研究に関する論文も公表することになれば、米国に航せし目的の一部は実行せしもの、将来の辛酸は固(もと)より本望に御座候、(後略)」と書いた。

嬉しさのあまり早速報告したのだが、その実、出席した病理学者は、「あの東洋人は、なにをいっているのかさっぱりわからない」と、首を傾けた。

英世の英語は日常的なことならともかく、学会で喋るには、まだ未熟であった。

それにしても、渡米わずか四ヵ月で、学内の集会とはいえ、一介の私設秘書に発表させるとは、やはりアメリカは開放された国だった。これが日本の学会でならまずありえない。英世がそのまま北里研究所に残っていたとしても、そんな機会に恵まれたとは思えない。英世はさらに「大学教授連及書記等は小生の為、頗る親切にして到底学資を以て入学せる普通学生の得がたき幸福を稟け居申候……」と書きくわえている。

このころ、英世は渡米直後フレキスナー教授に紹介された下宿屋を出た。原因は金がときどき失くなることであった。もちろん英世はたいして金をもっていないから、盗まれるのは少額である。この家には母親と娘が一人いて、英世は彼女等に英語を習っていた。家族にも家にも慣れて出る気はなかったが、盗難が二度、三度と重なると、さすがにいい気はしない。

迷った末、出ようと思っていることを告げると、親娘二人で「このままいてくれるように」と懇願した。それで英世は一旦は残るつもりになったが、それが英世への好意からでなく、大学側の心証を悪くすることを恐れているためと知って、英世は直ちに出ることに決めた。

次に移ったところは、大学には前より遠いが、歩いて十数分の南三十三番街にあった。

六

当時のフィラデルフィアの大学教授の家は、チェスナッツ街一帯の高級住宅地にあって、いずれも広い庭をとった三階建ての鉄筋であった。内部もマントルピースに豪華な家具を備え、絨毯(じゅうたん)を敷きつめ、天井にはシャンデリアが輝いている。

こうした家を見る度に英世はその豪華さに驚き、感嘆した。

「金持はもちろん、貧しい者も応接間をもち、できるだけ飾り立て、人々の目を楽しませます」「応接間は多くの通行人の目にとまる場所に設け、カーテンで半ば隠し、きわめて魅力的な外観を備えています」守之助の手紙に、英世は洋館のなかを詳しく説明し、さらに当地の新聞や雑誌も送った。

ペンシルバニア大学の研究室は部屋が二、三十坪はあり、そのなかにはずらりと実験台が並び、試験管が林立していた。日本ではまだ珍しく、英世など容易に触らせてもらえなかった顕微鏡が、学生一人に一台ずつ与えられるといった状態である。しかも兎やモルモットなど、実験動物につかう金が、毎日五十ドル近くになる。かつて北里研究所でモルモットを請求して、弱輩のくせになにをいうかと笑われたことと較べれば、雲泥の違いであった。

この年八月二十四日の守之助への書翰では、来年四月に、守之助が歯科講義叢書を出す予定だと伝えてきたことに対して、「題目はなるたけ買う人の目を惹くもののほうがいいが、その点〝叢書〟というのは少し面白くありません。私の考えでは、将来版を改めるにつれ、漸次に訂正して立派な教科書にする予定で、題名は拡大して〝歯科医学講本〟としたほうがよいと思います」と述べたあと、「できることなら日本の医事週報をときどき送っていただきたい。またよい詩集とか、思想と胆力を養う教養書なども送っていただきたい」と希望している。

さらに、

(中略)実際小生は先づ今日は今日として、其瞬間を有益に、且つ専心に実行し行く丈けにて、明後日の天気が良からうと悪からうと毫頭(ごうとう)念頭に懸け不申候。人間は必ず一定の Destiny があるもので、死生は吾人の知ることに無之候事を確信致居申候。小生は恩師よりの御誡訓を真正に信じ居申候。

又、小生の当地に来つて学びしものは、学術の外に世の中は如何なるものなるやの一端を大に学び申候。栄枯とは如何なるもの、貧富とは如何なるもの、人間は如何なるもの、生活は如何なる方法を以て満足すべきもの、社会及個人は如何なる関係あるもの、自己の所信と天職等に就き、面白く感じ居申候。

殊に人種間の軋轢及び和合など、中々面白く御座候。此等の渦中にあって常に保つべきものは「望み」と「徳義」に御座候。即ち人間には此の二者を実行するより以上の快楽は無之候。

小生は今日既に渡米の目的の一半を実行致申候。唯他の一半は一部は運命にして一部は躬行に御座候。偖而小生渡米の当時の理想は（今更白状すれば）頗る狭小に候ひし、即ち一部否殆んど栄誉を得んとの考へが第一番に有之申候。

然るに今日は此の考へは全然消失して、単に斯道の為めに一生を犠牲すること、若し其位置を日本にて得る能はざれば糊口し得る独立の方針を執り、傲慢なる官制の下に束縛せらるることを避け、藪医者でも何んでもよろしい円満に此の世を過ごし、自ら成し得る丈けの力を以て他人を助け、其成功を見て満足可致候。

畢竟、無為無能視せられ、而かも自から恃む処あらば、充分に御座候。如何なる位置にあるも自己の意志を実行するは左程難きものに無之候。

追伸

小生の二か年任期とは二か学期にして、毎年十月より翌五月末までに候。然るに小生は本年一月より持続して本年の九月まで一日も休まず研究したる故、一学期以上の時日は既に経過致申候。就而(ついて)は本年十月より来年五月末までに第二の学期を消費する次第に御座候。即ち翌年六月に満期に御座候。其後多分大学と関係を絶つことに相成可申候。危機は愈々(いよいよ)眼前に迫りつつあり申候。二、三回の通信をやればすぐに其日に相成可申候。

時下残暑の候は御自愛専一に奉祈上候　　頓首拝白

九月十六日夜半　　英世

血脇恩師侍史

この手紙を見ると、英世の気持がずいぶん変ってきていることがわかる。外国での苦労、そしてここでみたさまざまな社会の動きから、ただがむしゃらに名誉だけを得ようとすることが、いかに無意味なものであることか、そして自分のやりたい仕事に専一でき、他人を助けることができれば、それで満足である、といいきっている。英世のこのあとの足跡を追えば、いうとおり実行したとは思えないが、気持の上だけでも、そう思うようになったということは画期的なことだった。

さらに春ころまでは、生活とお金のことばかり書いてあったのが、このころから視野を広げ、アメリカ社会のあり様に対しても観察批判している。だが、このころはまだ、来年六月の研究期間後について、はっきりした目途をもっていなかった。

なおこの手紙のあとに、

「マッキンレー氏一昨十四日午前二時十五分死亡、副大統領ルーズヴェルト氏大統領の後を襲ふ。Roosevelt と申候。氏は一農家の子にして幼時は牧童に候。全市半旗を掲げ国内服喪。来る十七日は華府(ワシントン)にて国葬の筈」と記している。

ここにあるとおり、第二十五代大統領、マッキンレーは無政府主義者の凶弾に射たれて死亡した。

この事件の背景について英世は「大統領を倒したのは無政府主義者の仕業で、米国のようにさまざまな移住民から成立している国では、マッキンレー氏の提唱するような帝国主義は、一部の下層民に不満を与えるばかりです」と、守之助への手紙で述べ、さらに「弱肉強食的な米国社会では、はずれ者が多く生れ、これがみな人間は平等という意識があるおかげで、かえって上流階級へ妬心が生じ問題をおこすようです」と分析し、「これらは欧米における専制政治の名残りともいえます」と見ている。そして「アナーキストは社会に害悪を流すが、彼等のよってきた心情を考えれば、また当然です」と、かなり同情的である。

だが英世は無政府主義に賛成していたわけではない。「彼等は追いつめられた亡民だ」といいながら、「わが国には数千年におよぶ確固とした国体があり、天皇と臣下の区別ははっきりして、親子の関係も秩序正しく保たれています。外国のように二、三代で主権者が変り専制を敷かないところが最も優れていて、このような国体の下で生活を営んでいる日本人は幸せです」と断じている。

アメリカ流にいうと、英世一家はまさしく日本の亡民であり、弱肉強食の弱肉のほうであった。日本の底辺の国民として育ちながら、日本は万世一系の国体があるから日本人は幸せで、アナーキストは輩出しないだろうと考える。このあたりに英世の社会認識の甘さが見られるが、そこには明治三十年代という時代背景も考えなければならない。

このころ日本は明治維新を経て、ようやく近代国家への第一歩を踏み出したときであった。いまから考えれば明治憲法は天皇を主権者とみなした反動的なものであったが、江戸という過酷な封建時代からみれば、はるかに開かれた自由な時代であった。このあとに続く富国強兵政策による社会的な歪みもまださほどでなく、国民すべてが前向きにすすんでいたときであった。

このような時代に育った英世が、日本の国体に疑問を抱かなかったのは、無理ないともいえる。文化的にも経済的にも、はるかにすすんでいるアメリカにきて、この国に負けないものとして国体の無比をあげるところなど、良きにつけ悪しきにつけ、英世は明治の日本人であった。

しかし英世に日本の社会体制への批判がなかったわけではない。

同じ守之助への手紙のなかで、「米国での一般の交際は金の有無によって左右され、専門的交際はその人の実力と、学問への取り組み方によってきまります。人間に階級はなく、人権平等というのは実に現実的なものです」と半ば感心し、半ば呆れたあと、「日本のような小さな島国で、幾つもの華族があることなど、こちらではとても理解できないことです」と述べている。

このころ、英世はフレキスナー教授の努力により、大学から直接給料をもらえる状態になっていた。もっとも給料といっても大学の研究費の一部をさいたもので、月額三十ドルで、これで食費から衣服、下宿代の一切を払わなければならない。

この見返りの業務として一定の研究問題を与えられ、その研究に従事するという仕組みであった。

英世が守之助への手紙のなかで、何度もこの研究が終ればアメリカにいられなくなるかもしれないと憂えていたのは、いまだ大学の正式の助手でなく、その研究が終れば要員としての給料をストップされる不安があったからだ。

このような状態の研究生をなんと呼ぶのか、日本ではさしずめ臨時助手とでもいうのかもしれないが、英世は自らを「名誉助手」と称して、「この名誉助手は信用と技術とを兼ね合せていなければ容易になれるものでなく、わたしのこれまでの実績と、清国で発表した黒死病に関する研究実績、日本で出版した医書、実験録等を検討した結果、推薦されたものです」と述べている。

たしかにある日ふらりとやってきた東洋人が、研究費から給料まで出してもらう待遇を受けるのは、尋常なことではない。考えようによっては、これはいつまでもポケットマネーをけずるわけにいかなかったフレキスナー教授の苦肉の策といえなくもない。いずれにせよ名誉というのは、普通は市長とか学長につけるもので、助手の上に名誉を冠したのは、おそらく英世が初めてであろう。

大言壮語するだけに英世はよく頑張った。相変らず不眠不休の勉強が続く。

七

やがて十一月十三、十四日の両日、フィラデルフィアで、「ナショナル・アカデミー・

オブ・サイエンス」の総会が開かれた。このとき英世は「蛇毒の溶血性細菌と毒性に関する予備的研究」と題して、ミッチェル博士と連名で発表するチャンスを与えられた。

もっとも連名といっても、正式の演壇で発表するのはミッチェル博士で、英世はその横で、博士の話に合せて試験管や稀釈液を見せながら実験のあらましを動作で説明する。いわば発表助手で、英世自身は一言もものをいわなくてよかった。

だが英世は興奮した。説示役とはいえ、こんな権威ある会に出られるチャンスなど滅多にあるものではない。たしかにこの会は、当時のアメリカの自然科学界の集会では最も権威あるもので、会員は全国で百名に限定され、当日はそのうちの三十名が出席した。

このなかにはワシントン大学のコムストック教授、ジョンス・ホプキンス大学総長のレムゼン教授、エール大学のブラッシュ及びブルューワー教授、生理学のチッテンデン教授など、アメリカ自然科学界の重鎮が出席していた。ここで英世はミッチェル博士の紹介により実験手技を披露し、英世自身の言葉によると「出席者の誰からも異議は出ず大成功であった」と、興奮気味に述べている。

しかしそれは無理もないことで、ここに出席した人達は、一流の学者ばかりではあるが、いずれも専門が違う。異議が出なかったというより、正直いって専門外でわからなかったといったほうが当っていた。ただ彼等は科学者の勘として、その実験が興味ある面白い点をついていることだけは理解できた。

このあと、夕方からベルヴュ・ホテルで夕食懇親会がおこなわれ、英世も招待されたが、このときの喜びを、

「会員以外の出席者は四名で、一は当大学医科部長マーシャル氏、他は教授フレキスナー氏、衛生学教授アボット氏であった。自分の席は幸い右側に電気学者のブルューワー教授、左にはジョンス・ホプキンス大学病理学教授ウェルチ氏（この人はフレキスナー教授の先生で、小生を孫のように可愛がってくれました）、次に医学部長、その先に測量家のヘーグ氏、小生の向いには、かねてから尊敬していた化学者チッテンデン氏（今日の消化化学は同氏およびドイツのクェーネ氏に負うところ多大です）、其の隣には教授フレキスナー氏。それより正座に移って主人役のワイア・ミッチェル氏（いうまでもなく蛇毒研究に当っては三十年以来有名です）で、その右横に総監コムストックおよびレムゼンの諸氏でした。小生はこのような席で幸運にもミッチェル博士の紹介で、出席者のほとんどと知る機会をえ、これから冬期の休みを利用して、彼等を順に訪問するつもりです。ジョンス・ホプキンスはじめエール、コロンビア、ハーヴァード各大学の人々から熱心に来遊をすすめられました」

と守之助に報告し、さらに、

「なお一寸申しそえておきますが、当夜席上、日本人で名前が出たのは北里博士と箕作佳吉博士の二人だけでした」

このあたりは、なにやら英世がこれら二人の日本人と同列のような錯覚を起しかねない書き方である。

このとき発表した論文には、共同研究者として、ワイア・ミッチェルと野口英世の二名が連なり、フレキスナー教授の名ははずれていた。

蛇毒の研究がミッチェル、フレキスナーと引き継がれてきて、英世がフレキスナーの直接の弟子であることを考えると、フレキスナーの名前もくわえるのが自然である。ところがミッチェルは、自分の名前と英世の名前だけつけて、フレキスナーのことについては、なにも触れなかった。

英世はこのことが気になって、フレキスナー教授に、「一緒に名前を連ねてはいかがですか」といってみたが、フレキスナーは首を横に振って、「一つの論文に三名も名前を連ねるのは多すぎる。わたしは一向に構わぬからそのままでよろしい」と答えた。

ミッチェルは何故、フレキスナーに声をかけなかったのか、そのあたりの真意はわからないが、ミッチェルが、すでに教授となり、自主的な研究を始めていたフレキスナーより、自分の命じるとおり素直にやる英世のほうを可愛がっていたことはたしかだった。

「今回はともかく、この次の報告では私と君の連名にしよう」フレキスナーにいわれて英世は、「よろしくお願いします」とだけ答えた。

蛇毒研究の専任助手として、ミッチェルとフレキスナーと、二人のボスにはさまれて英世の立場は微妙であった。

アカデミーで発表したことにより、英世はバッシュ基金の「スミソニアン・インスティチュート」のスカラーシップを受けることになり、「ナショナル・アカデミー・オブ・サイエンス」および「カーネギー科学研究所」から二千ドルの研究費を受けることになった。推薦者はミッチェル博士であった。

この金はもちろん研究のためで、私用に流用することは許されないが、ともかくこれで当分彼の立場は安定した。英世は早速、ミッチェル博士に礼をいいに行き、さらに研究に専心することを誓った。このあたりの率直な態度が、ヤンキーそのままのミッチェルに好かれた原因でもあった。

この研究スタッフに入って、「ヒデヨ・ノグチ」の名は、フィラデルフィアの新聞に初めてのり、論文は日本の医学雑誌にも転載された。

かつてフレキスナー教授来日の様子をきくため、英世を自宅に呼んで説明を求めた石黒忠悳男爵は、この記事を知って、自ら英世にお祝いの手紙を送ってよこした。感激した英世は、このあと論文が発表される度に毎回別刷りを石黒男爵に送り続け、謝意をつくした。

ともかく英字新聞にのったことで、英世の名は在米邦人のあいだでも知られるようになった。

ワシントン在住の高平公使も英世に関心を抱いた一人で、フィラデルフィア名誉領事のオストファイア氏がワシントンに赴いた折、彼に英世のことをいろいろ尋ねた。オストファイア氏はフレキスナー教授などからきいたことを、懇切に話してきかせたので、高平氏はおおいに感激して、ワシントン在住の日本人達にさらに話してきかせた。

英世はこのことをきいて喜び、一日、領事館を訪れてオストファイア領事に礼をいった。領事は英世を歓待し、彼からフレキスナー教授に、さらに給料でもあげてもらえるように頼んでみようとまでいってくれた。

このあたり、急な野口株の上昇に、英世自身もいささか面喰ってもいた。

このころから英世はフィラデルフィア在住の日本人とも付合いができ、同市の日本人会にも出席するようになった。この会は毎月持ち廻りで各家庭に招き、日本食を食べながら、日本語で話し合う、日本人だけの気さくな会であった。

英世はいつも招かれているほうだったが、英字新聞にものり、いささか有名にもなったので、ワルト通りにある自宅に彼等を招待することになった。もっとも、招待といってもキッチンとリビングルームだけの小さなアパートで、料理も英世が自分でつくらねばならない。

このとき、英世は会津で食べたことのある鶏の丸煮をつくろうと思った。ところが台所で鍋に湯を沸かし、鶏を買ってきて羽根をむしっているうちに、毎日のように実験動物を扱っていたせいか、条件反射的に蛇毒の溶血現象のことが思い出された。どうしてそうなるのか、考えるうちに書棚から参考書をとりだし読みはじめた。二、三ページのつもりが、読むうちに熱中して、友達を招待していることを忘れてしまった。それから三十分ほどして晩餐会の時間になり、友人達がおしかけてきた。そこで英世は初めて鍋に鶏をいれたままなのに気がついて、鍋を開けてみると、鶏はなおぐつぐつと煮えている。英世は早速、中央の大皿に鶏をのせて差し出したが、みな妙な顔をしたまま箸をつけようともしない。

「野口さん、なにか、変な匂いがしますよ」

「どうしてかな」

「これは臭くって、とても食べられやしないぜ、まさか腐った肉をいれたんじゃないでしようね」

「そんなことはない、肉屋から今朝殺したばかりのを買ってきたんだが」

英世はもう一度、皿の上の鶏を見て、「失敗った」と叫んだ。

「うっかりして、鶏の内臓を出すのを忘れて、腸も糞もそのままに煮てしまった」

「冗談じゃありませんよ。そんなもの食わせられちゃかなわないね」

「つい、本を読みながらやったものだから」

悪びれず頭を下げる英世に、空腹に苛立っていた日本人達も怒るわけにもいかず、ただあきれて溜息をつく。

英世には、気違いのように勉強する反面、こうした抜けたところがいくつかあった。研究仲間のバンチングは、英世によく「少し休んでサーカスでも見てこいよ、あれは素晴らしいぜ」とけしかけるが、英世はいつも、「今日はちょっと忙しいので」といって断わる。

「なんなら俺が招待しようか」といっても、「いや……」と笑うだけで行こうとしない。研究室にいるあいだは、食事時間以外は、実験に没頭しているか、仲間と研究について議論するだけである。

「一体、日本人はいつ寝るのだ」と、同僚のゲーがあきれたのも、このころである。

これほど仕事に熱中していながら、時々とてつもない失敗をやらかす。

このころ実験室に一頭のマングースが届いた。ゲーが大変な骨折りの結果、税関に許可証をえてジャマイカから取り寄せたものである。

マングースは毒蛇を殺すという点で興味ある動物で、その血球は他の動物の血球のように、毒蛇の液によって溶解するか否か関心がもたれていた。毒蛇を殺して平気なところをみると、この動物の血球だけが、溶解しない特殊なものなのかもしれない。貴重な動物だが咬みつく危険もあるので、実験の前にあらかじめクロロフォルムで麻酔しておくよう、英世が命じられた。ところが英世はこれを、麻酔をかけすぎて殺してしまった。折角ジャマイカから運びこんだものを、なんの実験もしないうちに無駄にしてしまったのである。さすがにこのときだけはフレキスナー教授に厳しく叱られた。

「どうして、もう少し要領よく出来ないんだ。お前はわれわれの研究を邪魔するためにここにいるのか」

ヘマをしたとき、英世はきまって無口になり、ときには休むことさえある。このときも二日休んだ。

ゲーなどは、「上司に無理なことをいわれたら、言い返すべきだ」というのだが、英世は、「日本では目上の人にそんなことはしない」といってうなだれるだけである。

「叱られたとき、ノグチはまるで小動物のように、部屋の片隅で小さくなっている」と、ゲーはあとで述懐している。英世としては、いいかえしたいにも言葉がスムーズに出てこないうえ、いたずらに反撥して、大学を追われてはまずいという思慮もあった。

失敗したとき、英世はよく下宿で一人で泣いた。強そうにみえても英世もただの男であった。自分の至らなさへの腹立たしさと、異郷での一人の淋しさが身に沁(し)みた。だがそれも大体一日も休めば、気持がふっ切れる。大体、英世には、調子のいいときはやたらに騒ぎ、一旦落ちこむとほとんど口もきかない、躁鬱症的なところがあったが、それがアメリカに来てからは特に強くなっていた。

それにしても、今度の失敗だけはさすがにこたえた。これで実験は一頓挫(いちとんざ)をきたす。例によって仕事も手につかず、隅のほうで小さくなっている英世のところへ、バンチングがきて、「どうしたイエロウペリル君。まあ元気を出して飲みに行こう」と誘う。

このころ英世は一部の仲間にイエロウペリル（黄禍君）と呼ばれていた。この言葉は、本来、アジア人種のヨーロッパ侵害を恐怖した想像説をさすが、必ずしも悪い意味で使っていたわけではない。英世の猛勉ぶりが同僚に一種の驚きを与え、それをもじったまでのことだった。

このバンチングと英世はよく飲みに出かけた。場所は下町の豚肉料理をさかなにウイスキーを飲む安酒場である。ここでウイスキーをお替りし、ぼそぼそ話すうちに英世の気持は次第に晴れてくる。

「たしかに失敗したお前は悪いが、失敗するお前に麻酔をかけさせたボスも悪い。今度気をつければそれでいいのだ」アメリカ的ドライさにうなずきながら、英世はやはりそうスムーズには割り切れない。

だがこのころになると、英世も研究室の仲間と大分親しく口をきけるようになっていた。

たとえば、ローマ法王レオ十三世が逝去した時、研究室の若者は集まって、後任法王に誰がなるかということで賭けをした。こういうとき、英世は月給三十ドル余しかもらっていないのに、きまって最高額の五ドルを出した。しかも彼は、法王選出の細かい手続きなどよく知らぬのに、みなと対等かそれ以上の大きな賭けをする。上の制限がなければ、もっと出したかったが、とにかく賭け金一つにも、英世の負けん気が露骨にでた。

またなにか会があって、座が陽気になってくると、英世はきまって同僚に流行歌を歌うようにすすめた。

「君はアメリカの歌が好きなのか」友達が尋ねると、英世は平然と「好きだが、それ以上に、歌をきいていると、こちらの俗語(スラング)を覚えるからな」と答えた。

アメリカにきて二年近くたっても、英世の英語はまだよく通じるとはいえなかった。単語はかなり知っていても発音がまずい。ときには簡単な会話にさえてこずることがあった。

仲間は彼の英語をさして「牝牛の英語」といっていた。興奮するとアメリカ人には、牝牛がものをいっているように、きこえたからである。

「俺の欠点は手の不具とそして英語がまずいことだ」

英世は自分でそう思っていた。しかし持ち前の図々しさで、誰彼となく摑まえて英語を喋る。さらには研究室に、〈英語のほか喋るべからず〉という貼紙をして、日本語を一切喋らないようにした。

また英世は白衣のポケットに、いつも年老いた白鼠を一匹しのばせていた。

「俺はこの鼠の言葉が全部きける」英世は自慢そうにいっていたが、たしかにその鼠は英世によくなついていた。彼からパンをもらうと美味そうに食べ、またポケットにもぐり込む。

初め、研究室にはメスの鼠が十二匹いたが、このオスの白鼠が彼女等と関係して歩いた。しかしいまはもうこの白鼠はオスとしては役立たずになっていた。

「要するに名誉親爺さ」

英世はそんな綽名（あだな）をつけて、一人で白鼠となにやら話し込んでいる。人々は動物好きな男だと怪訝(けげん)な表情をしていたが、そんなときの英世は孤独だった。

万事に好奇心が強く、積極的な性格とはいえ、英世はやはり日本人であった。大学の構内などで、向うから先輩や仲間がくると、英世は早めに立ち止って相手が近づくのを待って挨拶する。帽子をかぶっているときは、それをきちんととって頭を下げ、それから思い出したように握手をする。研究所の廊下などで会っても、つい廊下の端に寄るようにして軽く会釈する。

英世には日本の流儀が忘れられないだけだが、それがアメリカ人から見ると、控え目で礼儀正しく見えた。ある同僚は彼の態度を評して、「ラフカディオ・ハーンの小説に描写されているのとそっくりだ」と感心した。

だが慇懃(いんぎん)かと思うと、マングース死亡事件にみるように、要領が悪く、とてつもない失敗をやらかす。さらにみなの顰蹙(ひんしゅく)をかったのは、彼のだらしなさだった。これは英世の性格で、整理整頓ということを一切しない。

ローガンホールの彼の研究室を覗いた他の教授が、そのあまりの汚なさにあきれ、「あんなだらしのない男は駄目だ、絶対に大成しない」と、口をきわめて罵ったが、この教授にかぎらず、他の同僚も英世のだらしなさには、ほとほとあきれていた。陰では「汚ない日本人」という綽名さえ与えられていたが、英世のだらしなさは、猪苗代の貧しい家で育った乱雑さが身に沁みついた、としかいいようのない生来のものであった。

八

このころ、英世は日本人会で一人の日本人と会った。のちに星製薬を創立した星一（はじめ）である。当時、星は英世の三つ上の三十歳、コロンビア大学に留学したあと、ニューヨークで『日米週報』という新聞を出し、ワシントンに取材に行った帰りに立ち寄ったのだった。

二人は話し合ううちに、英世は三城潟で星は石城（いわき）と、ともに福島県人であることがわかった。早速、二人はお国言葉で話し合い、会のあと、英世は星を自分の下宿へ誘った。例によって英世の部屋は家具らしい家具は何もない。若い二人は部屋の片隅にあるダブルベッドに腰を下ろしたまま語り合った。

このときも、英世が真っ先にいい出したのは金を貸してくれ、ということだった。英世が日本人会に行くのは、在留邦人との親睦もさることながら、そこで他人のおごりで食事をし、金を持っていそうなスポンサーを探すのが目的であった。星の実父が村長で郡会議長も兼ね、ニューヨークで新聞社まで経営しているときいて、英世がとびつかないわけがない。だがその申し出を星は逆に諭しながら断わった。

「なんとか食べていければそれでいいんだ。俺なんか、来た当初は食うや食わずの日が何日もあった。以前ならともかく、いまは雑誌の発行で金がかかり、君に援助する余裕などはない」

実際、星はそのころ、『日米週報』にくわえて、『ジャパン・アンド・アメリカ』という英文雑誌の発行をはじめたばかりで、これに『日米週報』でえた金の大半をつぎこんでいた。

この星という人は、やることが一風変っていて万事スケールが大きかった。当時、アメリカに留学していた日本人のほとんどは、卒業論文に日本に関係あることをテーマにしていたが、星は敢えて「アメリカにおけるトラスト」という、アメリカ独自のテーマを選んで学位を得た。『ジャパン・アンド・アメリカ』も、日本人がアメリカで、アメリカ人向けの雑誌を発行するという、当時では信じられないような野心的な企画であった。

困難を知ると、一層そこに向って突きすすみたくなるのが、星の性格であったが、英世は、この星のスケールの大きさにいささか呑まれて、借金のほうはあきらめた。

「ところで、君がこちらで頑張っていることを『日米週報』の記事にしたいから、一度研究室を見せてくれないか」

星は早くも新聞記者根性を出した。

英世は、一緒に下宿に泊った翌日、星をローガンホールへ案内し、自分の研究室から動物小屋、さらにフレキスナー教授の部屋まで見せて廻った。研究室では、「これが顕微鏡だ、覗いてみろ」と、得意だった。いわれるとおり、星は覗いたが、両眼を開けたまま覗き込んでいる。

「これは驚いた。あんたは新聞記者なんかより、医者になったほうがいいよ」

「どうして？」

「大抵の人は顕微鏡を覗くとき、鏡に向けた眼だけあけて、もう一方の眼は閉じている。だが医者は顕微鏡を見ながら、もう一方の眼でスケッチできるように両眼を開ける訓練が大切だ。これができたら学者として一人前だ」

「なるほど、褒めてもらったのは、ありがたいが、残念ながら俺は子供のときに右眼に矢が当って、あいているように見えるが、左の眼しか見えないんだ」

英世は改めて星の眼を見てから、

「失礼なことをいったようだが、実は私も左手がこんな状態だ」

英世は初めて自分から、ちびた左手の指をさし出した。星はそれを見ていたがやがて英世の肩を叩いて、

「学問の世界で、片眼や片手ぐらいいうことをきかなくても、たいしたことはないよ」

これ以来、二人は急に親しくなり、星はワシントンへ行くたびフィラデルフィアで降り、英世の下宿へ泊っていくようになった。

二人は会う度に夜を徹していろいろなことを話した。アメリカ滞在期間は星のほうがはるかに長いので、彼が教える場合のほうが多い。

「この国では、とにかく頑張ることだ。一生懸命やってさえいたら、きっと応援する人が現れる。この国は日本と違って人間はみな自由で生き生きしている」

星の意見に、英世は大きくうなずく。この星が泊っているときに、英世はときどき深夜に起き出して、服を着ることがあった。

「どうしたんだ、寝呆けたのか」

「いや、これからちょっと研究室へ行ってくる。君はそのまま休んでいてくれ」

英世はそういうと、そそくさと部屋を出ていく。

英世は時間毎に、兎に病原菌を注射し、体温の変化を測定する仕事をしていたが、夜中に一旦出かけると帰らず、星が研究室に行ってみると、兎の横につききりで観察していることもあった。

だらしなく、自分勝手なところがあるが、やり出すと熱中する。そんな英世を、星は将来性があると見込み、英世もスケールの大きい星に惹かれた。こうして二人の友情は深まっていったがこのとき星はまだ、英世が将来大学者になるとも、自分がこの男にかなり金をせびられる身になるとも、思ってはいなかった。

九

英世がフィラデルフィアに来て一年半が過ぎた。この間、英世一流の頑張りで、ようやく生活も安定してきていた。豊かではないが贅沢をしなければ一応、人並みの生活はできるようになった。

大体、フィラデルフィアという街は敬虔なクエーカー教徒が多く、道徳的色彩の濃い街であった。遊ぶといえば、パブみたいなところで軽く飲んだり食べるだけで、低俗な遊び場はほとんどない。月、三十ドル前後の金で、英世がなんとかやっていけたのは、この遊び場がなかったお蔭ともいえる。

遊ばないとその分勉強できるとはいえ、さすがに下宿で一人でいると、日本のことが思い出される。猪苗代のこと、母のこと、小林栄、血脇守之助、そして友達など。

このころ、英世に会った日本人は、彼から母のシカのことはよくきかされたが、父の佐代助のことは誰もきいていない。なかには、英世は母一人で、父は死んでいるのだと思っている者さえいた。

英世にとって、父のことは思い出したくない、忘れたい存在であり、アメリカから日本に送られた数十通の手紙のなかにも、父のことについて書かれた文章は一つもない。子供心に抱いた父への侮蔑と嫌悪感は長じても変ることはなかった。

しかし、表面は強そうに見えても、英世もときにホームシックにかられた。ニューヨークにいた友達の児玉に宛て、「あなたがホームシックになった時には、いつでもお便りを下さい。あなたがそのようなときには、僕も矢張り同じなのですから」と書き送っている。守之助や小林栄へ、しきりに手紙を書いたのも、生来の筆まめにくわえ、異国での淋しさが、それをさらにかりたてたともいえる。

だがこの間、一通の手紙も出さず、しかもなお心で思いつめていた人が一人だけいた。山内ヨネ子である。

清国に行くとき、態(てい)よくあしらわれ、アメリカにくるときにも会えなかったヨネ子のことが、いまだに忘れられない。斎藤ます子と婚約しても、心はヨネ子のほうを思い続けている。

その後どうしたか、気になってもアメリカまで、消息が伝わってくるわけもない。思いあぐねた英世は、会津若松に開業したヨネ子の従兄の菊地良馨宛に手紙を書いた。自分がいまペンシルバニアにきて研究していること、もう落ちついて大分馴れたことなどを書き送った。本当はヨネ子のことをききたいのはやまやまながら、すぐ書かないところが、英世の純情なところであった。

菊地からは折返し、渡米していることをきいて驚いたこと、ついては眼科か耳鼻科、咽喉科のいい医学書があれば送ってほしいといってきた。金のない英世が、ここで自ら大枚を投じて、当時評判だったデ・シュワイニッツ博士の診断学の本を送り、同時に送った手紙の端に、「ヨネ子さんはお元気でしょうか」と一行だけつけくわえた。

菊地からは、本を受け取った礼状とともに、ヨネ子はその後医師免状をとって開業し、同じ医師の森川俊雄と結婚して、仲睦まじい新婚家庭を送っている、と書いてよこした。菊地は、英世がヨネ子を好いていたことを知っていたが、いまさら隠したところで仕方がないし、英世も昔ほどヨネ子に執着しているわけではないと思ったからである。

だが、それを読んだ途端、英世はそのまま手紙を握りつぶして捨てた。それから机に向って、一気に手紙を書いた。

〈夏夜に飛去る流星、誰がこれを追ふものぞ、君よ、快闊に世を送り給へ……〉

そのときの手紙の一節である。英世の数ある手紙のなかでも、際立った一節だが、そこに、去っていった女への未練と口惜しさが滲み出ている。

さらに日記に「自分は彼女を将来ただ一人の女性として、大切にしたいと願っていたが、すでに夢は砕かれた。この悲しみは一生忘れない。かくなる上は、ひたすら勉学に励み、その夫、森川某に抜きんでることで見返してやる」と書きこんだ。

この後、英世は菊地への手紙のなかで、一切ヨネ子のことについて尋ねることはなかった。菊地へ送ってよこすのは英世の論文と、自分がいかにアメリカで期待されている研究者かということだけだった。

だがヨネ子が去ったいまとなっては、菊地の存在は、英世にとってなんの価値もない。その後菊地への手紙は次第に間遠くなっていったのは仕方がない。

これほどヨネ子のことを好いていたのだから、婚約者の斎藤ます子のことがおろそかになるのも無理はない。アメリカにきてから、斎藤家に英世は無事に着いたという手紙を一通送っただけだった。

斎藤家ではさすがに心配して、守之助の許へ、英世がいつ帰国するのか、何度も問合せがあった。全然、帰る気のない男を、しきりに待っている夫人と英世の板ばさみになって、守之助は困りはてた。

「いま少し研究の目途がつくまで、待ってみて下さい」そういって、その場をつくろう。

このころ、英世の母親のシカは、親戚の野口クマをしのぐほどの産婆になっていた。法律が変り、産婆にも資格が必要になって勉強をはじめたのである。

実技ではすでに、高齢のクマに負けぬほど上手で、師匠のクマより上だともいわれていたが、年齢をとってからの勉強は大変である。だがシカは生来の負けん気を発揮し、十日間程、坂下町の三宅女史のところに住みこみ講習を受けた。幼いとき、村の僧侶に仮名文字を教わっただけのシカが、生理学や解剖学を教わる。ごく初歩的なものとはいえ、普通の人では到底続かない勉強であった。

シカは頑張って、ついに村で一人だけ資格をえた。ところが、資格をとっても、産婆を開業するだけの資力がない。仕方なく村長は村民から金を募(あつ)め、それでシカに時計や聴診器などを買って与え、ようやく有資格の産婆を獲得するというありさまだった。

母子はよく似るというが、この頑張りはまさしく英世そっくりであった。

だが、シカの家は少しも楽にはならなかった。村でただ一人の産婆として、ほうぼうから口をかけられたが、「家は昔から貧乏で、みなさまのお世話でこれまで生きてこられました。産婆の礼金など大層なものはいりません。ほんの思召(おぼしめ)しだけで結構です」といって、貧しい者からは金をとらない。

英世の弟の清三は若松に年季奉公に出ていたが、家には、姉のイヌと養子がいて、そのあいだに、栄、寅吉、英策と小さな子が三人続き、さらに七十を越えて、ほとんど動けぬ祖母のみさもいた。それに佐代助は相変らずシカの働いてきた金をくすねては飲み歩いた。村の人々は、シカには絶大な信頼を寄せてはいたが、これだけ扶養者がいては、楽になるわけもなかった。

この年の初夏、一九〇二年の六月、英世はフィラデルフィアを離れて、北米のボストンに近いマサチューセッツ州ウッズホールの臨海生物研究所に三ヵ月の予定で出張することになった。目的は各魚類から血を採り、これらの蛇毒による溶血作用を調べるためであった。

七、八月といえば、欧米の学者はほとんどが長い夏休みをとるときだが、英世は単身、海浜へ行って研究を続けようというのである。着いた翌日、ニューヨークにいる友人の児玉に宛てて次のように書いている。

「前略、ウッズホールの風景は丁度横浜の西方の長浜に似ていて綺麗です。ここには二人の女子研究生が居ります。両方とも若くはなく、むしろオールドミスというべきでしょう（後略）」

英世がここに来ているあいだに、会津若松の小林栄の実母が死去し、次いで八月に小林夫人が再度病床に伏した。その都度、英世は丁重な見舞の手紙を出し、すぐ駆けつけていけないことを嘆いている。

この八月に小林栄に出した手紙のなかに、「今日は猪苗代小学校を東京大学の上に置き、恩師を大学教授の上に奉ずる事、敢而難からず相成申候……」という一節がある。自分にとって、猪苗代小学校は東京大学より偉大であり、小林恩師は大学教授以上の人である、と訴えているのである。例のオーバーな表現といえばそれまでだが、このなかに小林栄への敬意と東大へのあくなき反抗精神が読みとれる。

やがて九月になり、三ヵ月の研修を終えて英世はウッズホールからフィラデルフィアへ帰った。

帰来すると、フレキスナー教授は、英世をペンシルバニア大学の正式の病理学助手に任命し、近くドイツへ留学させる予定であることを告げた。

これを聞いた瞬間、英世は「本当ですか?」と何度もたしかめ、フレキスナーがうなずくと、「ありがとうございます」といって、自分から教授に抱きついた。

これで身分の不安定な研究助手から大学の正式の助手になれる。しかもヨーロッパに行ける。アメリカがいいとはいえ、医学を専攻する以上やはり一度はヨーロッパに行ってきたい。それほどヨーロッパがすすんでいるというわけではないが、ドイツ医学一辺倒の日本では、ドイツで学んできたということ自体が、経歴に花をそえることになる。

大学の正式助手からヨーロッパ留学と、突然、英世の前途が開けたが、これには英世の努力以外に、もう一つ別の背景もあった。当時、アメリカの富豪ロックフェラー氏から、医学の進歩のためにと、総額百万ドルに及ぶ寄付の申し出があり、これによってニューヨークに最新の医学研究所が設立されることになっていた。この初代所長に、ミッチェル等の推挙により、フレキスナー教授が内定したのである。

この研究所は病理だけでなく、微生物、衛生から臨床まで、医学全般にわたり優秀なスタッフを集めた総合研究所を造る予定だったが、フレキスナー教授はここに、ペンシルバニア大学の数十人のスタッフのなかから英世一人を連れていこうと考えていたのである。このあたりはまさしく、アメリカの学者のフランクというか現実的なところで、人種や年功などに関わらずファイトがあって仕事のできる男を抜擢する。決して情実にとらわれない。

フレキスナーは英世をニューヨークに連れていく準備として、まず正式の助手にし、それから一度ヨーロッパに留学させておこうと考えた。正式の行き先は、コペンハーゲンのメルワル・マドセン管下にある国立血清研究所であったが、その実態はドイツ系の研究所と変らなかった。

この喜びを、英世はいち早く小林栄に報告した。

「幸に今年度より先は正式の任命を受け、大学内にても万事好都合に御座候。且つ前便申上候通り、いよいよ明年はヨーロッパに研究のため留学を許される予定（これは小生より頼みしにあらず、大学にてその資格ありと信じ、充分の学資を給し、留学せしむるなり。今日まで外国大学より留学を命ぜられたる日本人はなし）（中略）実に自ら嬉しく御座候。ドイツ留学は多分満一か年かと存じ候。しかし研究の都合によりては二か年になるやもしれず（後略）」

しかし、ドイツを通りこして北欧に行くことが、英世は少し気がかりであった。それで軽く見られては困る。

年が明けた次の手紙では、

「（前略）何故にドイツを後にしてコッペンハーゲン府に行くかというに、同地にはあらかじめ有名な学者がおり、世界の視線は漸々彼地に向いおるを、早くも師フレキスナー博士と米国病理学の指揮者たるウェルチ博士両人が看破し、流行のドイツを後にして機先を制し、小子をコッペンハーゲン大学に送る訳で、留学費の都合などで小国に行くのではありません。小子を世界第一の学者につかんが為行くのであります（後略）」

とわざわざいいわけをしている。

ともかくヨーロッパ留学がきまり、英世はドイツ語の勉強にとりかかる。まず、それまで住んでいたワルト通りの下宿を引払うと、サンソム街の、以前ライン地方に住んでいたことのあるドイツ系アメリカ人の家に下宿を変えた。ここの家の両親は四十代で、四人の娘と一人の男の子がいた。この子供達は、英世にあまり馴染まなかったが、英世は臆せず自分のほうから話しかけて、日常会話のなかでドイツ語を勉強した。ようやく英世は世界の檜舞台に向って第一歩を踏み始めたようである。だがこのとき一つの難問が待ち受けていた。

血脇守之助へ、再びヨーロッパへ行くと書き送ったら、ただちに斎藤家との婚約はどうするつもりなのかと、問い詰めてきたのである。

正直いって、英世はもう、斎藤ます子のことなど頭になかった。できることなら早急に解消して、なかったことにしたかった。

だが日本を発つ前、婚約の証（あかし）として二百円もらってきている。もし婚約を破棄するなら、これを返すなり、事情を説明しなければならない。幸い、斎藤家からはこのところ手紙もこないし、英世も出していないが、守之助のところへは、ときどき苦情が寄せられていた。それに音（ね）を上げて、守之助も英世に確答を求めてきたのである。

「斎藤の方は近頃少しく疎音のまま過ぎております。ことに許嫁（いいなずけ）の娘よりは年始状すら参らず、小子も意外な気持でおります。小子は今年秋には渡欧の資金を手にする予定ですので、そのとき二百円は立派に返済するつもりです。これから先方の態度が変ってくることもたしかでしょうし、結局、破談に終るかと思います。そうなれば実に先方に対して気の毒なことです。もし小子からドイツに行く準備も出来、万事好都合であると、細かいことまで連絡しておけば、喜んで待っていてくれるかもしれませんが、このところずっと都合の悪い手紙ばかり送ってきたので、多分こちらを疑っていようかと思います。とにかく成行は予測できず、幸になるか不幸になるかは、ただ天だけが知ることです」

この手紙だけ読むと、斎藤家のほうが不誠実にきこえるが、それは英世のいいがかりにすぎなかった。実際、金を借りた自分のほうで賀状を出さず、外国へ手紙など書いたこともない娘から賀状がこないというのはいいがかりに近い。無責任ななんとも要領を得ない内容で、旅費が出たら、そこから二百円を工面して払うといっても、その実、それだけの余裕ができる自信などはなかった。

そのまま一ヵ月過ぎたあと、英世はついに最後通牒(つうちょう)に似た手紙を斎藤家へ出した。内容は、今後学費として四、五千円、無利子無抵当で貸してはもらえまいか。もしそれが駄目ならこちらへの留学は七、八年延長するつもりである、というものだった。

身勝手というか、図々しすぎる要求だが、英世のほうは破談覚悟だから怖いものはない。

これに対し、一ヵ月以上経って斎藤家から返事がきた。

もちろん、四、五千円もの大金を工面できるわけがない。それは断わったうえで、許嫁はあなたの将来の妻です。したがっていまは大切に当家に預かっておくが、いつまでも年齢をとるのにこのままにはしておけません。一刻も早く期日通り帰ってきて下さい、とひたすら嘆願する。

だが英世はこれを読んで、再び小林栄に次のような不満を洩らす。

「(前略)斎藤家でも大変当惑しているようです。しかしながら一言の助言もくれず、ただ帰れ、だけの要領のえぬ返事は、どこまでも無頓着かと思います。その後、小子よりは一回も連絡せずに放棄したままにしています。どうなることやら、手をこまねいて、向うから破談の申込みあるのを待つ次第です。いずれにせよ、この秋、渡欧に当って、問題の二百円は返すつもりです。金を戻せば、斎藤家より破談の話あるかと思います」

無頓着で身勝手なのはどちらなのか、とにかく、英世の頭のなかは、許婚者のことなどかけらもなく、ひたすら栄光のヨーロッパ行きでいっぱいであった。

|著者| 渡辺淳一　1933年北海道生まれ。札幌医科大学卒。整形外科医ののち、『光と影』で直木賞を受賞。'80年『遠き落日』『長崎ロシア遊女館』で吉川英治文学賞を受賞。作品は、医学を題材としたものから、歴史、伝記的小説、男と女の本質に迫る恋愛小説と多彩で、医学的な人間認識をもとに華麗な現代ロマンを描く作家として、文壇の第一線で活躍。国民的なベストセラーとなった『失楽園』『愛の流刑地』のほか、『孤舟』『天上紅蓮』『愛ふたたび』など多数の著書がある。

とお　らくじつ
遠き落日(上)
わたなべじゅんいち
渡辺淳一
© Junichi Watanabe 2013

講談社文庫
定価はカバーに
表示してあります

2013年12月13日第1刷発行

発行者――鈴木　哲
発行所――株式会社　講談社
東京都文京区音羽2-12-21　〒112-8001
電話　出版部（03）5395-3510
　　　販売部（03）5395-5817
　　　業務部（03）5395-3615
Printed in Japan

デザイン―菊地信義
製版―――慶昌堂印刷株式会社
印刷―――慶昌堂印刷株式会社
製本―――株式会社大進堂

落丁本・乱丁本は購入書店名を明記のうえ、小社業務部あてにお送りください。送料は小社負担にてお取替えします。なお、この本の内容についてのお問い合わせは講談社文庫出版部あてにお願いいたします。
本書のコピー、スキャン、デジタル化等の無断複製は著作権法上での例外を除き禁じられています。本書を代行業者等の第三者に依頼してスキャンやデジタル化することはたとえ個人や家庭内の利用でも著作権法違反です。

ISBN978-4-06-277695-0

講談社文庫刊行の辞

二十一世紀の到来を目睫に望みながら、われわれはいま、人類史上かつて例を見ない巨大な転換期をむかえようとしている。

世界も、日本も、激動の予兆に対する期待とおののきを内に蔵して、未知の時代に歩み入ろうとしている。このときにあたり、創業の人野間清治の「ナショナル・エデュケイター」への志を現代に甦らせようと意図して、われわれはここに古今の文芸作品はいうまでもなく、ひろく人文・社会・自然の諸科学から東西の名著を網羅する、新しい綜合文庫の発刊を決意した。

激動の転換期はまた断絶の時代である。われわれは戦後二十五年間の出版文化のありかたへの深い反省をこめて、この断絶の時代にあえて人間的な持続を求めようとする。いたずらに浮薄な商業主義のあだ花を追い求めることなく、長期にわたって良書に生命をあたえようとつとめるところにしか、今後の出版文化の真の繁栄はあり得ないと信じるからである。

同時にわれわれはこの綜合文庫の刊行を通じて、人文・社会・自然の諸科学が、結局人間の学にほかならないことを立証しようと願っている。かつて知識とは、「汝自身を知る」ことにつきていた。現代社会の瑣末な情報の氾濫のなかから、力強い知識の源泉を掘り起し、技術文明のただなかに、生きた人間の姿を復活させること。それこそわれわれの切なる希求である。

われわれは権威に盲従せず、俗流に媚びることなく、渾然一体となって日本の「草の根」をかたちづくる若く新しい世代の人々に、心をこめてこの新しい綜合文庫をおくり届けたい。それは知識の泉であるとともに感受性のふるさとであり、もっとも有機的に組織され、社会に開かれた万人のための大学をめざしている。大方の支援と協力を衷心より切望してやまない。

一九七一年七月

野間省一

講談社文庫　目録

本格ミステリ作家クラブ編　大きな棺の小さな鍵〈本格短編ベスト・セレクション〉
本格ミステリ作家クラブ編　珍しい物語のつくり方〈本格短編ベスト・セレクション〉
本格ミステリ作家クラブ編　法廷ジャックの心理学〈本格短編ベスト・セレクション〉
本格ミステリ作家クラブ編　見えない殺人カード〈本格短編ベスト・セレクション〉
本格ミステリ作家クラブ編　空飛ぶモルグ街の研究〈本格短編ベスト・セレクション〉
星野智幸　毒身
星野智幸　われら猫の子
本田靖春　我、拗ね者として生涯を閉ず(上)(下)
本田透　電波男
本城英明　警察庁広域特捜官 梶山俊介〈広島・尾道「刑事殺し」〉
堀田純司　スゴい雑誌〈「業界誌」の底知れない魅力〉
本多孝好　チェーン・ポイズン
穂村弘　整形前夜
堀川アサコ　幻想郵便局
堀川アサコ　幻想映画館
松本清張　草の陰刻
松本清張　黄色い風土
松本清張　黒い樹海
松本清張　連環

松本清張　花氷
松本清張　遠くからの声
松本清張　ガラスの城
松本清張　殺人行おくのほそ道(上)(下)
松本清張　塗られた本
松本清張　熱い絹(上)(下)
松本清張　邪馬台国 清張通史①
松本清張　空白の世紀 清張通史②
松本清張　カミと青銅の迷路 清張通史③
松本清張　天皇と豪族 清張通史④
松本清張　壬申の乱 清張通史⑤
松本清張　古代の終焉 清張通史⑥
松本清張　新装版大奥婦女記
松本清張　新装版増上寺刃傷
松本清張　新装版 彩色江戸切絵図
松本清張　新装版 紅刷り江戸噂
松本清張他　日本史七つの謎
松谷みよ子　ちいさいモモちゃん
松谷みよ子　モモちゃんとアカネちゃん

松谷みよ子　アカネちゃんの涙の海
眉村卓　ねらわれた学園
眉村卓　なぞの転校生
丸谷才一　恋と女の日本文学
丸谷才一　闊歩する漱石
丸谷才一　輝く日の宮
丸谷才一　人間的なアルファベット
麻耶雄嵩　翼ある闇〈メルカトル鮎最後の事件〉
麻耶雄嵩　夏と冬の奏鳴曲(ソナタ)
麻耶雄嵩　木製の王子
松浪和夫　摘出
松浪和夫　非常線
松浪和夫　核の柩
松浪和夫　警官魂〈激震篇〉〈反撃篇〉
松井今朝子　仲蔵狂乱
松井今朝子　奴(やっこ)の小万(こまん)と呼ばれた女
松井今朝子　似(に)せ者(もん)
松井今朝子　そろそろ旅に
松井今朝子　星と輝き花と咲き

講談社文庫 目録

宮部みゆき 震える岩〈霊験お初捕物控〉
宮部みゆき 天狗風〈霊験お初捕物控(二)〉
宮部みゆき ICO―霧の城―(上)(下)
宮部みゆき ぼんくら(上)(下)
宮部みゆき 新装版 日暮らし(上)(下)
宮部みゆき おまえさん(上)(下)
宮部みゆき 小暮写眞館(上)(下)
宮子あずさ 看護婦が見つめた人間が死ぬということ
宮子あずさ 看護婦が見つめた人間が病むということ
宮子あずさ ナースコール
宮本昌孝 夕立太平記
宮本昌孝 影十手活殺帖
宮本昌孝 おねだり女房〈影十手活殺帖〉
皆川ゆか 機動戦士ガンダム外伝〈THE BLUE DESTINY〉
皆川ゆか 新機動戦記ガンダムW(ウイング)外伝 ～右手に鎌を左手に君を～
皆川ゆか 評伝シャア・アズナブル《赤い彗星》の軌跡
三浦明博 滅びのモノクローム
三好春樹 なぜ、男は老いに弱いのか？
見延典子 家を建てるなら

道又力 開封 高橋克彦
三津田信三 忌館〈ホラー作家の棲む家〉
三津田信三 作者不詳〈ミステリ作家の読む本〉(上)(下)
三津田信三 蛇棺葬
三津田信三 百蛇堂〈怪談作家の語る話〉
三津田信三 厭魅の如き憑くもの
三津田信三 凶鳥の如き忌むもの
三津田信三 首無の如き祟るもの
三津田信三 山魔の如き嗤うもの
三津田信三 水魑の如き沈むもの
三津田信三 密室の如き籠るもの
三津田信三 スラッシャー 廃園の殺人
宮下英樹と「センゴク」取材班 センゴク合戦読本
宮下英樹と「センゴク」取材班 センゴク武将列伝
三輪太郎 あなたの正しさと、ぼくのセツナさ
三輪太郎 死という鏡〈この30年の日本文芸を読む〉
汀こるもの パラダイス・クローズド〈THANATOS〉
汀こるもの まごころを、君に〈THANATOS〉
汀こるもの フォークの先、希望の後〈THANATOS〉

宮田珠己 ふしぎ盆栽ホンノンボ
道尾秀介 カラスの親指〈by rule of CROW's thumb〉
村上龍 海の向こうで戦争が始まる
村上龍 アメリカン★ドリーム
村上龍 ポップアートのある部屋
村上龍 走れ！タカハシ
村上龍 愛と幻想のファシズム(上)(下)
村上龍 村上龍全エッセイ〈1976～1981〉
村上龍 村上龍全エッセイ〈1982～1986〉
村上龍 村上龍全エッセイ〈1987～1991〉
村上龍 超電導ナイトクラブ
村上龍 イビサ
村上龍 長崎オランダ村
村上龍 フィジーの小人
村上龍 368Y Par4 第2打
村上龍 音楽の海岸
村上龍 村上龍料理小説集
村上龍 村上龍映画小説集
村上龍 ストレンジ・デイズ

講談社文庫　目録

講談社文庫　目録

渡辺淳一　氷　紋
渡辺淳一　長崎ロシア遊女館
渡辺淳一　遠き落日(上)(下)
和久峻三　午前三時の訪問者〈赤かぶ検事奮戦記〉
和久峻三　片目の蠅〈赤かぶ検事奮戦記〉
和久峻三　京都釘ぬき地蔵殺人事件〈赤かぶ検事シリーズ〉
和久峻三　大原・貴船街道殺人事件〈赤かぶ検事シリーズ〉
和久峻三　大和路 鬼の雪隠殺人事件〈赤かぶ検事シリーズ〉
和久峻三　京都東山「哲学の道」殺人事件〈赤かぶ検事シリーズ〉
和久峻三　熊野路安珍清姫殺人事件〈赤かぶ検事シリーズ〉
和久峻三　京都冬の旅殺人事件〈赤かぶ検事シリーズ〉
和久峻三　京都・鎌倉・大和 あじさい古都の寺殺人ライン〈赤かぶ検事シリーズ〉
和久峻三　飛騨高山からくり人形殺人事件〈赤かぶ検事シリーズ〉
和久峻三　遠野・京都 橋姫鬼女伝説の旅殺人事件〈赤かぶ検事シリーズ〉
和久峻三　悪女の玉手箱〈告発弁護士シリーズ〉
和久峻三　危険な依頼人〈告発弁護士・猪狩文助〉
和久峻三　証拠崩し〈告発弁護士・猪狩文助〉
和久峻三　Zの悲劇〈告発弁護士・猪狩文助〉
和久峻三　日本三大水仙郷殺人ライン〈赤かぶ検事シリーズ〉
和久峻三　伊豆死刑台の吊り橋〈赤かぶ検事シリーズ〉
若竹七海　閉ざされた夏
若竹七海　船上にて
渡辺容子　左手に告げるなかれ
渡辺容子　ターニング・ポイント〈ボディガード八木薔子〉
渡辺容子　無制限
渡辺容子　薔薇恋
渡辺容子　流さるる石のごとく
和田はつ子　猫始末〈お医者同心 中原龍之介〉
和田はつ子　なみだ菖蒲〈お医者同心 中原龍之介〉
和田はつ子　走り火〈お医者同心 中原龍之介〉
和田はつ子　冬亀〈お医者同心 中原龍之介〉
和田はつ子　花御堂〈お医者同心 中原龍之介〉
和田はつ子　お十夜恋〈お医者同心 中原龍之介〉
和田はつ子　金魚心〈お医者同心 中原龍之介〉
和田はつ子　師走うさぎ〈お医者同心 中原龍之介〉
渡辺篤史　渡辺篤史のこんな家を建てたい
わかぎゑふ　大阪弁の詰め合わせ
渡辺　球　俺たちの宝島
渡辺精一　三國志人物事典(上)(中)(下)
輪渡颯介　掘割で笑う女〈浪人左門あやかし指南〉
輪渡颯介　百物語〈浪人左門あやかし指南〉
輪渡颯介　無縁塚〈浪人左門あやかし指南〉
輪渡颯介　狐憑きの娘〈浪人左門あやかし指南〉

2013年12月15日現在